블랙 뷰티

블랙 뷰티

애나 슈얼 **지음** | **위문숙** 옮김

도토리숲

차례

일러두기
—
이 책의 번역 대본은 1877년 출간된 초판본
Black Beauty(Anna Sewell, 1877)
원고로 완역하였습니다.

제1부

1
어린 시절의 고향

내 기억 속의 첫 번째 장소인 넓고 근사한 목초지에는 맑은 연못이 있었다. 연못 둘레의 나무들이 물 위로 그림자를 드리웠으며 한가운데에는 물풀과 수련이 자라났다. 울타리 한쪽 너머에 농사짓는 밭이 보였고 맞은편 울타리의 출입문 너머로는 주인집이 보였다. 목초지 위쪽은 전나무 숲이 울창했으며 아래에는 시냇물이 가파른 둑을 따라 졸졸 흘렀다.

나는 아주 어렸을 때 풀 대신 엄마 젖을 먹었다. 낮에는 엄마와 나란히 달리다가 밤이 되면 엄마 곁에 바싹 붙어 잠들었다. 더우면 연못 둘레의 나무 그늘에서 쉬었으며 추워지면 전나무 숲 가까이에 세워진 따뜻하고 아늑한 헛간에서 지냈다.

내가 풀을 먹을 만큼 자라자 엄마는 낮에 일하러 나갔다가 저녁이 되어서야 돌아왔다.

목초지에는 나보다 먼저 태어난 망아지들이 여섯 마리 있었다. 몇몇 망아지는 어른 말과 비슷할 정도로 컸다. 나는 틈만 나면 그 망아지들과 달리며 즐거운 시간을 보냈다. 모두 지칠 때까지 떼를 지어 들판을 빙글빙글 달리는가 하면, 입으로 물거나 발로 차면서 거칠게 어울린 적도 많았다.

하루는 힘차게 발길질을 하는데 엄마가 히힝 소리를 내며 나를 불러 주의를 주었다.

"이제부터 엄마가 하는 말을 잘 들어야 해. 여기에서 지내는 망아지들은 아주 멋진 망아지들이지만 마차를 끌고 다녀야 한단다. 그러니 예절을 배울 필요가 없어. 너는 혈통이 훌륭한 망아지야. 네 아버지는 이 지역에서 이름을 널리 알렸고 네 할아버지는 뉴마켓 경마 대회에서 2년 연속 우승했어. 네 할머니는 그 누구보다 인자하셨지. 엄마가 발로 차거나 입으로 무는 것을 본 적

이 없지? 너도 공손하고 착하게 자라나면 좋겠구나. 나쁜 짓을 배우지 마라. 즐겁게 일하고 걸을 때는 발을 높이 올리려무나. 아무리 놀 때라도 물어뜯거나 걷어차면 안 돼."

나는 엄마의 가르침을 단 한 번도 잊지 않았다. 엄마는 지혜로운 어른이었기 때문이다. 주인은 엄마를 무척 아꼈다. 엄마 이름이 '공작부인'이라는 뜻의 '더치스'인데도 '귀염둥이'라고 부를 때가 많았다.

주인은 착하고 다정했다. 우리에게 좋은 먹이와 편히 쉴 곳을 마련해 주었으며 어린 자식을 대하듯 늘 상냥하게 말했다. 우리 모두 주인을 좋아했지만 엄마는 누구보다 주인을 사랑했다. 주인이 출입문 앞에 나타나면 엄마는 기쁨의 소리를 지르며 달려

갔다.

그러면 주인은 엄마를 토닥토닥 쓰다듬으며 이렇게 말했다.

"우리 귀염둥이, 네 어린 까망이는 잘 지내니?"

내 털이 까만색이어서 주인은 나를 까망이라고 불렀다. 때로는 나에게 아주 맛 좋은 빵 한 조각을 건네는가 하면 엄마에게 당근을 가져다주기도 했다. 말들은 주인을 보면 우르르 몰려들었지만 주인이 가장 좋아하는 것은 나와 엄마인 것 같았다. 장이 열리는 날이면 엄마는 주인이 타고 있는 이륜마차를 끌고 시내로 갔다.

쟁기를 모는 딕은 남자애인데 가끔 나무딸기를 따러 우리 울타리로 왔다. 나무딸기를 실컷 먹고 난 뒤에는 망아지들을 골탕 먹였다. 돌을 던지거나 막대기로 찔러서 망아지들이 펄쩍펄쩍 뛰어다녀야 했다. 그래도 달아나면 된다고 생각하여 우리는 딕의 장난을 별로 신경 쓰지 않았으나 이따금 돌에 맞아 다치는 망아지도 있었다.

어느 날 딕은 망아지들을 골리는 데 정신이 팔려서 우리 주인이 가까이에 있는 것을 몰랐다. 주인은 딕의 장난을 보다가 울타리를 훌쩍 넘더니 딕의 팔을 붙잡고 따귀를 후려쳤다. 딕은 놀라고 아파서 비명을 질렀다. 우리는 주인에게 가까이 달려가서 무슨 일인지 구경했다.

주인이 소리쳤다.

"이런 못된 놈을 봤나! 망아지들을 괴롭히다니. 이런 일이 한 두 번이 아니고 두 번째도 아니겠지. 그렇지만 마지막인 줄 알아라. 품삯을 줄 테니 집으로 가. 내 농장에 너 같은 놈은 필요 없으니까."

그 뒤로 딕의 코빼기도 못 봤다. 한편 우리를 돌봐 주는 대니얼 노인은 주인 못지않게 다정해서 우리는 아무 걱정 없이 잘 지냈다.

2
사냥

두 살 되던 해에 일어난 사건은 영원히 잊지 못할 것이다. 이른 봄이라 밤이면 아직 서리가 내렸고 전나무 숲과 목초지에는 옅은 안개가 깔려 있었다. 나는 다른 망아지들과 아래쪽 들판에서 풀을 뜯고 있었다. 꽤 멀리서 개 짖는 소리가 들려왔다.

가장 나이 많은 망아지가 고개를 들고 귀를 쫑긋 세우더니 소리쳤다.

"사냥개다!"

그러고는 껑충껑충 목초지 위쪽으로 뛰어가자 나머지 망아지들도 뒤를 따랐다. 우리는 다 함께 울타리 너머 들판을 바라보았다. 엄마와 주인의 늙은 승마용 말도 우리 가까이 서 있었는데 무슨 일인지 아는 눈치였다.

엄마가 말했다.

"산토끼를 발견했나 보다. 사냥개들이 여기로 오면 우리도 사냥하는 것을 보겠구나."

이내 사냥개들이 우리 풀밭 근처에 있는 어린 밀밭을 헤치며 이리저리 뛰어다녔다. 나는 사냥개들이 그런 소리 내는 것을 처음 들었다. 사냥개들은 짖는 것도 으르렁대거나 낑낑거리는 것도 아니었다. "요! 요, 오, 오! 요! 요, 오, 오!"라고 목청껏 외쳐 댔다. 사냥개들 뒤로 말을 탄 남자들이 나타났다. 몇몇은 녹색 외투를 입고 있었고 다들 미친 듯이 내달렸다. 우리 가까이 있던 늙은 말이 콧김을 내뿜으며 사냥말들에게서 눈을 떼지 못했다. 우리 어린 망아지들 역시 함께 달리고 싶은 마음이 솟구쳤다. 사냥말들은 목초지 아래로 후다닥 내려가더니 이내 걸음을 멈추는 것 같았다. 곧이어 사냥개들이 컹컹 짖어 대다가 코를 땅에 대고 사방팔방 돌아다녔다.

늙은 말이 알려 주었다.

"냄새를 놓쳤군. 산토끼는 멀리 달아났을 거야."

내가 물었다.

"어떤 산토끼요?"

"나도 어떤 산토끼인지는 모르겠구나. 숲에서 키우던 우리 산토끼일지도 모르지. 개와 사람은 어떤 산토끼이든 상관 않고 뒤를 쫓는단다."

얼마 지나지 않아 사냥개들이 "요! 요, 오, 오!"라고 소리를 내면서 목초지에 있는 시냇가의 높은 둑과 울타리를 향해 쏜살같이 달려갔다.

엄마가 말했다.

"이제 산토끼가 나타나겠구나."

그 말이 끝나자마자 산토끼 한 마리가 겁에 질려서 전나무 숲쪽으로 달아났다. 사냥개들 역시 둑을 뛰어넘고 시냇물을 건너서 목초지를 맹렬히 가로질렀으며 그 뒤로 사냥꾼들이 바로 나타났다. 예닐곱 명의 남자들이 말을 몰아 둑을 훌쩍 뛰어넘어 사냥개들을 뒤쫓았다. 산토끼는 울타리 사이로 빠져나가려고 했

지만 빈틈이 없자 길 쪽으로 방향을 홱 틀었다. 그러나 한발 늦고 말았다. 사냥개들이 매섭게 짖어 대며 산토끼를 덮쳤다. 날카로운 비명이 한 번 울려 퍼지더니 그것으로 산토끼는 끝이 났다. 사냥꾼 한 명이 말을 몰고 달려와서 산토끼를 물어뜯으려는 사냥개들을 채찍으로 쫓아냈다. 그리고 산토끼의 뒷다리를 잡고 높이 들어 올렸는데 여기저기 찢겨 나가 피가 줄줄 흘렀다. 사냥꾼들은 모두 즐거워 보였다.

시냇가에서는 차마 눈 뜨고 볼 수 없을 만큼 충격적인 일이 벌어졌다. 바로 눈앞에서 보고 있으려니 더욱 슬펐다. 두 마리 멋진 말이 쓰러져 있었는데 한 마리는 시냇물에서 버둥거리고 다른 한 마리는 풀밭에서 신음하고 있었다. 말을 몰던 한 사람은 진흙투성이 상태로 물 밖으로 나왔지만 다른 사람은 가만히 누

워 있었다.

엄마가 말했다.

"저 사람은 목이 부러졌어."

어떤 망아지가 대꾸했다.

"쌤통이네."

나도 그렇게 생각했지만 엄마는 우리와 의견이 달랐다.

"세상에! 안 돼. 너희들 그런 말 하면 못써. 나는 나이가 많아서 여러 일을 겪었지만 왜 인간 남자들이 이런 놀이를 좋아하는지 도저히 이해되지 않는구나. 고작 산토끼나 여우나 사슴 한 마리 때문에 자기 몸을 다치고 좋은 말을 망쳐 놓으며 밭을 헤집어 놓다니. 얼마든지 다른 방법으로 쉽게 구할 수 있을 텐데. 그렇지만 우리는 고작 말이기 때문에 그 이유를 알 수 없구나."

엄마의 이야기를 들으면서 우리는 그 자리에서 계속 지켜보았다. 말을 탄 남자들이 누워 있는 젊은이에게 다가갔다. 사냥 모습을 내내 지켜보던 우리 주인은 가장 먼저 달려가서 젊은이를 일으켰다. 젊은이는 머리가 뒤로 젖혀진 채 양팔이 축 늘어졌고 사람들의 표정은 모두 어두웠다. 주위가 잠잠했다. 심지어 사냥개들조차 조용했는데, 심상치 않은 일이 일어났음을 눈치챈 것 같았다. 사람들은 젊은이를 우리 주인의 집으로 데려갔다. 나중에야 그 젊은이가 대지주의 외아들인 조지 고든이라는 것을 알게 되었다. 키 크고 잘생긴 젊은이는 고든 집안의 자랑거리라고 했다.

사람들은 의사와 수의사를 데려오는 한편 고든 대지주에게 아들의 사고를 알리기 위해 말을 타고 사방으로 내달렸다. 수의사인 본드 씨가 도착하여 풀밭에 누워 신음하는 검은 말을 살폈다. 그리고 여기저기 만져 보더니 고개를 저었다. 말의 다리 한쪽이 부러졌기 때문이다. 누군가 주인의 집으로 달려가서 총을 가져왔다. 곧바로 커다란 총소리와 끔찍한 비명이 울려 퍼지더니 금세 사방이 고요해졌다. 검은 말은 더는 움직이지 않았다.

엄마는 무척 괴로운 것처럼 보였다.

"오래전부터 알고 있던 말이야. 이름이 롭 로이인데 용감하고 뛰어나며 나쁜 점이라고는 찾아볼 수 없었지."

그 뒤로 엄마는 그 풀밭 근처에 발도 디디지 않았다.

며칠 지나지 않아 교회 종소리가 오랫동안 울려 퍼졌다. 울타리의 출입문 너머로 검은 말들이 길고 검은 사륜마차를 끌고 있었는데 이상한 검은 천으로 덮여 있었다. 그 뒤로 줄지어 들어온 마차와 말도 모두 검은색이었다. 교회 종은 쉬지 않고 울렸다. 사람들은 젊은 고든을 교회 묘지로 옮긴 뒤 묻었다. 고든은 다시는 말을 타지 못하리라. 롭 로이는 어떻게 처리되었는지 모르겠다. 어쨌든 이 모든 일은 자그만 산토끼 한 마리 때문이었다.

3
길들이기

나는 자라면서 아주 근사해졌다. 멋지고 부드러운 검은색 털은 윤기가 좌르르 흘렀다. 오른쪽 발은 하얀색이고 이마에도 하얀색 별 모양이 예쁘게 박혀 있었다. 누구라도 나를 보면 아주 잘생긴 말이라고 칭찬했다.

주인은 내가 네 살이 될 때까지 팔지 않겠다면서 이렇게 덧붙였다.

"어린아이를 어른처럼 일을 시켜서는 안 되듯 망아지도 다 자랄 때까지는 어른 말처럼 부려 먹으면 안 돼."

네 살이 되자 고든 대지주가 와서 내 눈과 입을 자세히 살피고 다리까지 꼼꼼히 만져 보았다. 게다가 내가 걷고 뛰고 힘차게 달리는 모습까지 눈여겨보았다. 고든 대지주는 내가 마음에 들었는지 이렇게 말했다.

"저 말을 잘 길들이면 꽤 쓸 만하겠소."

주인이 대꾸했다.

"놀라거나 다치지 않도록 제가 직접 길들이겠습니다. 시간이 없으니 내일부터 당장 시작하지요."

길들이기가 무엇인지 아는 사람이 별로 없을 테니 잠깐 설명해야겠다. 길들이기란 말에 안장을 얹고 굴레*를 씌운 뒤 남자나 여자나 어린아이를 태우고 가도록 훈련시키는 것이다. 아울러 등에 탄 사람이 원하는 방향으로 가거나 얌전히 가도록 가르친다. 그 밖에도 말은 가슴걸이나 크러퍼**라는 가죽끈이나 엉덩이띠를 씌울 때 잠자코 있어야 한다. 그러고는 뒤에 수레나 마차를 매단 채 걷거나 달려야 하며 마부가 시키는 대로 빠르거나 천천히 가는 것까지 배워야 한다. 무엇을 보든 놀라서는 안 되며 다른 말과 이야기를 나눠서도 안 된다. 물어뜯거나 발로 차기 같은 멋대로 행동하는 것도 금지였다. 또한 아무리 지치거나 배가 고파도 주인의 뜻에 늘 따라야 했다. 하지만 마구를 차고 나면 기쁘다고 펄쩍 뛰거나 피곤하다고 누울 수 없으니 여간 불편한 게 아니었다. 그러니 길들이기가 얼마나 고된 일인지 짐작될 것이다.

* 말이나 소 따위를 부리기 위하여 머리와 목을 얽어맨 줄로 고삐를 거기 매달아서 잡아끈다—옮긴이.

** 안장이 흘러내리지 않도록 안장과 엉덩이를 연결해 놓은 끈—옮긴이.

물론 나는 오랫동안 고삐와 마방굴레*를 쓰고 다녔으며 들판이나 시골길을 얌전히 달리는 것쯤은 식은 죽 먹기였다. 그러나 이제는 입에 재갈**을 물고 굴레를 써야 한다. 주인은 여느 때처럼 귀리를 먹인 뒤 나를 한참 쓰다듬으며 재갈을 물리고 굴레를 씌웠다. 순간 무척 역겨운 느낌이 들었다. 입에 재갈을 물려 본 적이 없다면 얼마나 끔찍한지 모를 것이다. 사람 손가락 두께의 차갑고 딱딱한 쇠막대를 위아래 이빨 사이로 밀어 넣으면 쇠막대 끝이 양쪽 입가로 삐져나온다. 그러면 양쪽 쇠막대에 줄을 매달아 머리와 코와 턱까지 꽉 묶어 놓는 것이다. 따라서 무슨 수를 써도 그 끔찍한 것을 벗어 버릴 수가 없다. 정말이지 끔찍하다는 생각밖에 안 들었다. 그렇지만 엄마도 밖으로 나갈 때면 차고, 다른 말들 역시 어른이 되면 무조건 차야 한다는 것쯤은 알고 있었다. 게다가 주인이 맛있는 귀리를 주고 토닥이며 친절한 말로 다정하게 대해 주어서 나는 재갈과 굴레를 순순히 받아들였다.

다음으로 안장을 얹는 일은 그리 나쁘지 않았다. 대니얼 노인이 내 머리를 잡고 있는 동안 주인은 상냥하게 이야기를 건네고

* 말 머리에 씌우는 간단한 띠로 이마의 끈과 뺨의 끈으로 이뤄졌다. 말을 매어 두거나 이동시킬 때 사용한다 — 옮긴이.
** 말을 부리기 위해 입에 가로로 물리는 가느다란 막대. 보통 쇠로 만들었는데 굴레가 달려 있어 여기에 고삐를 맨다 — 옮긴이.

나를 토닥이더니 안장을 등에 살며시 얹고 배 아래에 뱃대끈을 묶었다. 그러고는 나에게 귀리를 조금 먹인 뒤에 줄을 잡고 잠깐 나를 끌었다. 주인이 날마다 이 일을 되풀이하자 나는 귀리와 안장을 기다리기 시작했다. 어느 날 아침, 주인은 내 등에 올라타고는 목초지의 부드러운 풀밭을 내달렸다. 많이 어색했지만 주인을 태우고 달린 내 자신이 조금은 뿌듯했다. 그 뒤로 주인이 날마다 나를 타고 다니면서 곧 익숙해졌다.

하나 더 불쾌한 일을 꼽자면 편자를 끼우는 것이다. 그 일도 처음에는 죽을 맛이었다. 주인은 내가 다치거나 놀랄까 봐 직접 대장간으로 데려갔다. 편자를 만들어서 끼우는 장제사가 손에 내 발을 한쪽씩 올려놓고 발굽을 깎아 냈다. 그다지 아프지는 않아서 장제사가 그 일을 마칠 때까지 나는 세 발로 가만히 서 있었다. 곧이어 장제사는 내 발과 같은 모양의 쇳조각을 내 발굽에 끼우고는 빠지지 않도록 못을 여러 개 박았다. 발이 몹시 뻣뻣하고 무겁게 느껴졌지만 시간이 흐르자 아무렇지도 않았다.

드디어 주인이 말을 몰 때 사용하는 마구를 가져왔다. 마구로 나를 길들이려는 것이었다. 내가 걸쳐야 하는 마구는 아직도 많이 남아 있었다. 우선, 뻣뻣하고 묵직한 어깨끈을 묶어야 하고 눈가리개가 달린 굴레도 써야만 했다. 곁눈질을 하지 못하도록 만든 눈가리개는 정말 놀라웠다. 오직 앞만 보일 뿐 양옆은 보이지 않았다. 다음으로 크러퍼를 엉덩이에 끼워야 했는데 뻣뻣해서 무척 짜증스러웠다. 나는 그 가죽끈이 정말 질색이었다. 기다란 꼬리를 접어서 가죽끈 사이로 집어넣어야 했기 때문이다. 입에 재갈을 무는 것만큼 끔찍했다. 그때는 정말이지 발로 걷어차고 싶은 마음이 굴뚝같았지만 좋은 주인을 차마 찰 수는 없었다. 시간이 지나자 모든 것에 익숙해져서 엄마처럼 잘 해냈다.

내가 받은 훈련 중 한 가지를 꼭 짚고 넘어가야겠다. 나에게 두고두고 도움이 된 훈련이었다. 주인은 철길 옆에 목초지가 있는 이웃 농부에게 나를 보름 동안 보냈다. 나는 그곳에서 여러 마리의 양과 젖소와 어울려 지냈다.

처음 기차가 지나가던 순간을 결코 잊지 못할 것이다. 나는 목초지와 철길 사이의 울타리 근처에서 조용히 풀을 뜯어 먹고 있었다. 그런데 저 멀리서 이상한 소리가 들려왔다. 어디에서 나는지 알아채기도 전에 뭔가 철컹철컹 소리와 함께 연기를 내뿜으며 쌩 달려왔다. 바로 기다란 검은색 기차가 쏜살같이 다가와서 눈 깜짝할 사이에 사라진 것이었다. 나는 돌아서서 목초지 끝까지 걸음아 날 살려라 하고 달아났다. 그리고 놀라움과 두려움에 사로잡힌 채 우뚝 서서 콧김을 내뿜었다. 그날 내내 기차들이 수없이 지나갔다. 어떤 기차는 조금 느리게 갔는데 역이 가까워지기 때문이었다. 이런 기차는 무시무시한 비명과 신음 소리를 내고서야 멈췄다. 나는 두려워 벌벌 떨었지만 젖소들은 느긋하게 풀을 뜯어 먹었다. 덩치가 크고 검은색의 무서운 물체가 연기를 뿜어내며 줄지어 지나가는데도 고개를 들지 않았다.

며칠 동안 나는 마음 놓고 풀을 뜯지 못했다. 그렇지만 그 소름 끼치는 짐승이 들판으로 들어오지 않으며 나를 해치지도 않는다는 것을 깨닫고 신경 쓰지 않게 되었다. 얼마 뒤 양이나 젖소처럼 기차가 지나가도 그러려니 했다.

훗날 증기기관차의 모양이나 소리에 화들짝 놀라거나 흥분하는 말들을 여럿 보았다. 그렇지만 나는 좋은 주인이 신경 써 준 덕분에 기차역에 가도 마구간에 있는 듯 편안했다. 누군가 어린 말을 잘 길들이고 싶다면 이런 방법을 써 보길 바란다.

쌍두마차는 말 두 마리가 끌어야 한다. 주인은 엄마와 내가 짝을 지은 쌍두마차를 몰기도 했다. 엄마는 침착해서 낯선 말보다는 나를 더 잘 가르쳐 줄 수 있기 때문이었다. 엄마는 내게 바르게 행동하며 주인의 마음에 들도록 최선을 다하는 것이 현명한 태도라고 일러 주었다.

엄마는 이렇게 덧붙였다.

"세상에는 여러 종류의 사람이 있단다. 우리 주인처럼 착하고 사려 깊다면 어떤 말이라도 자랑스럽게 섬길 거야. 그렇지만 말이나 개를 가질 자격이 없을 만큼 고약하고 잔인한 사람들도 있어. 또한 어리석고 허영심에 무식하고 부주의한 사람들도 많은데 하나같이 생각하기를 싫어한단다. 그들은 생각이 짧아서 말들을 망쳐 놓기 일쑤지. 일부러 그런 것이 아니라 해도 결국 엉망진창이 되거든. 엄마는 네가 좋은 사람을 만나기를 바라지만, 말은 자신을 누가 사고 누가 몰지 알 수 없으니 운에 맡길 수밖에. 그래도 어디서든 최선을 다하여 늘 칭찬을 듣도록 하렴.”

4
버트윅 영지

이즈음 나는 마구간에서 주로 지냈다. 날마다 솔질을 한 덕분에 털은 까마귀 날개처럼 윤기가 흘렀다. 5월 초에 고든 대지주 댁에서 나를 데리러 사람이 왔다.

주인이 말했다.

"잘 가라, 까망아. 좋은 말이 되어야 해. 그리고 항상 열심히 해야 돼."

나는 "안녕히 계세요"라는 말을 못 하기 때문에 코를 주인의 손바닥에 비볐다. 주인이 다정하게 쓰다듬어 주었다. 나는 그렇게 첫 번째 집을 떠났다. 그리고 몇 년 동안 고든 대지주 댁에서 살았으니 이제는 그곳에 대한 이야기를 해야겠다.

고든 대지주가 소유한 영지는 버트윅 마을 언저리에 자리 잡

고 있었다. 영지 입구의 커다란 철문을 들어서자 관리인 숙소가
보였다. 그리고 양쪽으로 높다랗게 치솟은 고목나무들을 따라가
다 보면 또 다른 관리인 숙소와 문이 나타났고 거기를 지나가야
저택과 정원에 이르렀다. 그 너머에는 말들을 놓아기르는 자그만
방목장을 비롯하여 오래된 과수원과 마구간이 자리 잡고 있었다.
또한 여러 말들과 마차들을 관리할 수 있는 시설도 갖추고 있었
다. 우선 내가 머물렀던 마구간을 설명해야겠다. 마구간은 말이
한 마리씩 들어가 있는 마방이 네 개나 될 만큼 널찍했다. 그리고
커다란 여닫이창이 마당으로 나 있어서 시원하고 상쾌했다.

첫 번째 마방은 큼지막하고 네모반듯했으며 나무 문이 달려 있
었다. 나머지 마방들은 그럭저럭 괜찮았으나 그리 크진 않았다.
첫 번째 마방에는 건초를 두는 낮은 선반과 곡식을 담는 납작한
구유*가 있었다. 여기는 풀어놓는 마방이라 불렀다. 이 마방에
있는 말은 묶어 두지 않아서 맘대로 움직일 수 있었다. 따라서 풀
어놓는 마방에서 지낸다는 것은 어마어마한 일이었다.

사육사는 그렇게 좋은 마방으로 나를 들여보냈다. 깨끗하고
상쾌하며 바람이 잘 통했다. 나는 그런 마방에서 지내본 적이 없
었다. 게다가 양쪽 칸막이가 높지 않아서 위에 달린 쇠창살 사이
로 무슨 일이 일어나는지 볼 수 있었다.

* 가축의 먹이를 담아 주는 나무나 돌로 만든 큰 그릇―옮긴이.

사육사는 아주 맛있는 귀리를 주고 토닥이며 다정하게 말해 주고는 밖으로 나갔다. 나는 배불리 먹고서 주위를 둘러보았다. 바로 옆 마방에는 자그마하고 통통한 회색 조랑말이 있었다. 갈기와 꼬리가 복슬복슬하고 머리는 예쁘장하며 조그만 코는 귀여웠다.

나는 마방 위에 달려 있는 쇠창살에 머리를 갖다 대고 물었다.

"안녕? 이름이 뭐야?"

수컷 조랑말은 고삐를 힘껏 당겨 몸을 돌리더니 고개를 치켜들고 말했다.

"내 이름은 메리레그스야. 보다시피 잘생겼어. 내 등에는 어린 아가씨들이 주로 타고 다니지. 때로는 일인용 마차에 주인마님을 태우기도 해. 그래서 다들 나를 예뻐한단다. 제임스도 마찬가지야. 네가 이제부터 내 옆 마방에서 지내니?"

"응."

"그럼 성격이 좋기를 바라야겠군. 물어뜯는 말이 곁에 있는 것은 질색이거든."

바로 그때 저 너머 마방에서 다른 말이 머리를 내밀었다. 귀를 뒤로 젖히고 있어서 눈이 심술 맞아 보였다. 키 큰 밤색 암컷 말인데 목이 길고 근사했다.

암컷 말이 나를 바라보며 말했다.

"나를 거기에서 쫓아낸 게 너로구나. 망아지 주제에 숙녀를 쫓아내다니 정말 어이가 없군."

"미안해. 그런데 내가 쫓아내지 않았어. 나를 데려온 남자가 여기로 들여보냈을 뿐이야. 난 아무 짓도 안 했어. 그리고 내가 망아지처럼 보일지 몰라도 네 살이니까 다 자란 셈이야. 나는 암말이든 수말이든 누구와도 다툰 적이 없어. 앞으로도 싸우지 않고 지내고 싶어."

밤색 암말이 받아쳤다.

"좋아, 두고 보겠어. 나도 너 같은 애송이랑 말싸움할 생각은 눈곱만큼도 없거든."

나는 입을 다물었다.

오후에 암말이 나가자 메리레그스가 차근차근 설명했다.

"사실 사건이 있었어. 진저는 깨물고 물어뜯는 나쁜 습관이 있거든. 톡 쏘는 성격 때문에 이름도 생강이라는 뜻의 진저로 지었어. 진저는 풀어놓는 마방에서 지낼 때도 걸핏하면 덥석덥석 물었어. 하루는 제임스의 팔을 물어서 피까지 나게 했다니까. 그래서 나를 무척 좋아하는 플로라 아가씨와 제시 아가씨는 무서워서 마구간에 못 들어왔어. 아가씨들이 나 먹으라고 사과나 당근이나 빵을 갖다준 적도 많았는데, 진저가 저 마방에 딱 버티고 서 있으니까 들어올 엄두를 못 내는 거야. 나는 아가씨들이 너무보고 싶어. 네가 이빨로 물어뜯지 않으면 아가씨들이 다시 올지도 몰라."

나는 풀이나 건초나 곡식을 먹을 때만 이빨을 사용한다고 알려 주었다. 그리고 진저가 무엇 때문에 그러는지 물어보았다.

메리레그스가 말했다.

"진저도 재미로 그런 짓을 하지는 않을 거야. 그냥 나쁜 습관이 든 거야. 그동안 진저에게 잘해 주는 사람이 아무도 없었대. 그래서 물어뜯었던 모양이야. 물론 아주 못된 행동이지. 그런데 진저의 이야기가 사실이라면 여기 오기 전에 심하게 학대를 받았던 것 같아. 존은 어떻게든 진저의 굳은 마음을 풀어 주려 애쓰는 중이고 제임스도 최선을 다하고 있어. 그리고 우리 주인은 말이 똑바로 행동하면 절대 채찍을 휘두르는 분이 아니야. 내 생각에는 여기에서 진저의 성격이 좋아질 거야. 두고 봐."

메리레그스가 똑 부러지는 표정으로 덧붙였다.

"나는 열두 살이야. 웬만한 것쯤은 두루 꿰고 있어. 그래서 하는 이야기인데 말에게 여기보다 좋은 곳은 없을 거야. 존은 그야말로 최고의 마부이고 여기에서 14년을 지냈어. 제임스도 무척 착한 젊은이지. 그러니 진저가 풀어놓는 마방에서 나오게 된 것은 순전히 자기 탓이야."

5
올바른 시작

마부 이름은 존 맨리였다. 아내와 어린 자식과 함께 마구간 옆의 마부 숙소에서 살았다.

다음 날 아침에 존이 나를 마당으로 데려가 구석구석 솔질을 하자 털이 매끄럽고 윤기가 흘렀다. 그러고는 마방으로 들어가려는데 마침 고든 대지주가 나를 보러 와서는 무척 흡족해했다.

고든 대지주가 말했다.

"존, 새로 온 말을 오늘 아침에 타려고 했는데 다른 일이 생겼지 뭔가. 아침 식사 후에 자네가 저 말을 데리고 한 바퀴 돌아보게나. 마을 공유지와 하이우드 숲까지 갔다가 물레방앗간을 지나 강을 따라 돌아오면 저 말이 어떻게 달리는지 알겠지."

"그러겠습니다, 나리."

존은 아침 식사를 마치고 와서 나에게 굴레를 씌웠다. 굴레가 내 머리에 편안히 맞도록 가죽끈을 여러 번 조절하며 세심하게 살폈다. 안장도 가져왔는데 내 등에 얹기에는 작았다. 잠시 안장을 살펴보더니 딱 맞는 것으로 바꿔 주었다. 존은 처음에는 아주 천천히 나를 몰았다. 그러다가 조금씩 속도를 높였다. 공유지에 이르자 존이 가볍게 채찍질을 했고 나는 날듯이 내달렸다.

존이 고삐를 당기며 말했다.

"워, 워! 얘야, 너는 아무래도 사냥개 쫓는 것을 좋아하겠구나."

우리는 돌아오다가 버트윅 영지에서 고든 대지주와 주인마님을 만났다. 두 사람이 걸어오다가 멈추자 존이 훌쩍 뛰어내렸다.

"존, 말이 어떤가?"

"최고입니다, 나리. 사슴처럼 날쌔게 달리는 데다 기운이 넘친답니다. 고삐를 조금만 움직여도 척척 알아듣습니다. 공유지 끝의 내리막길에서는 바구니와 깔개 같은 것들을 잔뜩 싣고 가던 짐마차와 마주쳤죠. 나리도 아시다시피 짐마차 옆을 침착하게 지나가는 말은 흔치 않습니다. 그런데 이 말은 흘깃 보더니 별일 아니라는 듯 느긋하고 즐겁게 지나갔답니다. 하이우드 숲 근처에 갔더니 한창 산토끼 사냥을 하고 있어서 바로 옆에서 총이 발사되었습니다. 이 녀석은 살짝 주춤거리며 둘러보기는 했지만 오른쪽이나 왼쪽으로 한 걸음도 움직이지 않았습니다. 저는 그저 고삐만 가만히 쥐고 있었지요. 재촉할 필요가 없었습니다. 아마도 이 말은 어렸을 때 겁을 먹거나 학대를 받은 적이 없었나 봅니다."

고든 대지주가 말했다.

"잘됐군. 내일은 내가 말을 몰아 보겠네."

이튿날 존이 나를 주인에게 데려갔다. 나는 엄마와 착한 옛 주인의 충고를 떠올리며 새 주인이 시키는 대로 따랐다. 고든 대지주는 말을 모는 솜씨가 뛰어났으며 내게 줄곧 신경을 써 주었다. 우리가 집에 들어서자 주인마님이 현관에서 기다리고 있었다.

주인마님이 물었다.

"어때요? 맘에 들어요?"

고든 대지주가 대답했다.

"존의 이야기가 맞구려. 이런 경쾌한 말은 처음 타 보는 것 같소. 이 말을 뭐라고 부르고 싶소?"

"에보니 어때요? 정말 새까만 말이잖아요."

"저런, 에보니는 아닌 것 같소."

"당신 숙부님의 말 이름을 따서 블랙버드라고 부르는 건요?"

"아니오, 이 말은 블랙버드보다 훨씬 잘생겼소."

주인마님이 맞장구를 쳤다.

"맞아요. 정말로 아름다워요. 얼굴이 상냥하고 착해 보이는 데다 눈동자는 맑고 초롱초롱해요. 까맣고 아름다운 말이니까 블랙 뷰티라고 부르는 것은 어때요?"

"블랙 뷰티, 그래요. 정말 좋은 이름 같구려. 당신만 좋다면 그렇게 부르리다."

그렇게 내 이름이 정해졌다.

존은 마구간으로 와서 제임스에게 주인 나리와 마님이 내 이름을 멋지게 지었다고 알려 주었다.

"나폴레옹이 탔던 마렝고나 그리스 신화의 페가수스가 아니야. 먼 나라 이름인 압달라도 아니야. 뭔가 의미 있고 아주 훌륭한 영어식 이름이야."

두 사람은 한참 웃더니 제임스가 말을 꺼냈다.

"옛날 일만 아니라면 저 말을 롭 로이라고 부르고 싶어요. 이상하게도 둘이 똑 닮았다니까요."

존이 대꾸했다.

"이상한 일이 아니지. 그레이 댁의 더치스가 둘의 어미란 사실을 몰랐어?"

나는 처음 듣는 이야기였다. 사냥하다가 목숨을 잃은 불쌍한 말 롭 로이가 내 형이라니! 엄마가 그토록 괴로워한 것은 당연했다. 말에게는 친척이 있다고 이야기하기가 어렵다. 팔리고 나면 서로에 대해 전혀 모르기 때문이다.

존은 나를 무척 자랑스럽게 여기는 것 같았다. 틈만 나면 내 갈기와 꼬리를 숙녀의 머리카락처럼 부드럽게 빗어 주었고 나에게 많은 이야기를 해 주었다. 물론 존의 말을 다 이해한 건 아니지만 존이 무슨 뜻으로 말하고 무엇을 바라는지 점점 알게 되었다. 나는 존이 점점 더 좋아졌다. 존은 아주 온화하고 친절했다. 말의 기분이 어떤지 아는 것 같았다. 나를 닦아 줄 때도 어디가 아프고 가려운지 알고 있었다. 내 머리를 솔질할 때면 내 눈이 자기 눈이라도 되는 듯 조심조심 닦았다. 짜증나게 한 적도 전혀 없었다.

마구간에서 조수로 일하는 제임스 하워드도 상냥하고 쾌활한 젊은이라 나는 운이 좋다고 생각했다. 마구간 바깥일을 돕는 남자가 물론 있었지만 진저와 나랑은 별로 상관이 없었다.

며칠 뒤 나는 진저와 함께 바퀴가 넷 달린 사륜마차를 끌어야 했다. 둘이서 제대로 해낼 수 있을지 걱정이 앞섰다. 아니나 다를까 내가 옆으로 다가서자 진저가 귀를 뒤로 젖혔다. 다행히도 그 외에는 나무랄 만한 행동이 없었다. 진저는 성실하게 제 몫을 톡톡히 해내서 쌍두마차의 짝으로 더없이 좋았다. 언덕에 이르자 진저는 속도를 늦추기는커녕 목줄을 힘껏 당기며 곧장 올라갔다. 우리 둘 다 일을 할 때는 용감해서 존은 우리를 재촉하기보다는 진정하라며 고삐를 당길 때가 많았다. 말하자면 우리에게 채찍을 휘두를 필요가 없었다. 진저와 나의 속도는 무척 비슷해서 달릴 때도 걸음을 맞추기가 쉬웠다. 자연히 일하는 것도 즐거웠다. 주인은 우리 둘이서 척척 발맞춰 달리는 모습을 늘 흐뭇해했고 존도 마찬가지였다. 그렇게 두세 번을 함께 달리고 나자 우리는 무척 친해져서 사이가 좋아졌다. 나는 한결 마음이 놓였다.

메리레그스 역시 나와 금세 친구가 되었다. 무척이나 명랑하고 씩씩하며 성격이 착해서 누구나 메리레그스를 좋아했지만 제시 아가씨와 플로라 아가씨는 더욱 아꼈다. 두 사람은 메리레그스를 타고 과수원을 돌아다니는가 하면 강아지 프리스키까지 끼워서 넷이 함께 즐겁게 놀았다.

다른 마구간에도 말 두 마리가 더 있었다. 땅딸막한 저스티스는 밤색과 회색이 섞인 말로, 승마용이나 짐마차를 끄는 데 쓰였다. 또 하나는 올리버 경이라는 갈색 사냥말이었다. 나이가 많아 일을 못 했지만 주인의 사랑으로 영지를 맘껏 누비고 다녔다. 가끔 가벼운 짐수레를 끌거나 주인을 따라 외출하는 어린 아가씨를 등에 태울 때도 있었다. 올리버 경은 메리레그스와 마찬가지로 아주 얌전해서 어린아이도 믿고 맡길 수 있었다. 저스티스는 튼튼하고 착하며 체격이 다부진 말이었다. 우리는 종종 방목장에 모여 잠깐씩 이야기를 나누었다. 그렇지만 같은 마구간을 쓰는 진저만큼이나 친해지지는 못했다.

6
자유

나는 새로 옮겨 온 곳에서 무척 행복했다. 한 가지가 아쉽긴
했지만 그렇다고 투덜대지는 않았다. 주변 사람들은 모두 착했
으며 밝고 쾌적한 마구간에서 아주 좋은 먹이를 맘껏 먹었다. 그
런데 뭘 더 바라느냐고? 바로 자유다! 지난 4년 가까이 맘껏 자
유를 누리며 살았다. 그렇지만 지금은 나를 찾는 사람이 없으면
일주일이 지나고 한 달이 넘어가고 일 년이 흘러도 계속 마구간
에 서 있을 판이었다. 이러다가는 20년 동안 일해 온 늙은 말처
럼 입을 꾹 다문 채 느릿느릿 살아갈지도 모른다. 여기저기 가
죽끈을 두른 채 입에는 재갈을 물고 눈가에 눈가리개를 한 채로!
어쩔 수 없다는 것을 알기에 불평을 늘어놓지는 않겠다. 다만 힘
과 기운이 넘치는 어린 말은 널따란 들판이나 평원에 데려다 놓

으면 고개를 획획 내젓고 꼬리를 마구 흔들며 신나게 질주하다가 콧김을 내뿜으며 동료에게 돌아올 것이다. 그런 말이 맘대로 자유를 누리지 못하는 것은 정말 고역이 아닐 수 없었다. 평소보다 운동이 부족하면 넘치는 기운을 억누르기 힘들었다. 그러다가 존이 나를 데리고 나가서 운동을 시킬 때는 도저히 잠자코 있을 수가 없었다. 펄쩍 뛰어오르거나 춤을 추거나 겅중겅중 뛰어다니기라도 해야 할 것 같았다. 처음에는 존을 앞에 두고 야단법석을 떨곤 했다. 그렇지만 존은 항상 다정하게 기다려 주었다.

"애야, 천천히, 천천히. 발바닥이 근질거리지? 조금만 참으면 신나게 달릴 거야."

존은 마을을 벗어난 뒤에는 내가 몇 킬로미터쯤 신나게 달리도록 내버려 두었다. 그렇게 하고 나면 나는 예전처럼 생기를 되찾고 존의 표현대로 안절부절못한 기분도 사라진다. 활기찬데도 맘껏 달리지 못했던 말들은 산만하다는 핀잔을 들을 때가 많다. 그러나 사실 놀기를 좋아하는 것뿐이다. 어떤 마부들은 그런 말들을 혼냈지만 존은 달랐다. 기운이 넘쳐서 그런다는 것을 알았다. 존의 목소리나 고삐의 움직임이 달라지면 나는 무슨 뜻인지 금세 알아차렸다. 목소리만으로도 존이 심각한지 단호한지 눈치 챘다. 나는 존을 무척 좋아했기 때문에 무엇보다 존의 목소리가 나에게 큰 힘을 발휘했다.

가끔은 몇 시간씩 자유를 누린 적도 있었다. 여름철의 화창한 일요일이면 자유를 만끽했다. 교회가 멀지 않아서 일요일엔 마차가 나갈 일이 없었다. 집 앞 방목장이나 오래된 과수원을 돌아다니는 것이 우리에게 커다란 행복이었다. 발에 닿은 잔디는 부드럽고 상쾌했으며 향긋한 바람이 불어왔다. 맘대로 할 수 있는 자유는 정말이지 즐거웠다. 신나게 달리거나 엎드리거나 뒹굴뒹굴 누워 있다가 달콤한 풀을 오물오물 씹기도 했다. 그러고는 커다란 밤나무 그늘 아래 함께 모여 이야기를 나누며 즐거운 시간을 보냈다.

7
진저

어느 날 진저와 그늘 아래 서서 오랫동안 이야기를 나눴다. 진저는 내가 어떻게 자라고 길들여졌는지 알고 싶어 했다. 나는 하나도 빠짐없이 다 이야기해 주었다.

진저가 말했다.

"그래? 나도 그렇게 자랐으면 너처럼 성격이 좋았겠지. 나는 앞으로도 나아질 리가 없어."

"왜 안 되는데?"

내 물음에 진저가 대꾸했다.

"나는 완전히 다르게 살아왔거든. 어떤 말도 어떤 사람도 나를 기쁘게 하거나 잘해 준 적이 없어. 우선, 젖을 떼자마자 엄마와 떨어져서 여러 망아지들과 함께 지내야 했어. 망아지들은 나를 좋아하지 않았고 나도 망아지들이 싫었어. 너와 달리 친절한 주인이 없으니 아무도 날 돌봐 주거나 이야기를 걸어 주지 않고 맛있는 음식을 가져다주지도 않았어. 우리를 관리하는 남자는 다정하게 말한 적이 한 번도 없었어. 물론 그 남자가 우리를 학대한 것은 아니었어. 그저 겨울철의 쉴 곳과 먹이만 확인할 뿐 우리에게 관심이 없었어. 우리가 머문 들판은 오솔길로 이어졌는데 남자아이들이 그 길을 지나가며 걸핏하면 돌을 던지는 탓에 우리는 번번이 달아났어. 나는 돌을 맞지는 않았지만 어느 멋진 망아지는 얼굴을 크게 다쳐서 흉터가 평생 남을 거야. 우리는 남자아이들을 무시하려 했으나 맘속은 부글부글 끓었지. 결국 우리의 적으로 여기게 되었어.

그래도 우리는 방목장에서 힘껏 질주를 하거나 이리저리 달리며 서로를 뒤쫓아 들판을 빙글빙글 즐겁게 돌다가 나무 그늘 아래 가만히 쉬었지. 그러나 길들이기가 시작되자 끔찍한 시간을 보내야 했어. 몇몇 남자들이 다가와 나를 붙잡고 한쪽 구석으로 몰아넣었어. 한 사람이 내 이마 쪽 갈기를 움켜쥐자 다른 사람은 숨도 못 쉴 만큼 내 코를 꽉 붙잡았어. 또 다른 사람은 내 턱을 쥐고 입을 사정없이 벌리더니 쇠막대기를 억지로 쑤셔 넣고 고삐를 묶었어. 곧이어 누군가 그 고삐를 쥐고 나를 당기자 다른 사람은 뒤에서 채찍을 날렸어. 그것이 내가 경험한 사람들의 손길이었어. 모두 강제로 이뤄진 일이었지. 그들이 뭘 원하는지 나는 알 수가 없었어. 나는 혈통이 좋은 데다 힘이 넘치고 무척 사나운 말이라서 다들 혼깨나 났을 거야. 그럼에도 자유를 얻기는커녕 며칠 동안 마구간에 갇히는 바람에 얼마나 겁이 났는지 몰라. 나는 무섭고 쓸쓸해서 빨리 풀려나기만을 바랐지. 너도 알다시피 주인이 아무리 친절하게 달래 줘도 길들이기는 고약한 일이잖아. 그러나 나는 그런 대우는 바랄 수도 없었어.

주인인 라이더 씨는 나이가 지긋했어. 나를 잘 다독여서 일을 시킬 거라고 생각했지. 그렇지만 라이더 씨는 아들이나 경험 많은 사람들에게 힘든 일을 떠넘긴 채 가끔 와서 둘러보기만 했어. 주인 아들은 힘세고 키가 큰 데다 성질이 드셌지. 사람들은 주인 아들을 삼손*이라고 불렀어. 삼손은 말에서 떨어져 본 적이 없다는 것을 자랑했어. 아버지 라이더 씨처럼 신사다운 모습은 눈꼽만큼도 없이 거친 목소리와 냉정한 눈과 난폭한 손을 가진 악당이었어. 처음부터 삼손은 나에게서 용기를 모두 빼앗은 뒤에 얌전하고 다소곳하며 순종적인 고깃덩어리로 만들 작정이었어. '고깃덩어리!' 그래, 삼손의 머릿속에는 그 생각뿐이었어."

진저는 삼손을 떠올리는 것만으로 화가 치밀어 오르는지 발을 동동 굴렀다.

"내가 고분고분 따르지 않자 삼손은 바짝 약이 올랐는지 기다

* 성경에 등장하는 힘이 센 장사—옮긴이.

란 고삐를 나에게 묶고 훈련장을 빙글빙글 달리도록 했어. 나를 녹초로 만들 셈이었지. 삼손은 술을 매우 많이 마셨는데 그럴 때면 더 험악해졌어. 하루는 나를 별별 방법으로 괴롭히더라. 나는 비참하고 화가 난 채로 바닥에 쓰러져 잤어. 정말이지 너무 가혹했어. 이튿날 삼손은 아침 일찍 찾아와서 나를 다시 오랫동안 달리게 했어. 그리고 내가 숨을 돌린 지 한 시간도 지나지 않아 삼손이 안장과 굴레와 새로운 재갈을 가지고 왔어. 그 순간 어떤 기분이었는지 차마 말로 표현 못 하겠어. 삼손은 훈련장에서 나를 훌쩍 올라타더니 기분 나쁜 일이 있었는지 고삐를 홱 낚아챘어. 새로운 재갈이 너무 아파서 나는 갑자기 뒷다리만 딛고 일어섰고 그 바람에 더욱 화가 치민 삼손은 채찍으로 휘갈기기 시작했어. 순간 나도 모르게 용기가 치솟아서 삼손에게 맞섰어. 뒷발질에 이어 몸을 구부렸다가 얼른 뒷다리만 딛고 일어섰지. 전에는 한 번도 해보지 않은 행동이었지. 우리는 제대로 맞붙었어. 삼손은 안장에 바짝 엎드려서 한참이나 회초리와 박차로 무자비하게 때리고 찼어. 나는 피가 거꾸로 치솟은 상태라 삼손을 등에서 떨어뜨리는 것 말고는 아무 생각도 나지 않았어. 치고받는 싸움 끝에 삼손은 내 등에서 곤두박질쳤어. 삼손이 풀밭에 쿵 떨어지는 소리가 들리기에 나는 뒤도 돌아보지 않고 쏜살같이 내달려서 들판 끝까지 갔어. 그러고는 뒤를 돌아보니 악당이 느릿느릿 일어나 마구간으로 들어가고 있었어. 나는 참나무 아래 가만히

서 있었지만 아무도 나를 잡으러 오지 않았어. 시간이 흐르자 햇
볕이 쨍쨍 내리쬐었지. 박차에 차인 옆구리에서 피가 줄줄 흘러
파리 떼가 바글바글 달라붙었어. 나는 이른 아침부터 아무것도
먹지 않아서 배가 너무 고팠어. 그러나 그곳에서는 풀 한 포기도
찾을 수가 없었어. 나는 엎드려서 쉬고 싶었지만 단단히 묶어 놓
은 안장 때문에 여의치 않았어. 게다가 마실 물도 한 방울 없었
어. 오후가 되자 해가 뉘엿뉘엿 지기 시작했지. 망아지들은 이끌
려서 안으로 들어갔어. 맛있는 먹이를 먹을 시간이 되었거든.”

진저는 잠시 숨을 고르더니 말을 이었다.

"마침내 해가 지고 나자 주인인 라이더 씨가 손에 바구니를 들고 왔어. 주인은 머리가 희끗희끗한 노신사로 아주 좋은 분이었어. 수천 명이 모인 곳이라도 주인의 목소리는 알아낼 수 있었어. 높거나 낮지도 않으며 우렁차고 맑고 다정했지. 주인의 명령은 워낙 침착하고 단호해서 말이건 사람이건 즉각 따를 수밖에 없었어. 주인은 조용히 다가오면서 바구니에 담은 귀리를 몇 번이나 흔들어 댔어. 그러고는 나에게 명랑하고 다정하게 말을 건넸어. '이리 온, 래시, 이리 와. 어서, 어서.' 나는 가만히 서서 주인이 다가오는 것을 바라보았어. 주인은 귀리를 내밀었고 나는 마음 편히 먹기 시작했어. 주인의 목소리를 듣자 두려움이 싹 사라졌거든. 먹이를 먹는 동안 주인이 곁에서 나를 토닥이고 쓰다듬었어. 그러다 내 옆구리에 피가 엉겨 붙은 것을 보고는 몹시 안타까워했어. '가여워라 래시! 정말이지 몹쓸 짓을 저질렀구나, 아주 몹쓸 짓이야!' 주인은 고삐를 살며시 잡고는 마구간으로 나를 데려갔어. 마침 문에 삼손이 서 있었지. 나는 귀를 뒤로 젖히고 삼손을 노려보았어. 주인이 삼손에게 말했어. '물러서, 막아서지 말고. 이 어린 암말을 그 정도로 괴롭혔으면 충분하잖니.' 삼손은 듣기 거북한 말을 나지막하게 중얼거렸어. 주인이 말했어. '잘 들어라. 성질이 고약한 사람은 말을 순하게 만들지 못하는 법이야. 너는 이 일을 아직 제대로 배우지 못했구나, 삼손.'

주인은 나를 마방으로 데리고 가서 안장과 굴레를 손수 벗겨 주었어. 그리고 겉옷을 벗더니 마구간지기에게 지시했어. '가서 따듯한 물 한 통과 스펀지를 가져오게.' 마구간지기가 양동이를 들고 있는 동안 주인은 스펀지로 내 옆구리를 아주 살살 닦아 주었어. 옆구리가 몹시 아프고 쓰리다는 것을 아는 눈치였지. '어쩌나! 우리 예쁜이, 조금만 참아라. 조금만.' 주인의 목소리를 듣자 마음이 차분해졌어. 게다가 깨끗이 닦고 나니 살 것 같았어. 나는 입아귀가 심하게 찢어져서 건초를 먹기가 힘이 들었어. 건초 줄기가 닿는 순간 쓰라려서 견딜 수 없었거든. 주인은 내 입 주위를 가만히 살펴보고는 고개를 흔들며 마구간지기에게 밀을 빻아 만든 밀기울 죽을 가져오도록 했어. 밀기울 죽이 얼마나 부드럽고 맛있던지! 입가의 상처가 사라지는 느낌이었어. 내가 밀기울 죽을 먹는 동안 주인은 곁에서 나를 토닥이며 마구간지기에게 이야기했어. '이렇게 기운이 넘치는 말은 제대로 길들이지 않으면 결코 좋은 말이 될 수 없다네.' 그 뒤로도 주인은 종종 나를 보러 왔어. 그리고 내 입이 다 낫자 조브라는 남자가 나를 길들이게 되었지. 조브는 침착하고 사려 깊어서 나는 조브가 무엇을 원하는지 금세 알아차렸어."

8
진저의 또 다른 이야기

그 뒤에 방목장에서 우리 둘이 다시 만났을 때 진저는 처음 팔려 간 곳에 대해 말해 주었다.

"길들이기가 끝나자 나와 다른 밤색 말은 짝이 되어 말 거래상에게 팔렸어. 말 거래상은 우리 둘을 몇 주 동안 몰고 다니다가 멋쟁이 신사에게 팔아서 우리는 런던으로 실려 갔어. 말 거래상이 나에게 묶어 놓은 멈춤 고삐*는 여간 성가신 게 아니었어. 그런데 새로운 곳에 갔더니 멈춤 고삐를 훨씬 단단하게 조이더라고. 마부나 주인은 그래야 우리가 더 멋있게 보인다고 생각했나봐. 멈춤 고삐를 하고서 우리는 종종 공원이나 근사한 곳을 돌아

---

* 말이 머리를 숙이지 못하게 달아 놓은 고삐―옮긴이.

다녀야 했어. 넌 멈춤 고삐를 해 본 적이 없어서 잘 모르겠지만 어쨌든 끔찍하기 짝이 없다는 것만은 꼭 말하고 싶어.

나는 머리를 이리저리 흔들거나 자유롭게 치켜드는 것을 좋아해. 그런데 네가 머리를 높이 들어 올린 채 꼼짝없이 몇 시간을 버텨야 한다고 상상해 봐. 머리를 계속 위로 들고 있어야만 한다면 네 목은 끊어질 것처럼 아플 거야. 그뿐만 아니라 재갈을 두 개나 물어야 했어. 그런데 내 재갈이 날카로워서 혀나 턱이 쓸리거나 까지기 일쑤였지. 특히 혀를 다쳐 피가 나면 입 사이로 붉은 거품이 흘러나왔어. 성대한 파티나 모임에 참석한 주인마님을 몇 시간씩 기다릴 때면 참을 수 없을 만큼 고통스러웠어. 그렇다고 조바심을 내거나 초조하게 발을 구르기라도 하면 여지없이 채찍이 날아왔어. 정말이지 미칠 것 같았어."

내가 물었다.

"주인은 너에게 관심이 없었어?"

"응. 주인은 우리가 얼마나 멋들어지게 보이는지에만 신경을 썼거든. 말에 대해서는 아는 것이 별로 없었나 봐. 그저 마부에게만 맡겨 두었거든. 마부는 내가 신경질이 많아서 멈춤 고삐를 싫어한다며 곧 익숙해지도록 훈련시키겠다고 주인에게 말했어. 그렇지만 마부는 그런 일을 해낼 만한 사람이 아니었어. 내가 마구간에서 슬프고 속상해할 때 친절하게 달래거나 어루만지는 대신 욕설을 퍼부으며 마구 때렸어. 마부가 다정했다면 어떻게든 참으려고 애썼을 거야. 나도 얼마든지 열심히 일하고 싶고 힘든 일도 감당할 자신이 있었거든. 그렇지만 고작 멋지게 보이겠다고 나를 함부로 대한다고 생각하니 화가 솟구쳤어. 사람들은 무슨 권리로 나를 괴롭히는 걸까? 입속이나 목만 아픈 것이 아니라 숨통까지 욱신거렸어. 오랫동안 그곳에서 살다가는 숨도 제대로 못 쉴 것 같았어. 나는 안절부절못하며 신경질을 냈어. 도저히 견딜 수 없었거든. 누군가 멈춤 고삐나 재갈 따위의 마구를 씌우러 오면 나는 물어뜯고 걷어찼어. 그러자 마부는 나를 흠씬 두들겨 팼어. 그러던 어느 날 마부가 나에게 마차를 묶고는 내 고개를 꼿꼿하게 세우려고 멈춤 고삐를 바짝 잡아당겼어. 순간 나는 펄쩍 뛰어오르며 있는 힘을 다해 발길질을 했어. 그리고 멈춤 고삐며 안장이며 마구를 망가뜨린 뒤 내 몸에서 모두 털어 냈어. 그 결과 그곳에서도 끝이 났지.

주인은 나를 팔아 버리려고 런던의 말 시장 태터솔에 내놓았어. 내 성질이 고약했던 일에 대해서는 쉬쉬했어. 사실 내 생김새는 근사하고 걸음걸이도 씩씩한 편이니까. 말 거래상은 이 정도면 신사들에게 팔릴 거라고 여겼는지 나를 샀어. 그러고는 내가 얼마나 버티는지 알아내려고 갖가지 재갈을 물려 보더라. 마침내 말 거래상은 멈춤 고삐 없이 나를 데려가서는 그야말로 얌전한 말이라며 시골 신사에게 팔아넘겼어. 그 신사는 착한 주인이라서 아주 잘 지냈는데 어느 날 나이 많은 마부가 그만두고 새로운 사람이 왔어. 새 마부는 삼손만큼이나 성미가 사납고 손버릇이 나빴어. 아무 때나 짜증을 내고 버럭버럭 고함을 질렀어. 마구간에서 시키는 대로 움직이지 않으면 빗자루든 갈퀴든 손에 잡히는 것으로 내 무릎을 때렸어. 시도 때도 없이 난폭했기에 나는 이를 갈기 시작했어. 마부는 내가 벌벌 떨기를 바랐지만 난 그렇게 호락호락하지 않거든. 어느 날 마부가 평소보다 더 심하게 괴롭히기에 나는 이빨로 물어 버렸어. 마부는 화가 머리끝까지 났는지 승마용 채찍으로 내 머리를 때렸어. 그래도 그다음부터는 내가 있는 마방으로 선뜻 들어오지 못했어. 내가 뒷발굽과 이빨의 맛을 보여 주려고 단단히 벼른다는 것을 알았기 때문이야. 나는 주인에게는 고분고분했지만 주인은 마부의 말만 듣고는 나를 팔려고 다시 내놓았어.

말 거래상이 내 이야기를 듣고는 나에게 딱 알맞은 곳을 떠올리며 이렇게 말했어. '불쌍하기도 해라. 저렇게 훌륭한 말이 좋은 기회를 얻지 못해서 고약한 말이 되다니.' 그래서 네가 오기 얼마 전에 나도 여기로 오게 되었어. 내 머릿속에 사람들은 무조건 적이니 내 자신을 지켜야 한다는 생각밖에 없어. 물론 여기는 아주 다른 곳이지. 그러나 언제까지 이렇게 지낼 수 있는지 아무도 모르잖니? 나도 너처럼 착한 눈으로 세상을 바라보고 싶어. 그러나 너무 많은 괴로움을 겪었기 때문에 그럴 수 없단다."

나는 진저에게 충고했다.

"네가 존이나 제임스를 물거나 차는 행동은 정말 부끄러운 짓이야."

진저가 대꾸했다.

"그들이 잘 대해 주면 나도 다신 그러지 않을 거야. 내가 제임스를 꽉 문 적이 있지만 놀랍게도 존이 '좀 더 다정하게 대해 주렴'이라고 이야기하지 뭐니. 게다가 된통 혼날 줄 알았는데 제임스 역시 팔에 붕대를 칭칭 감고 와서는 밀기울 죽을 내밀며 나를 쓰다듬었어. 그 뒤로는 한 번도 물지 않았어. 앞으로도 그럴 거야."

진저에게는 미안한 말이지만 진저가 일을 다 망쳐 버릴 것 같다는 생각이 들었다. 그렇지만 몇 주가 지나자 진저는 훨씬 온순하고 명랑해졌다. 낯선 사람이 다가와도 예전처럼 노려보거나 덤벼들지 않았다.

어느 날 제임스가 말했다.

"저 암말이 나를 점점 좋아하는 것 같아요. 오늘 아침에 이마를 쓰다듬어 주자 기뻐하며 히힝 소리를 냈다니까요."

존이 말했다.

"그렇지. 바로 그게 버트윅 치료법이거든. 진저도 블랙 뷰티만큼 곧 좋아질 거야. 진저에게 필요한 것은 바로 따뜻한 손길이었어. 가여운 것!"

주인은 진저의 변화를 알아차렸다. 하루는 마차에서 내린 뒤 여느 때처럼 우리에게 다가와서는 진저의 아름다운 목을 쓰다듬었다.

"어여쁜 아가씨, 요즘 잘 지내는 거야? 처음 올 때보다 훨씬 행복해 보이네."

진저가 다정하고 친근하게 코를 내밀자 주인이 가만히 쓰다듬으며 말했다.

"존, 우리가 이 암말을 다 고친 것 같군."

"맞습니다, 나리. 진저는 놀라울 정도로 좋아지고 있습니다. 예전의 진저가 아니랍니다. 바로 버트윅 치료법 때문이지요."

존은 그렇게 말하고는 웃음을 터뜨렸다.

존은 농담처럼 버트윅 치료법만 있으면 제아무리 막돼먹은 말이라도 고칠 수 있다고 큰소리쳤다. 존에 따르면 인내와 다정함과 단호함과 쓰다듬기를 각각 500그램씩 넣은 뒤 어디에서나 통하는 상식을 섞어 매일 말에게 주면 모두 치료된다는 것이었다.

9
메리레그스

성공회 교구사제 블룸필드 신부에게는 아들과 딸이 많았다.*
그 아이들은 제시 아가씨와 플로라 아가씨를 찾아와 함께 놀았
다. 블룸필드 신부의 딸들 중 하나는 제시 아가씨와 나이가 같았
다. 그리고 아들 둘은 제시 아가씨보다 나이가 많았으며 꼬마들
도 여럿 있었다. 이들이 찾아오면 메리레그스는 갑자기 분주해
졌다. 아이들에게는 메리레그스를 번갈아 타며 과수원과 방목지
를 돌아다니는 것만큼 즐거운 일이 없었기 때문이다.

어느 날 오후에도 메리레그스는 아이들과 함께 오랜 시간을
보내고 있었다.

* 성공회는 개신교와 가까워서 가톨릭 신부와 달리 결혼할 수 있다-옮긴이.

그런데 제임스가 메리레그스를 끌고 와서는 굴레를 씌우며 말했다.

"이런 말썽꾸러기. 제발 행동을 조심하라고. 그렇지 않으면 문제가 생긴단 말이야."

내가 물었다.

"메리레그스, 무슨 짓을 했는데?"

메리레그스는 자그마한 머리를 까닥거리며 말했다.

"아! 아이들에게 한 수 가르쳐 주고 왔어. 충분히 태워 줬는데도 도대체 끝낼 줄 모르기에 뒤로 내동댕이쳤지. 그래야만 알아먹거든."

나는 버럭 소리를 질렀다.

"뭐라고? 아이들을 떨어뜨렸다고? 네가 그럴 줄 몰랐어! 제시 아가씨와 플로라 아가씨도 떨어뜨렸어?"

메리레그스는 무척 불쾌해하며 대꾸했다.

"그럴 리가 없잖아. 마구간에 최고급 귀리를 갖다준다고 해도 그런 실수는 안 해. 나도 주인 못지않게 우리 아가씨들을 소중히 여기거든. 아가씨들에게 말타기를 가르친 것도 바로 나야. 조금이라도 내 등에서 놀라거나 불안해하면 늙은 고양이가 새를 쫓듯 조심조심 움직였어. 그러다 아가씨들이 괜찮아지면 다시 빠르게 달려갔지. 그래야만 말타기에 익숙해지니까. 그러니 나에게 쓸데없는 잔소리 하지 마. 나는 제시 아가씨와 플로라 아가씨에게 최고의 말타기 선생님이자 좋은 친구거든."

메리레그스는 갈기를 흔들며 말을 이었다.

"그런데 남자아이들은 영 다르더라고. 한마디로 길들이기가
필요해. 우리가 망아지 때 그랬던 것처럼. 그래야 뭘 좀 배우니
까. 여자아이들이 두 시간쯤 타고 나자 남자아이들이 자기 차례

라고 나서더군. 맞는 이야기라서 나도 순순히 따랐어. 남자아이들을 차례로 태우고 한 시간 넘게 들판을 오르락내리락 내달린 뒤 과수원도 돌아다녔어. 그런데 그 아이들이 커다란 개암나무 가지를 하나씩 꺾어서는 마구 채찍질을 하더라고. 그래도 꾹 참아 냈어. 이윽고 충분히 태워 줬다 싶어서 두세 번 멈추며 신호를 보냈어. 그렇지만 녀석들은 말이나 조랑말이 기관차나 탈곡기처럼 한없이 빠르게 달릴 수 있다고 생각하나 봐. 조랑말도 지치기 쉬우며 슬픔이나 기쁨을 느낀다는 것을 상상도 못 하는 거야. 특히 채찍질을 해 대는 녀석은 아무것도 모르겠다 싶어서 나는 뒷다리로 일어섰어. 녀석은 당연히 굴러떨어졌지. 그런데도 녀석이 또 올라타기에 다시 떨어뜨렸어. 곧이어 다른 남자아이가 올라타서 막대기를 휘두르기에 그 녀석도 풀밭에 내동댕이쳤지. 그렇게 해야 깨달을 것 같았거든. 그 아이들도 못돼서 그런 것이 아니니 내게 일부러 나쁘게 굴 생각은 없었겠지. 나도 그 아이들을 무척 좋아해. 그래도 잘못된 행동은 바로잡아야 한다고 생각했어. 아이들이 나를 제임스에게 끌고 가서 죄다 일러바쳤어. 제임스는 커다란 막대기를 보고는 무척 화가 난 것 같았어. 제임스가 그런 막대기는 젊은 신사가 아니라 가축 상인이나 집시에게 어울리는 것이라고 말하더군."

진저가 얼른 끼어들었다.

"내가 그런 일을 당했다면 녀석들을 발길질로 뻥 걷어차면서 제대로 가르쳐 줬을 텐데."

메르레그스가 점잖게 말했다.

"진저 너라면 당연히 그랬겠지. 미안하지만 나는 바보가 아니라서 주인을 화나게 하거나 제임스를 부끄럽게 만드는 짓은 하지 않아. 게다가 저 아이들이 내 등에 올라타고 있는 한 내 책임이거든. 나를 믿고 올라탔잖아. 게다가 요전 날 우리 주인이 블룸필드 부인에게 말했어. '아이들 걱정은 하지 마세요. 우리 메리레그스가 부인처럼 아이들을 잘 보살필 테니까요. 아무리 돈을 많이 준다고 해도 저 조랑말은 팔지 않을 겁니다. 온순하고 믿을 만하지요'라고. 주인은 지난 5년 동안 잘 돌봐 주었고 지금 나를 한없이 믿어 주거든. 그러니 멍청한 남자아이 둘이서 나를 함부로 대했다고 난폭해질 수는 없어. 그것은 주인의 은혜를 저버리는 짐승이나 다름없어. 진저, 그러면 안 돼. 너는 예전에는 제대로 대우를 받지 못했으니 이해가 안 될 거야. 그 점은 나도 마음 아파. 그렇지만 좋은 곳에서 지내면 좋은 말이 되는 법이야. 나는 무슨 일이 있어도 여기 사람들을 실망시키고 싶지 않아. 그들을 정말 사랑하기 때문이야."

메리레그스는 "호, 호, 호" 하고 나지막하게 콧소리를 냈다. 아침에 제임스의 발소리를 들을 때마다 내는 소리였다.

메리레그스의 이야기가 계속 이어졌다.

"게다가 발길질을 하는 순간 나는 어떻게 될까? 당장 팔려 나가서 푸줏간 사내아이 밑에서 노예처럼 혹사당하거나 아무도 보살펴 주지 않는 해변에서 죽도록 달리느라 고생하겠지. 내가 여기 오기 전에 살던 곳에서는 서너 명의 건장한 남자들이 일요일이면 놀러 나가느라 마차에 올라타서 채찍을 마구 휘둘렀어. 정말이지 그런 곳에는 가고 싶지 않아."

메리레그스는 고개를 마구 흔들었다.

10
과수원에서 나눈 이야기

나와 진저는 혈통이 경주마 쪽에 가깝다 보니 커다란 마차를
끌기에 적합하지는 않았다. 우리 크기가 사람 손바닥으로 열다
섯 뼘 하고도 반이라서 사람을 직접 태우거나 작은 마차를 끌기
에 안성맞춤이었다. 주인은 말이든 사람이든 한 가지밖에 못 하
는 것들은 딱 질색이라고 말했다. 그러다 보니 주인이 좋아하는
것은 런던의 공원에서 뽐내고 다니는 말이 아니라 쓸모가 많고
씩씩한 말이었다. 우리가 가장 즐거울 때는 주인 가족이 함께 승
마를 하려고 안장을 얹는 순간이었다. 주인이 진저를 타고 주인
마님은 나를 탔으며 아가씨들은 올리버 경과 메리레그스에 올라
탔다. 다 함께 천천히 달리다가 곧 전속력으로 질주하다 보면 더
할 나위 없이 신이 났다. 특히 나는 늘 주인마님을 태우고 다녀

서 더 기분이 좋았다. 주인마님은 몸이 가벼운 데다 목소리가 상냥했다. 게다가 내가 느끼지 못할 정도로 고삐를 살며시 잡은 채 달려갔다.

아! 부드러운 손길은 말의 기분을 편하게 해 주며 말의 입과 성격에도 좋은 법이다. 이것을 사람들이 안다면 함부로 고삐를 끌거나 확 잡아당기지 않을 텐데. 그러나 무지막지하거나 멍청한 사람들 때문에 우리의 부드러운 입이 상처투성이가 되고 거칠어진다. 그런 경우가 아니라면 우리는 고삐를 쥔 손이 조금만 움직여도 어떻게 해야 하는지 알아차린다. 내 입은 상처 하나 없이 깨끗했다. 주인마님이 걸음걸이가 완벽한 진저 대신 나를 골라 탄 것은 그런 이유 때문일지도 모른다. 진저는 자신의 입이 볼품없는 것은 엉망진창이었던 길들이기와 런던에서 물린 지독한 재갈 때문이라며 나를 부러워했다.

그럴 때마다 올리버 경은 이렇게 충고했다.

"저런, 저런! 속상해할 필요 없다. 오히려 자랑스럽게 생각해야지. 너는 우리 주인처럼 몸집이 커다란 사람을 씩씩하고 활기차게 태우고 다니잖니. 주인마님을 태우지 못한다고 고개 숙일 필요 없다는 뜻이야. 우리는 맡은 일을 충실히 하면 돼. 그리고 맘 편히 일할 수 있다는 것에 늘 만족해야겠지."

나는 올리버 경의 꼬리가 왜 그리 짧은지 궁금했다. 고작 20센티미터도 안 되는 꼬리에 털이 달려 있었다. 과수원에서 쉬던 날에 용기를 내어 무슨 사고로 꼬리를 잃었는지 물었다.

올리버 경은 싸늘한 표정으로 코웃음을 쳤다.

"사고라니! 사고가 아니었어. 잔인하고 뻔뻔하고 소름 끼치는 짓이었지! 어렸을 때 그 끔찍한 장소로 끌려가서 줄에 묶였어. 얼마나 꽁꽁 묶었는지 옴짝달싹할 수 없었지. 사람들이 다가오더니 길고 아름다운 내 꼬리를 잘라 냈어. 살점과 뼈까지 싹둑 잘라서는 가져가 버렸어."

나도 모르게 비명이 터져 나왔다.

"너무 끔찍해요."

"끔찍한 일이지! 끔찍하고말고. 오랫동안 끙끙 앓았거든. 그리고 내 아름다운 자랑거리를 빼앗겼으니 낙심이 컸단다. 그러나 더 심각한 문제는 따로 있었어. 옆구리와 뒷다리에 달라붙은 파리 떼를 어떻게 쫓아낼 수 있겠니? 꼬리가 있다면 아무 생각 없이 파리를 쫓아내겠지. 꼬리가 달린 너는 파리가 여기저기 달라붙어 귀찮게 하는데도 어쩌지 못한다는 것이 얼마나 큰 고통인지 모를 거야. 살아가는 내내 고통이고 슬픔이란다. 그나마 다행히도 이제 그런 짓을 하는 사람은 없어."

진저가 물었다.

"그때는 왜 그랬는데요?"

올리버 경은 발을 구르며 대답했다.

"유행 때문이었지. 유행 말이야! 무슨 소린지 못 알아듣겠지?

그때는 혈통이 좋은 망아지라면 무조건 이처럼 흉측한 꼴로 꼬리가 잘려 나갔어. 사람들은 하느님이 우리에게 필요 없는 꼬리를 만들어 주었다고 생각했나 봐."

진저가 말했다.

"런던에 있을 때 그야말로 고문을 당했어요. 끔찍한 재갈에 줄을 달아서 머리를 바짝 세우도록 했거든요. 지금 생각해 보니 그것도 유행이었네요."

올리버 경이 말했다.

"그렇고말고. 내가 보기에 유행은 세상에서 가장 나쁜 것이야. 사람들은 개를 기를 때도 활기차고 똘똘해 보이도록 꼬리를 자르거나 귀 끝을 뾰족하게 잘랐거든. 기가 막힐 노릇이지. 예전에 아주 친한 친구가 있었어. 자그마한 밤색 개인데 사람들이 스카이라고 하더군. 그 친구는 나를 무척 좋아해서 내 마방에서만 잠을 잤어. 구유 밑에 잠자리도 마련해 놓았고. 얼마 있다가 내 친구는 네댓 마리의 예쁜 강아지를 낳았어. 사람들은 그 강아지들을 갖다 버리거나 물에 빠뜨려 죽이지 않더구나. 워낙 혈통이 좋았거든. 내 친구가 강아지들을 얼마나 예뻐하던지. 눈을 뜨고 꼬물거리는 강아지들을 보고 있노라면 참으로 흐뭇하더구나. 그러던 어느 날 웬 남자가 강아지들을 모두 데려갔어. 내가 발로 밟을까 봐 걱정돼 그런 줄 알았는데 그게 아니더군. 저녁이 되자 가여운 내 친구가 강아지들을 한 마리씩 물어서 데려왔어. 강아지들은 몇 시간 전의 행복한 모습과 거리가 멀었어. 피를 줄줄 흘리며 구슬프게 울고 있었거든. 사람들이 강아지 꼬리뿐만 아니라 팔랑거리던 예쁜 귀까지 싹둑 잘라 놓았기 때문이야. 내 친구는 새끼들을 쉬지 않고 핥아 주며 괴로워했어. 불쌍한 것! 그 모습을 결코 잊지 못할 거야. 시간이 지나자 강아지들은 다 나았고 아프지도 않았어. 그러나 귓속에 먼지가 쌓이거나 상처가 나지 않게 막아 주던 근사한 귀는 영영 사라져 버렸어. 그렇다면 사람들은 왜 자기 자식의 귀를 자르지 않는 걸까? 왜 자기 자식의 코끝을 자르지 않는 걸까? 영리하고 당차게 보일 텐데 말이야. 사람이든 동물이든 모두가 소중하단다. 사람들은 무슨 권리로 하느님이 만드신 동물들의 모습을 바꾸며 괴롭히는 걸까?”

평소에는 점잖던 올리버 경이 불같이 화를 내고 있었다. 나는 다 처음 듣는 이야기라서 덜컥 겁이 났다. 마음속에 생전 처음으로 사람에 대한 증오심이 치솟았다. 당연히 진저도 분노를 감추지 못했다. 머리를 마구 흔들면서 눈을 부릅뜨고 콧구멍을 벌름거리더니 사람들은 무자비한 돌대가리들이라고 딱 잘라 말했다.

“돌대가리라고?”

메리레그스가 커다란 사과나무의 아래쪽 나뭇가지에 몸을 비비다가 다가와서 물었다.

“누가 돌대가리라고 했지? 그건 나쁜 말이잖아.”

진저가 받아쳤다.

"나쁜 것이니까 나쁜 말로 불러야지."

진저는 메리레그스에게 올리버 경의 이야기를 전해 주었다.

메리레그스가 구슬프게 말했다.

"다 사실이야. 처음 살았던 곳에서 그런 개들을 여러 번 봤어. 그렇지만 여기서는 그런 이야기 그만하자. 주인도 존도 제임스도 우리에게 늘 잘해 주잖아. 이런 곳에서 사람들을 욕하는 것은 은혜도 모르는 못난 짓이야. 게다가 다른 곳에도 얼마든지 좋은 주인들과 좋은 사육사들이 있거든. 물론 최고로 좋은 주인과 사육사는 여기에 있지만 말이야."

착한 메리레그스가 지혜롭게 조언하자 모두 맞는 말이어서 우리는 흥분을 가라앉혔다. 올리버 경은 주인을 무척 좋아했으므로 더더욱 차분해졌다.

나는 다른 이야기로 화제를 돌렸다.

"눈가리개는 쓸모가 있나요?"

올리버 경이 단호하게 말했다.

"없어. 전혀 쓸모가 없어."

저스티스가 차분한 목소리로 설명했다.

"말은 겁에 질리거나 깜짝 놀라면 자칫 사고를 일으킬 수 있거든. 그런 일을 막기 위해 씌우는 거야."

나는 다시 물었다.

"그럼 여자들이 타는 승마용 말에는 왜 안 씌우는데요?"

저스티스의 차분한 목소리가 이어졌다.

"그냥 멋 내느라고 눈가리개를 안 씌우는 거야. 사람들은 우리가 수레나 마차를 끌다가 뒤따르는 바퀴를 본 순간 겁먹고 날뛸지 모른다고 생각한대. 그렇지만 우리는 누군가를 등에 태우고 복잡한 길을 갈 때도 바퀴가 사방팔방 굴러가는 것을 볼 수밖에 없어. 때로는 바퀴가 코앞까지 다가와서 불안하지만 우리는 달아나지 않아. 자주 보니 바퀴에 대해 익숙해졌거든. 우리가 처음부터 눈가리개를 하지 않았다면 눈가리개 따위는 전혀 필요 없었을 거야. 흘낏 보며 뭔지 모를 때보다 눈으로 자꾸 확인하여 제대로 알면 무서움이 훨씬 줄어들기 때문이지."

어렸을 때 다치거나 놀란 경험으로 겁이 많아진 말들도 물론 있다. 그런 말들에게는 눈가리개를 씌우는 편이 나을지도 모른다. 그렇지만 나는 다치거나 놀란 적이 없으므로 섣부른 판단을 못 하겠다.

올리버 경이 입을 열었다.

"내가 보기에 눈가리개는 밤에 위험한 것 같아. 어두울 때는 우리가 사람보다 훨씬 잘 볼 수 있거든. 따라서 눈가리개로 가리지만 않았어도 사고가 그리 자주 일어나지는 않았을 거야. 몇 년 전 일이 기억나는군. 깜깜한 밤에 말 두 마리가 장례 마차를 끌고 집으로 돌아오면서 스패로 댁 농장을 지나게 되었어. 길옆에 연못이 있었는데 바퀴가 길의 가장자리로 굴러가는 바람에 마차가 뒤집혀 연못에 빠졌지. 말 두 마리는 모두 물에 빠져 죽었고 마부만 가까스로 살아남았어. 그 사건 이후에 눈에 띄는 하얀색 난간을 튼튼하게 세워 놓았어. 그렇지만 말들의 시야를 눈가리개로 가리지 않았더라면 말들이 길의 가장자리와 거리를 두고 갔을 테니 사고가 아예 안 생겼겠지. 네가 여기 오기 전에 우리 주인의 마차가 뒤집힌 적이 있었어. 들자니 마차 왼쪽에 달린 등이 켜져 있었다면, 길을 보수하느라 일꾼들이 파 놓은 구덩이를 존이 봤을 거라더군. 물론 그랬겠지. 그렇지만 늙은 말 콜린이 눈가리개를 하지 않으면 등이 꺼졌어도 구덩이를 봤을 거야.

경험이 많으니 위험한 곳은 알아서 피했을 거고. 결국 사고가 난 바람에 콜린은 심하게 다치고 마차는 부서졌어. 존이 살아남은 것은 기적이나 마찬가지였지."

진저가 콧구멍을 벌름거리며 빈정거렸다.

"그렇게 잘난 사람들이니 망아지들의 두 눈을 이마 가운데에 달고 태어나게 하면 되겠네요. 지금처럼 양쪽으로 하나씩이 아니라요. 사람들은 자연을 바꾸거나 훼손하는 것은 물론이고 하느님이 만든 동물조차 뜯어고쳐야 한다고 생각하나 봐요."

분위기가 조금씩 험악해지자 메리레그스가 자그마한 얼굴을 쳐들고 말했다.

"비밀 하나 알려 줄게. 존은 눈가리개 씌우는 것을 찬성하지 않았어. 지난번에 존이 주인과 이 문제를 두고 이야기하는 것을 들었거든. 주인이 '눈가리개에 익숙해진 말들은 눈가리개를 벗기면 오히려 위험해질 수도 있다'고 말했어. 그러자 존은 '외국의 몇몇 나라처럼 망아지 때부터 눈가리개 없이 훈련받는 편이 더 나을 것 같다'고 자기 생각을 밝히더군. 그러니 우리 기운을 내자. 함께 과수원 끝까지 달려가 보는 거야. 지나가는 바람에 사과들이 뚝뚝 떨어졌을 테니 다들 빈둥거리며 맘껏 먹어 보자고."

메리레그스의 제안에 우리는 기나긴 대화를 마쳤다. 그리고 풀밭 여기저기에 떨어진 달콤한 사과를 우적우적 먹으며 기운을 되찾았다.

11
좋은 본보기

버트윅에 살면 살수록 이런 곳에서 지내는 내 자신이 뿌듯하고 행복했다. 주인과 주인마님은 주변 사람들 모두에게 존경과 사랑을 받았다. 두 사람은 남자와 여자는 물론이고 말과 당나귀, 개와 고양이, 소와 새를 가리지 않고 모두에게 친절하고 다정했다. 어떤 동물도 함부로 대하거나 죽도록 부려 먹지 않았다. 아랫사람들 역시 그대로 따랐다. 마을 아이가 동물을 잔인하게 다루기라도 하면 당장 저택으로 불러서 따끔하게 혼을 냈다.

주인과 그레이 농장주는 짐마차 끄는 말에 멈춤 고삐를 사용하지 말자고 20년 넘게 목소리를 높였다. 그러다 보니 이 부근에서는 멈춤 고삐를 채운 말을 보기가 드물었다. 주인마님도 멈춤 고삐를 좋아하지 않았다. 말이 고개를 뻣뻣이 쳐든 채 무거운 마차를 끌고 가면 주인마님은 마차에서 내려 그쪽 마부에게 상냥하지만 걱정스러운 목소리로 이유를 물었다. 그러고는 멈춤 고삐가 얼마나 어리석고 잔인한 짓인지 알려 주었다.

어떤 남자도 우리 주인마님에게 맞서지 못했다. 부인들이 우리 주인마님과 같으면 얼마나 좋을까! 우리 주인 역시 아주 엄해질 때가 있었다. 어느 날 아침에 주인이 나를 타고 집으로 가던 길이었다. 힘깨나 쓸 법한 남자가 가벼운 마차에 몸을 싣고 우리 쪽으로 다가오고 있었다. 마차를 끌고 있는 자그마한 암갈색 조랑말은 예쁘장한 데다 다리가 가늘고 머리와 얼굴이 야무져 보여서 아무래도 혈통이 좋은 듯했다. 조랑말은 우리 영지 입구의 철문이 보이자 그쪽으로 방향을 틀었다. 남자는 아무런 말도 없이 조랑말의 고개를 다른 쪽으로 홱 꺾었다. 얼마나 심하게 낚아챘는지 조랑말은 중심을 잃고 넘어질 뻔했다. 그래도 걸음을 추스르고 앞으로 나가려 하자 남자는 사정없이 채찍을 내리쳤다. 조랑말은 영문을 모른 채 앞으로 돌진하려고 했다. 순간 남자는 가여운 조랑말의 턱이 떨어져 나갈 정도로 우악스럽게 고삐를 잡아당기면서 채찍을 마구 휘둘렀다. 차마 눈 뜨고 보기 힘든 장면이었다. 여리고 작은 입이 얼마나 아플지 짐작되었기 때문이다. 마침 주인이 명령하기에 나는 그 남자에게 냉큼 달려갔다.

주인이 엄한 목소리로 다그쳤다.

"소여, 그 조랑말도 피와 살로 만들어지지 않았나?"

남자는 씩씩거리며 말했다.

"피와 살과 고집이요. 자기 하고픈 대로 고집만 부리고 제 말을 듣지 않습죠."

그 남자는 일을 하러 종종 영지에 들르는 목수였다.

주인이 날카로운 말투로 물었다.

"그렇게 다룬다고 조랑말이 자네 말을 잘 따르겠는가?"

남자가 퉁명스럽게 대꾸했다.

"이놈이 쓸데없이 저쪽으로 돌지 뭡니까. 그냥 쭉 가면 되는데 말입니다."

"자네가 그 조랑말을 몰고 우리 집으로 자주 오지 않았나. 그만큼 그 조랑말의 기억이나 지능이 뛰어나다는 뜻일세. 자네가 이번에는 우리 집으로 가지 않는다는 것을 조랑말이 어찌 알겠는가? 어쨌든 그 문제는 더 따지지 않겠네. 소여, 그래도 한 가지는 꼭 말해야겠네. 힘없는 조랑말을 무자비하고 가혹하게 다루는 것을 보니 몹시 마음이 아프군. 그렇게 분통을 터뜨리다가는 자네 조랑말을 해치는 것은 물론이고 자네 성질까지 버리게 되네. 그리고 잘 기억하게. 우리는 사람뿐만 아니라 동물을 어떻게 대했느냐에 따라 먼 훗날 심판을 받는다네."

주인은 나를 몰고 천천히 집으로 향했다. 주인의 목소리에서 슬픔이 느껴졌다. 주인은 신분이 자기보다 낮건 높건 가리지 않고 당당하게 충고했다. 어느 날 우리는 밖을 돌아다니다가 주인 친구인 랭글리 대령과 마주쳤다. 랭글리 대령이 올라탄 큼지막한 마차는 멋들어진 한 쌍의 회색 말이 끌고 있었다.

잠시 이야기를 나누다가 랭글리 대령이 물었다.

"고든, 이번에 새로 산 말들인데 어떤가? 이 근방에서 자네만큼 말에 대해 잘 아는 사람이 없으니 의견을 듣고 싶네."

주인은 두루두루 살피려는 듯 나를 뒤로 물러서게 했다.

"둘 다 기가 막히게 잘생겼군. 생김새만큼 다른 것도 훌륭하다면 더 바랄 나위가 없겠어. 자네는 말을 고달프고 힘들게 하는 물건을 여전히 쥐고 있군."

"무슨 소린가? 멈춤 고삐? 오, 그래. 자네의 관심거리에 대해서는 익히 들었지. 그렇지만 나는 고개를 꼿꼿이 세운 말이 보기 좋다네."

"나도 여느 사람처럼 말이 고개를 치켜든 모습을 좋아해. 그렇지만 억지로 치켜들게 하는 것은 질색이야. 그건 말의 생기를 빼앗는 짓이거든. 자네는 군인이니 자네 부대가 고개를 치켜들고 근사하게 행진하면 흐뭇하겠지. 그런데 자네가 부하들의 뒤통수에 판자를 붙여 놓았다면 어느 누가 칭찬하겠는가. 물론 거추장스럽고 힘들다는 점만 빼면 행진에 큰 지장은 없을 거야. 그러나 뒤통수에 판자를 붙인 채 적에게 총을 겨누며 온 힘을 다해 돌격해야 한다면 어떻게 되겠나? 부하들은 결코 승리를 맛보지 못할 걸세. 그것은 말도 마찬가지야. 자네는 멈춤 고삐로 말들을 답답하고 피곤하게 하면서 힘도 제대로 못 쓰게 하고 있네. 말들이 그런 상태에서 일을 하면 무릎과 관절에 무리가 되어 금세 녹초가 될 걸세. 말도 사람처럼 머리를 자유롭게 움직일 수 있어야 해. 우리가 유행 대신 상식에 따라 행동하면 많은 일을 좀 더 편하게 할 수 있다네. 게다가 머리와 목을 뒤로 바짝 당겨 놓은 상태에서 말이 헛디디기라도 한다면 스스로 중심을 잡기가 어려워진다네.”

주인이 웃음을 터뜨리며 덧붙였다.

“내 관심거리에 대해 맘껏 떠벌렸군. 대령, 자네도 멈춤 고삐 없이 말을 탈 생각은 없나? 그렇게 해 주면 다른 사람들에게 좋은 본보기가 될 걸세.”

랭글리 대령이 대답했다.

“자네 말이 이론상으로는 맞는 것 같군. 군인들에 대한 이야기는 아주 설득력 있었네. 그렇지만…… 흠, 한번 생각해 보지.”

그리고 두 사람은 헤어졌다.

12
폭풍우 몰아치던 날

어느 늦은 가을날에 주인은 사업차 먼 길을 가게 되었다. 내가 가벼운 이륜마차를 끌고 존이 주인과 함께 떠나기로 했다. 나는 그 이륜마차를 무척 좋아했는데 가벼울 뿐만 아니라 바퀴가 높아서 아주 신나게 달릴 수 있었다. 한동안 비가 줄기차게 쏟아지더니 갑자기 거센 바람이 불어 가로수의 나뭇잎이 우수수 떨어졌다. 우리는 한참 달리다가 통행료 요금소와 야트막한 나무다리에 이르렀다. 강둑이 꽤 높았으며 다리는 강둑 위로 치솟은 것이 아니라 강둑 사이를 평평하게 이어 주어서 강이 불어날 경우에는 강물이 다리 가운데의 나무판자까지 차올랐다. 그래도 다리 양쪽 난간이 튼튼해서 사람들은 별로 걱정하지 않았다.

요금소 징수원은 강물이 빠르게 불어나서 밤에는 위험할지도 모른다며 걱정했다. 많은 목초지들이 물에 잠겼고 어떤 길은 내 무릎 반까지 물이 차오른 상태였다. 그래도 다리 바닥이 멀쩡했으므로 주인은 마차를 차분히 몰며 다리를 별문제 없이 건넜다.

시내에 이르러서 나는 먹이를 맘껏 먹었다. 그런데 주인의 일이 생각보다 꽤 길어져서 우리는 상당히 늦은 오후가 되어서야 집으로 출발할 수 있었다. 바람이 더욱 거세게 몰아쳤고 주인은 이런 날씨에 외출한 것은 처음이라고 존에게 말했다. 나도 마찬가지였다. 우리는 숲의 가장자리를 돌아가고 있었다. 커다란 나뭇가지들이 무시무시한 소리를 내며 미친 듯이 흔들렸다.

주인이 말했다.

"숲을 어서 벗어나야 할 텐데."

존이 맞장구를 쳤다.

"네, 나리. 나뭇가지 하나라도 우리 머리에 떨어진다면 큰일이니까요."

그 말이 채 끝나기도 전에 와지끈 뭔가 부러지는 소리가 나더니 참나무 한 그루가 뿌리째 뽑혀 우리 앞에 쓰러졌다. 나는 겁이 날 수밖에 없었다. 우뚝 멈춰 서서 덜덜 떨었다. 그래도 돌아서거나 달아나지 않았다. 그래서는 안 된다고 배웠기 때문이다. 존이 마차에서 훌쩍 뛰어내려 내 머리 쪽으로 달려왔다.

주인이 말했다.

"하마터면 깔릴 뻔했군. 이제 어쩌지?"

"나리, 저 나무를 넘어가기도 어렵고 옆으로 돌아갈 수도 없습니다. 아무래도 아까 지나왔던 사거리로 다시 가야겠습니다. 그러면 9킬로미터쯤 달려야 나무다리에 도착하겠지요. 시간은 걸리겠지만 우리 블랙 뷰티는 아직 쌩쌩하답니다."

우리는 다시 사거리를 지나갔다. 얼마 뒤 나무다리에 도착해 보니 날이 저물고 있었다. 다리 한가운데로 물이 찰랑거렸지만 홍수 때마다 그런 적이 많아서 주인은 멈추지 않았다. 나는 속도를 줄이지 않고 달리다가 나무다리에 발을 딛는 순간 뭔가 이상하다고 느꼈다. 그래서 앞으로 나가지 못하고 바짝 얼어붙었다.

"가자, 뷰티."

주인이 소리치며 채찍으로 툭 쳤다. 그런데도 내가 옴짝달싹하지 않자 매서운 채찍이 날아왔다. 순간 펄쩍 뛰었지만 앞으로 한 걸음도 떼지 않았다.

"뭔가 이상합니다, 나리."

존이 마차에서 뛰어내려 내 머리 쪽으로 와서는 이리저리 살펴보았다. 그러고는 나를 앞으로 잡아당겼다.

"어서 가자, 뷰티, 왜 그래?"

나무다리가 안전하지 않다는 것을 알았지만 나는 대답을 할 수 없었다.

바로 그 순간 다리 맞은편에서 통행료 징수원이 요금소 밖으로 뛰쳐나와 미친 듯이 횃불을 흔들었다.

징수원이 고래고래 소리를 질렀다.

"여기요, 여기. 잠깐 멈추시오!"

주인이 소리쳤다.

"무슨 일인가?"

"다리 가운데가 부러져 강물에 떠내려갔습니다. 여기로 건너 오다가는 강물에 빠지고 맙니다."

주인이 말했다.

"하느님, 감사합니다."

"이 녀석, 뷰티."

존은 감탄을 내뱉으며 내 고삐를 잡고 강가의 오른쪽 길로 방향을 꺾었다. 날은 완전히 저물었고, 무섭게 몰아치며 나무를 쓰러뜨리던 바람은 잠잠해진 상태였다. 어둠이 내려앉을수록 바람은 약해졌다. 나는 길을 따라 묵묵히 내달렸다. 바퀴는 매끄러운 길을 소리 없이 굴러갔다. 한동안 주인도 존도 입을 열지 않았다. 그러다가 주인이 착 가라앉은 목소리로 이야기를 시작했다. 두 사람의 이야기는 잘 들리지 않았다. 그렇지만 주인의 지시에 따라 앞으로 나갔다면 나무다리가 가라앉아서 말과 마차와 주인과 마부 모두 강물에 빠졌을 거라는 내용 같았다. 물살이 거세게 흐르는 데다 불빛 하나 보이지 않고 도와줄 사람도 없었으니 보나 마나 다들 물에 빠져 죽었으리라.

주인의 목소리가 들렸다.

"신은 사람에게 이성을 주어 사물을 이해하도록 하셨지. 그러나 동물에게는 이성 대신 지혜를 주셨거든. 동물은 그 지혜로 빠르고 정확한 판단을 내려서 사람들을 구할 때가 많다네."

존은 개와 말에 대한 이야기들을 꺼냈다.

"깜짝 놀랄 만한 일을 해낸 개와 말도 있답니다. 그런데도 사람들은 동물들의 소중함을 절반도 모르지요. 뿐만 아니라 동물이 아무리 착해도 다정하게 대해 주지 않습니다."

나는 그 말을 듣는 순간 동물과 친구로 지낼 수 있는 사람이 바로 존이라고 생각했다.

이윽고 영지로 들어서는 철문이 나타났다. 정원사가 우리를 마중 나와 있었다. 정원사에 따르면 날이 어두워지자 주인마님이 우리에게 무슨 사고라도 났을까 봐 무척 걱정했다는 것이다. 그래서 제임스에게 저스티스를 타고 나무다리로 가서 별일 없는지 살피도록 시켰던 모양이다.

집에 도착하니 현관뿐만 아니라 위층 창문까지 불빛으로 환했다. 우리가 왔다는 소식을 듣고 주인마님이 뛰쳐나오며 소리쳤다.

"괜찮아요, 여보? 아, 얼마나 걱정했는지 몰라요. 혹시 무슨 사고라도 났나요?"

"아무 일 없었소. 그런데 블랙 뷰티가 우리보다 훨씬 똑똑했다오. 그러지 않았다면 우리 모두 나무다리 아래 강물로 떨어졌을 거요."

그러고는 두 사람이 집 안으로 들어가서 뒷이야기는 듣지 못했다. 존은 나를 마구간으로 데려갔다. 세상에! 그날 밤 존은 나에게 근사한 저녁식사를 차려 주었다. 맛 좋은 밀기울 죽뿐만 아니라 귀리와 으깬 콩은 무척 맛있었다. 게다가 두툼한 짚단까지 새로 깔아 주어서 기뻤다. 정말이지 너무 피곤했기 때문이다.

13
악마의 표시

어느 날, 주인의 심부름으로 존과 함께 나갔다가 쭉 뻗은 길을 걸으며 느긋하게 집으로 돌아오고 있었다. 저만치서 어떤 나이 든 사내아이가 조랑말을 탄 채 울타리 문을 뛰어넘기 위해 애를 쓰고 있었다. 조랑말이 뛰어오르지 않자 사내아이가 채찍을 휘둘렀지만 조랑말은 다른 쪽으로 몸을 돌렸다. 사내아이는 훌쩍 뛰어내려 조랑말을 채찍으로 갈기고 주먹으로 머리를 마구 때렸다. 다시 조랑말에 올라타더니 이번에는 발로 걷어차기 시작했다. 그런데도 조랑말은 사내아이가 시키는 대로 따르지 않았다. 우리가 거기에 이르렀을 때 조랑말은 고개를 숙이고 뒷다리를 들더니 사내아이를 울타리 위로 슬쩍 내던졌다. 그러고는 머리에 고삐를 대롱대롱 매단 채 쏜살같이 집으로 내달렸다.

존은 큰 소리로 껄껄 웃으며 말했다.

"저런 꼴을 당해도 싸지."

사내아이는 가시덤불에서 버둥거리며 소리쳤다.

"으악! 으악! 나 좀 꺼내 줘요."

존이 말했다.

"잘됐군. 너한테 딱 어울리는 곳이야. 가시에 좀 긁혀 봐야 깨달을 테지. 조랑말은 제 키보다 훨씬 높은 곳은 뛰어넘지 못한단다."

존은 그 자리를 뜨며 중얼거렸다.

"저런 녀석은 못됐으니 거짓말도 술술 늘어놓겠지. 뷰티, 버시비 댁 농장에 들러서 무슨 일인지 알려 줘야겠어. 자, 가자."

오른쪽으로 돌아가자 짚더미가 쌓인 마당과 집이 보였다. 농장주는 길까지 허둥지둥 달려 나왔으며 그의 아내는 근심스러운 표정으로 문 앞에 서 있었다.

우리가 다가가자 버시비가 물었다.

"혹시 우리 아들 못 봤소? 한 시간 전에 검은 조랑말을 타고 나갔는데 좀 전에 조랑말만 혼자 돌아왔지 뭐요."

존이 말했다.

"내 생각엔 저 조랑말을 제대로 다루지 못하겠거든 아예 타지 않는 게 나을 것 같소."

버시비가 물었다.

"도대체 무슨 소리요?"

"댁의 아드님이 저 불쌍한 조랑말을 인정사정없이 채찍질하고 발로 차고 주먹으로 때리더군요. 저 조랑말이 제 키보다 훨씬 높은 울타리 문을 뛰어넘지 못한다는 것이 이유였죠. 조랑말은 처음에는 성질도 부리지 않고 얌전했소. 그렇지만 나중에는 뒷다리를 들고 아드님을 가시덤불 울타리로 던졌소. 아드님은 나에게 꺼내 달라고 소리치더군요. 미안하지만 꺼내 줄 수 없었소. 아드님은 뼈가 부러진 데는 없고 가시에 몇 군데 긁혔을 겁니다. 나는 말을 사랑하는 사람이라 그렇게 괴롭히는 모습을 보니 화가 났소. 말이 뒷다리로 일어설 만큼 괴롭히는 것은 아주 나쁜 짓이오. 한 번 시작하면 두 번 세 번이 될 거요."

존이 이야기를 하는 동안 사내아이의 엄마가 울기 시작했다.

"불쌍한 빌, 내가 가서 찾아볼게요. 분명히 많이 다쳤을 거예요."

농장주가 말했다.

"당신은 집에 있는 게 좋겠소. 빌은 이번 일로 뭔가 깨달아야 하오. 앞으로 그 녀석을 눈여겨보리다. 조랑말을 괴롭힌 것이 한두 번이 아니오. 다시는 그런 일이 없도록 하겠소. 매우 고맙소, 맨리. 잘 가시오."

집으로 돌아가는 내내 존은 웃음을 멈추지 않았다.

존이 자초지종을 제임스에게 밝히자 제임스 역시 웃음을 터뜨리고는 말했다.

"쌤통이네요. 빌이랑 같이 학교 다녔거든요. 자기가 농장주 아들이라고 얼마나 거들먹거렸는지 몰라요. 엄청 잘난 척하며 꼬마들을 괴롭혔다니까요. 물론 우리처럼 나이 든 사내아이들은 그냥 두고 보지 않았어요. 빌에게 학교나 운동장에서는 농장주 아들이건 노동자 아들이건 똑같다고 가르쳐 주었지요. 어느 날 오후 수업이 시작되기 전이었어요. 빌이 커다란 창문에서 파리 를 잡은 뒤 날개를 한 짝씩 떼고 있더라고요. 빌은 내가 보고 있 다는 것도 몰랐어요. 내가 뺨을 한 대 올려붙였더니 그대로 바닥 에 넘어지더군요. 나 자신이 놀랄 만큼 화를 냈더니 빌은 고래고 래 비명을 질렀어요. 아이들이 운동장에서 우르르 몰려들었고, 밖에 나와 있던 선생님은 누가 죽은 줄 알고 달려왔지요. 나는 모두 솔직하게 말씀드렸어요. 그러고는 선생님에게 가여운 파리 들을 보여 주었어요. 몇몇은 짓이겨졌고 몇몇은 겨우 기어 다녔 지요. 나는 창턱에 놓인 날개들까지 보여 드렸어요. 선생님이 그 렇게 화내시는 것을 처음 보았어요. 그렇지만 빌이 겁쟁이처럼 엉엉 울며 아프다고 칭얼대자 큰 벌을 주지는 않았어요. 그래도 오후 내내 의자 위에 서 있으라고 하면서 며칠 동안 나가 놀지 못한다고 따끔하게 주의를 주셨지요. 그리고 남자아이들을 모아 놓고 잔인한 행동에 대해 똑바로 알려 주며 냉혹하고 비열한 사 람이나 약하고 힘없는 존재를 다치게 한다고 덧붙이셨어요. 그 날 마음 깊이 새겨 둘 말씀도 해 주셨어요. 선생님은 잔인한 행동은 악마의 표시라서 누군가 잔인하게 행동하고 즐거워한다면 그 사람이 어디에 속했는지 알아차릴 수 있다고 하셨어요. 왜냐하면 악마는 원래 살인자인 데다 끝까지 남을 괴롭히니까요. 반면에 이웃을 사랑하거나 동물에게도 친절한 사람이 있다면 그것은 하느님의 표시예요. 하느님은 사랑이시니까요."

존이 말했다.

"선생님이 정말 좋은 것을 가르쳐 주셨구나. 어떤 종교든 사랑을 내세운단다. 다들 종교를 두고 이러쿵저러쿵 말하지만 사람과 동물을 함부로 대하라고 가르치면 다 가짜야, 가짜. 제임스, 가짜는 어떤 일 때문에 모든 것이 밝혀지고 참모습이 드러나면 무너져 버리지."

14
제임스 하워드

12월의 어느 이른 아침에 존은 평소처럼 나를 운동 시키고서 마방에 데려가 담요를 덮어 주었다. 제임스가 곡식 창고에서 귀리를 꺼내 오는데 주인이 심각한 표정으로 편지 한 장을 들고 마구간으로 들어왔다. 존은 내 마방의 문을 잠근 뒤에 모자를 슬쩍 만지고는 지시를 기다렸다.

주인이 말했다.

"잘 잤나, 존. 제임스에 대해 불만은 없나?"

"불만이라고요, 나리? 없습니다."

"일도 열심히 하고 자네 말도 잘 따르나?"

"그럼요, 나리. 잘하고 있습니다."

"자네가 자리를 비우면 일을 설렁설렁 하지는 않나?"

"그런 적은 없습니다, 나리."

"잘됐군. 그럼 하나만 더 물어보겠네. 제임스에게 말 운동을 맡기거나 심부름을 시키면 일은 제쳐 두고 친구들과 노닥거리지는 않나? 또는 말을 밖에 내버려 두고 쓸데없이 남의 집을 들락거리며 놀다 오지는 않던가?"

"아닙니다, 나리. 절대 그러지 않습니다. 누가 제임스에 대해 그런 고자질을 해도 저는 신경 쓰지 않습니다. 제 눈앞에 확실한 증거를 들이밀지 않는 한 믿을 수 없으니까요. 게다가 누가 그런 걸로 제임스를 모함한 적도 없습니다. 이 마구간에서 저렇게 성실하고 유쾌하며 정직하고 똑똑한 젊은이를 본 적이 없다는 것을 꼭 말씀드려야겠습니다. 저는 제임스가 하는 말과 행동을 믿습니다. 제임스는 말들을 다룰 때도 다정하고 영리합니다. 저는 제복 차림에 모자를 단정히 쓴 젊은이들을 많이 알지만 그들 수십 명보다는 제임스에게 일을 맡기겠습니다. 그러니 제임스 하워드가 어떤 사람인지 알고 싶다면 존 맨리를 만나라고 하십시오."

존은 단호하게 고개를 끄덕였다. 주인은 진지한 표정으로 귀를 기울이다가 존의 이야기가 끝날 즈음에 환하게 웃었다.

그러고는 문가에 줄곧 서 있던 제임스를 다정하게 바라보며 말했다.

"제임스, 귀리는 잠깐 내려놓고 이리 오렴. 네 됨됨이에 대한 존의 생각이 나와 똑같아서 정말 기쁘구나. 존은 워낙 신중해서 다른 사람에 대한 생각을 쉽게 털어놓지 않는단 말이지. 그래서 눈치채지 못하게 빙빙 둘러 물어본 거야. 이제 궁금했던 것은 모두 풀렸구나. 자, 슬슬 이야기를 시작해 보자. 클리퍼드 저택에 사는 클리퍼드 윌리엄스 경은 내 매형인데 편지를 한 장 보내왔어. 스무 살이나 스물한 살 정도의 똑똑하고 믿을 만한 마부가 필요하다는 내용이야. 매형 댁에서 30년 동안 일해 온 마부가 요즘 들어 쇠약해진 모양이야. 매형은 마부에게 일을 배운 뒤 마부가 물러나면 도맡아서 일해 줄 사람을 찾고 있어. 매형은 우선 주급 18실링과 작업복과 마부복과 마부 숙소의 침대 하나를 내주겠다고 제안하더군. 게다가 밑에서 심부름할 꼬마도 한 명 있고. 클리퍼드 경은 좋은 분이니 제임스 너에게는 시작이 괜찮은 셈이지. 나는 너와 헤어지기 싫고 존 역시 너를 떠나보내면 오른팔을 잃는 기분이겠지."

존이 말했다.

"정말 그렇습니다. 그래도 제임스의 앞길을 방해하고 싶지는 않습니다."

주인이 물었다.

"제임스, 지금 몇 살이지?"

"이번 5월에 열아홉 살이 됩니다, 나리."

"좀 어리군. 자네 생각은 어떤가, 존?"

"네, 어리지요. 그렇지만 제임스는 어른이나 다름없이 성실하고 튼튼하며 몸집도 큽니다. 마차를 많이 몰지는 않았으나 손이 가볍고 야무지며 눈치가 빠른 데다 몹시 신중합니다. 말의 발이나 편자를 소홀히 다뤄서 다치게 하는 일은 절대 없을 겁니다."

주인이 말했다.

"그야말로 최고의 칭찬이군, 존. 사실 클리퍼드 경이 '존에게 가르침을 받은 사람이라면 더할 나위 없겠다'라는 글을 덧붙였다네. 제임스, 잘 생각해 보렴. 저녁에 집에 가서 어머니와 상의하여 네 결정을 말해 다오."

그로부터 며칠 뒤에 제임스는 클리퍼드 저택으로 가겠다고 결정을 내렸다. 주인은 한 달이나 6주 뒤에 제임스를 보내기로 하고 그동안 마차 모는 연습을 시켰다. 대형마차가 그렇게 자주 드나드는 것은 처음이었다. 그전에 주인은 마님과 함께 나갈 때를 제외하고는 혼자 자그마한 이륜마차를 몰고 다녔다. 그러나 이제는 주인이든 아가씨들이든 대형마차를 탔다. 심지어 심부름 나갈 때도 제임스가 나와 진저가 끄는 대형마차를 몰았다. 처음에는 존이 마부석에 타고 옆자리의 제임스에게 이것저것 알려주었으나 어느덧 제임스 혼자 몰기 시작했다.

토요일마다 주인은 우리를 몰고 시내로 가서 엄청나게 많은 장소와 낯선 거리를 돌아다녔다. 언젠가는 기차가 들어오는 시간에 맞춰서 일부러 기차역으로 출발한 적도 있었다. 얼마쯤 가다 보니 승객용 마차를 비롯해 대형마차와 짐마차와 합승마차가 뒤엉킨 채 다리를 건너가고 있었다. 기차의 도착을 알리는 종소리가 울려 퍼질 때는 다리 위의 말이나 마부는 실력을 발휘해야 했다. 다리 폭이 좁은 데다 기차역으로 가려면 방향을 완전히 꺾어야 하기 때문이었다. 조금이라도 한눈팔거나 정신을 놓고 있다가는 서로 부딪치기 일쑤였다.

15
늙은 마부

어느 날 주인과 마님은 집에서 75킬로미터쯤 떨어진 곳에 사는 친구를 방문하기 위해 제임스에게 마차를 몰게 했다. 첫날에 50킬로미터를 가는 동안 가파른 언덕을 오르기도 했으나 제임스가 신중하고 능숙하게 대형마차를 몰아서 우리는 딱히 애를 먹지 않았다. 제임스는 언덕을 내려갈 때면 바퀴에 제동장치를 채워 미끄러지지 않게 했으며 평지에서는 반드시 제동장치를 벗겨주었다. 될 수 있는 한 평평한 곳을 디디도록 했으며 가파른 오르막길에서는 뒤로 밀리지 않도록 바퀴를 비스듬하게 돌려놓았다. 그때마다 나와 진저는 숨을 고를 수 있었다. 이렇게 사소한 것까지 신경 써 주고 가끔 칭찬까지 곁들이면 말은 힘이 날 수밖에 없다.

우리는 길에서 한두 번 쉬다가 해가 질 무렵에야 하룻밤 묵을 마을에 이르렀다. 우리가 들어선 곳은 그 마을에서 으뜸가는 호텔로 장터에 자리 잡고 있었다. 호텔은 상당히 커서 아치 모양의 입구를 거쳐 기다란 마당을 지나야만 마구간과 마부 숙소가 나왔다. 호텔의 마부 두 명이 우리를 맞이했다. 둘 중 수석 마부는 명랑하고 쾌활한 노인이었다. 자그마한 몸집에 노란색 줄무늬 조끼를 걸쳤으며 다리를 약간 절고 있었다. 나는 마구를 그렇게 빨리 벗기는 사람은 처음이었다. 마부는 나를 토닥이며 칭찬하고는 기다란 마구간으로 데려갔는데 그곳에는 마방이 여섯 개나 여덟 개 정도 있었다. 말 두세 마리가 한꺼번에 들어갈 수 있는 마방이었다. 곧이어 진저가 다른 마부의 손에 이끌려 들어왔다. 우리 몸을 닦기 시작하자 제임스가 옆에서 지켜보았다. 자그마한 마부는 날렵한 손짓으로 순식간에 우리를 닦아 주었다. 노인이 일을 마치자 제임스가 다가와서 내 몸을 어루만졌다. 아무래도 마부가 나를 제대로 닦지 않았다고 여긴 모양이었다.

제임스는 내 몸이 깨끗해진 데다 실크처럼 부드러워진 것을 알고는 입을 열었다.

"저도 꽤 빠른 편이고 우리 존 아저씨는 더더욱 빠르거든요. 그렇지만 할아버지처럼 빠르고 꼼꼼하신 분은 처음이네요."

다리를 저는 자그마한 노인이 대꾸했다.

"일을 많이 하면 일솜씨가 늘게 마련이야. 그렇지 않다면 얼마나 딱하겠나. 40년이나 해 온 일인데 제대로 못 한다면 그게 이상한 거지. 일을 빨리 하는 것은 습관일 뿐이야. 빨리 일하는 습관을 들이면 천천히 할 때와 마찬가지로 일이 쉬워지거든. 아니, 더 쉽다고 할 수 있지. 만약 구부려 일하는 시간이 남들의 두 배라면 내 몸이 배겨 내지 못할 거야. 나는 일할 때는 남들과 달리 휘파람도 불지 않아! 열두 살 때부터 마구간에서 사냥말이나 경주마를 돌보며 지냈지. 보다시피 몸집이 작아서 몇 년 동안 경마기수로 말을 타기도 했어. 굿우드 경마장에서 잔디가 너무 미끄러워 가여운 라크스퍼가 넘어졌고 나는 무릎을 다쳐 기수로 쓸모가 없어졌어. 그런데 말 없이는 살 수가 없더군. 도저히 안 되겠기에 호텔 마구간으로 들어왔어. 사실 이렇게 혈통이 뛰어나고 훈련을 제대로 시킨 데다 잘 보살핀 말을 다루는 것은 크나큰 기쁨이지. 나는 말을 20분만 다뤄 보면 사육사가 어떤 사람인지 알 수 있거든. 이 녀석을 보게. 쾌활하고 차분하며 시키는 대로 몸을 움직이잖나. 게다가 씻기 편하게 발을 들어주지 뭔가. 사람을 잘 따르는군. 그런데 전혀 다른 말도 있지. 초조해하고 불안해하면서 제멋대로 움직이거든. 또는 마방에서 이리저리 걸어 다니는가 하면 누군가 곁에 오면 머리를 마구 흔들고 귀를 늘어뜨리면서 덜덜 떠는 녀석도 있어. 또는 뒷발로 사람을 차기도 한다니까. 가여운 것들! 그 녀석들이 어떤 대우를 받았는지 짐작이 가더군. 소심한 말은 깜짝깜짝 놀라거나 겁이 많아지지. 혈기가 왕성한 말은 고약하고 위험해지고. 말의 성질은 어렸을 때 굳어지기 마련이야. 어린아이와 같으니 성경에 나오듯 좋은 길로 이끌어 줘야 해. 그러면 먼 훗날 어떤 시련이 닥치더라도 그 길에서 벗어나지 않거든."

제임스가 말했다.

"그 말씀을 들으니 기분이 좋네요. 우리 주인댁에서 바로 그렇게 하거든요."

"젊은이, 실례가 아니라면 자네 주인이 누군지 알고 싶군. 아무래도 훌륭하신 분 같네."

"버트윅의 고든 대지주이십니다. 비컨 힐스 너머에 있지요."

"역시 그렇군. 그분 이야기는 많이 들었지. 말을 보는 눈이 뛰어나시지? 근방에서 말 타는 솜씨가 최고라고 들었는데."

"맞아요. 그런데 젊은 주인이 돌아가신 뒤로는 별로 안 타세요."

"아이고! 마음이 아프시겠군. 나도 신문에서 읽었어. 아주 훌륭한 말도 죽었다지?"

"네, 정말 뛰어난 말이었어요. 바로 이 녀석의 형인데 둘이 무척 닮았답니다."

"저런! 저런! 내 기억으로는 뛰어오르면 안 되는 곳이었어. 위쪽은 울타리가 엉성했고 아래로는 높다란 강둑을 따라 시냇물이 흘러갔을 거야. 그러니 말은 앞에 무엇이 있는지 알 수가 없지.

나도 어느 누구보다 대담하게 말을 탔지만 노련한 사냥꾼이 아
니면 뛰어넘지 말아야 할 곳도 있거든. 인간의 목숨과 말의 목숨
은 여우 꼬리보다 훨씬 소중한 것이야. 나는 당연히 그래야 한다
고 생각하지."

　때마침 젊은 마부가 진저를 깨끗이 씻긴 뒤 우리가 먹을 곡식
을 가져왔다. 그러자 제임스는 노인과 함께 마구간에서 나갔다.

16
화재

그날 늦은 저녁이었다. 호텔의 젊은 마부가 어떤 여행자의 말을 마구간에서 깨끗이 닦아 주고 있었다. 그러자 젊은 남자가 입에 담배 파이프를 물고 마구간으로 들어와 이런저런 이야기를 건넸다.

마부가 말했다.

"타울러, 사다리 타고 다락으로 올라가서 건초더미 좀 가져다가 선반에 놓아두겠나? 파이프는 내려놓고."

"그러지."

타울러는 천장에 달린 문을 열고 다락으로 들어갔다. 나는 타울러가 다락의 바닥을 걷는 소리와 건초를 선반에 내려놓는 소리를 들었다. 이윽고 제임스가 와서 잠자기 전에 우리를 살펴보고는 마구간 문을 잠갔다.

나는 얼마쯤 자다 깨어났는지 모르겠다. 그리고 밤 몇 시인지도 알 수 없었다. 뭔지 모르게 불편해서 깨어나 보니 공기가 답답하고 숨이 막혔다. 진저의 기침 소리에 이어 말 한 마리가 불안하게 부스럭대는 소리가 들렸다. 아주 깜깜해서 아무것도 보이지 않았다. 숨을 쉬기 힘들 만큼 연기만 가득했을 뿐이다.

순간 다락문이 열려 있었다는 생각이 스쳐 갔다. 아무래도 연기가 거기에서 나오는 것 같았다. 귀를 쫑긋 세웠더니 뭔가 소란스러운 가운데 탁탁 소리가 희미하게 들려왔다. 어떤 일이 벌어지는지 모르지만 희한한 소리를 듣고 있으니 다리가 후들거렸다. 마침 다른 말들도 모두 깨어났다. 어떤 말은 고삐를 당겼고 또 어떤 말은 발을 굴렀다.

드디어 마구간 밖에서 발소리가 들렸다. 젊은 마부가 등불을 들고 마구간으로 뛰어들더니 말들의 밧줄을 풀었다. 그러고는 허둥대며 말들을 끌어내려고 했다. 나는 당황하는 마부를 본 순간 더욱 겁이 나고 말았다. 첫 번째 말이 따라나서지 않자 마부는 다른 말들을 차례차례 끌어 보았지만 다들 꼼짝도 하지 않았다. 다음으로는 나를 힘으로 끌고 가려 했지만 아무 소용없었다. 한 마리씩 끌어 보던 마부는 결국 빈손으로 마구간을 나갔다.

우리는 분명히 어리석었다. 그렇지만 온 사방이 위험해 보이고 믿을 만한 사람도 없었다. 모든 것이 이상하고 혼란스러웠다.

열린 마구간 문으로 신선한 공기가 들어와서 숨쉬기가 조금 편해졌다. 그렇지만 머리 위쪽에서 나던 소란스러운 소리는 훨씬 커졌다. 선반의 창살 사이로 올려다보니 벽에서 붉은 빛이 번쩍거리고 있었다. 바깥에서 "불이야!"라고 외치는 소리가 들렸다. 늙은 마부가 후다닥 들어와서 말을 한 마리씩 데리고 나갔다. 다락문 주위에서 불길이 요란한 소리를 내며 맹렬히 타오르기 시작했다.

그 순간 제임스의 목소리가 들렸는데 여느 때와 같이 차분하고 명랑했다.

"자, 우리 아가들. 떠날 시간이니 일어나서 나가자꾸나."

제임스는 문과 가까운 곳에 있는 내게로 먼저 와서 얼른 토닥여 주었다.

"뷰티, 굴레를 써야지. 숨 막히는 곳에서 빠져나가자꾸나."

아주 다급한 상황이었다. 제임스는 자기 목도리를 풀어 내 눈을 살짝 가리고는 나를 토닥이고 달래며 마구간을 빠져나갔다.

제임스는 마당으로 안전하게 나오자 내 눈에서 목도리를 벗기며 소리쳤다.

"누구 없어요? 다른 말을 데려올 때까지 이 말 좀 봐주세요."

키 크고 건장한 남자가 다가와서 나를 붙잡자 제임스는 쏜살같이 마구간으로 들어갔다. 나는 그 모습을 보고 날카로운 울음소리를 냈다. 훗날 진저는 그 울음소리가 큰 도움이 되었다고 했

다. 내가 밖에 있다는 사실을 몰랐다면 밖으로 나갈 용기를 내지 못했을 것이라고 말했다.

마당은 난리법석이었다. 다른 마구간에 있던 말들도 끌려 나와 있었다. 게다가 혹시 불길이 번질까 봐 창고와 차고에 있던 대형마차와 이륜마차까지 몽땅 꺼내 온 상태였다. 마당 저쪽에서는 창문을 열어젖힌 채 사람들이 온갖 소리를 질러 댔다. 그러나 나는 마구간 문만 바라보았다. 연기는 더욱 심해졌으며 시뻘건 불길이 마구 치솟았다.

그처럼 시끌벅적한 가운데 주인의 우렁찬 목소리가 또렷이 들려왔다.

"제임스 하워드! 제임스 하워드! 안에 있니?"

아무 대답이 없었다. 대신 마구간에서 뭔가 쿵 떨어지는 소리가 들렸다. 곧이어 나는 기쁨의 소리를 지르고 말았다. 제임스가 연기를 뚫고 진저와 함께 나왔기 때문이다. 진저는 심하게 기침을 했으며 제임스는 목소리가 나오지 않았다.

주인이 제임스 어깨에 손을 얹고 물었다.

"용감하구나! 다친 곳은 없니?"

제임스는 목소리가 나오지 않았으므로 고개만 저었다.

나를 데리고 있던 건장한 남자가 감탄을 했다.

"정말 용감한 청년이군! 실수도 전혀 없고 말이야."

주인이 말했다.

"자, 네가 숨을 돌렸으니 여기를 어서 빠져나가야겠다."

우리는 호텔 입구로 나아갔다. 그때 장터에서 소란스러운 말 발굽 소리와 덜컹거리는 바퀴 소리가 들려왔다.

두세 사람이 소리쳤다.

"소방마차요! 소방마차! 어서 길을 비키시오."

말 두 마리가 돌바닥 위로 요란하게 말발굽 소리를 내며 소방 도구가 실린 마차를 끌고 마당으로 뛰어갔다. 불이 어디에서 나는 지 물어볼 필요도 없었다. 지붕에서 벌건 불길이 치솟고 있었다.

우리는 서둘러 빠져나와 널찍하고 조용한 장터에 이르렀다. 별이 반짝거렸으며 뒤쪽에서 들리는 소리 말고는 아주 조용했 다. 주인은 앞에 보이는 커다란 호텔로 갔다.

호텔의 마부가 나오자마자 주인은 제임스에게 다음과 같이 말 하고 자리를 떴다.

"제임스, 나는 어서 마님에게 가 봐야겠어. 말은 너에게 믿고 맡길 테니 필요한 조치를 하렴."

그날 밤 주인은 뛰지는 않았지만 뛰는 것과 다름없는 속도로 빠르게 걸어갔다.

우리가 마방으로 들어가기 전에 끔찍한 소리가 들려왔다. 마구 간을 미처 빠져나오지 못한 말들이 그 자리에서 불타 죽으며 비 명을 질러 대고 있었다. 너무 끔찍했다! 나와 진저는 몹시 마음이 아팠다. 잠시 뒤 마방에 들어가서 우리는 좋은 대우를 받았다.

이튿날 아침에 주인은 우리가 어떤지 살펴본 뒤에 제임스와
이야기를 나눴다. 나는 자세히 듣지는 못했다. 마부가 내 몸을
닦아 주고 있었기 때문이다. 그래도 제임스가 무척 행복해하는
모습을 보니 주인에게 칭찬을 들은 모양이었다. 주인마님이 전
날 밤에 많이 놀랐기 때문에 출발은 오후로 미뤄졌다. 제임스는
시간이 넉넉해져서 마구와 마차도 살피고 화재 이야기도 들을
겸 전에 묵었던 호텔로 갔다. 제임스가 돌아와 마부에게 이야기
하는 것을 우리도 듣게 되었다. 처음에는 왜 불이 났는지 아무도
짐작하지 못했다. 그러다가 딕 타울러가 파이프를 입에 문 채 마
구간으로 들어간 것을 봤다는 사람이 나타났다. 그 사람에 따르
면 딕은 마구간에서 나올 때 파이프가 없었으며 새것을 사러 선
술집에 갔다고 했다. 그러자 호텔의 젊은 마부가 딕에게 사다리
타고 다락에 올라가 건초를 가져오라고 부탁하며 파이프를 두고
가라는 말을 덧붙였다고 털어놓았다. 딕은 파이프를 가져가지
않았다고 펄쩍 뛰었지만 아무도 딕의 말을 믿지 않았다. 나는 존
맨리의 규칙이 떠올랐다. 파이프를 가지고 절대 마구간으로 들
어올 수 없다는 규칙이었다. 나는 그런 규칙은 어디서나 지켜야
한다고 생각한다.

제임스에 따르면 지붕과 마룻바닥은 모두 무너져 까맣게 탄
벽만 남았으며 빠져나오지 못한 가여운 말 두 마리는 기둥과 지
붕의 잔해 밑에 파묻혔다고 한다.

17
존 맨리의 이야기

나머지 여행길은 아주 순조로웠다. 해가 뉘엿뉘엿 질 무렵에 주인의 친구 집에 도착했다. 우리는 깨끗하고 아늑한 마구간으로 들어갔다. 그곳의 마부는 친절해서 우리를 무척 편안하게 돌봐 주었다.

마부는 화재 이야기를 듣더니 제임스를 칭찬하며 다음과 같이 말했다.

"이것 하나는 확실하군, 젊은이. 저 말들은 누구를 믿어야 할지 알고 있다는 거야. 화재나 홍수가 났을 때 마구간에서 말을 끌어내는 것은 그 무엇보다 어려운 일이거든. 이유는 모르겠지만 말 스무 마리 중에서 한 마리도 끌어내기 쉽지 않아."

우리는 그곳에서 이삼 일 머무르다가 집으로 돌아왔다. 무사

히 다녀와서 다행이었다. 우리는 기쁜 마음으로 마구간에 들어
갔으며 존도 우리를 보자 표정이 환해졌다.

그날 저녁, 존과 제임스는 일을 마쳐서 마구간을 나설 시간이
었다.

제임스가 존에게 물었다.

"제 자리에 누가 오나요?"

"관리인 숙소에 사는 조 그린이야."

"조 그린이요? 맙소사. 아직 어린애잖아요."

"곧 열다섯 살이 돼."

"그렇지만 아주 조그만 꼬맹이라니까요."

"맞아, 몸집이 작지. 그래도 행동이 재빠르고 마음이 따뜻한
데다 뭐든 해내려는 의지가 굳은 아이야. 무엇보다 여기에 꼭 오
고 싶어 하더라고. 주인 나리도 조에게 기회를 한번 주고 싶으신
가 봐. 물론 내가 싫다면 좀 더 큰 아이를 찾아보겠다고 하시더
군. 그래서 6주 동안 시험 삼아 데리고 있겠다고 말씀드렸어."

"6주라니! 그 애가 일을 제대로 하려면 6개월은 걸릴 거예요!
아저씨가 얼마나 일이 많아지겠어요."

존이 껄껄 웃었다.

"저런. 나랑 일은 천생연분이거든. 나는 일이 무섭지 않단다."

제임스가 말했다.

"아저씨는 정말 훌륭하신 분이에요. 저도 아저씨 같은 사람이

되고 싶어요."

존이 말했다.

"그동안 내 이야기는 별로 한 적이 없었지. 그렇지만 네가 여기를 떠나 다른 세상으로 가게 되었으니 내가 이 일을 어떻게 시작하게 되었는지 말해 줘야겠다. 우리 부모님이 열병에 걸려 열흘 간격으로 돌아가셨을 때 나도 조처럼 어렸어. 그 당시 도움을

청할 친척 한 명도 없이 다리를 저는 여동생 넬리와 나만 세상에 덜렁 남겨진 꼴이었지. 나는 넬리까지 먹여 살려야 했지만 농부의 자식이다 보니 내 입에 풀칠하기도 힘이 들었어. 주인마님이 아니었다면 넬리는 빈민 구제소에 들어갔을 거야. 넬리는 주인마님을 천사라고 부르는데 전혀 틀린 말이 아니란다. 주인마님이 과부로 살아가는 맬릿 할머니와 넬리가 머물 방을 구해 주셨거든. 그리고 넬리가 일할 나이가 되자 바느질거리를 맡기셨단다. 넬리가 아플 때는 주인마님이 먹을거리뿐만 아니라 다른 여러 가지를 챙겨 주셨지. 넬리에게는 어머니 같은 분이야. 나리 역시 나를 마구간으로 데려와서 당시의 마부인 노먼 할아버지 밑에서 일하도록 해 주셨어. 그 덕분에 나는 세끼 식사를 해결하고 다락의 침대에서 잘 수 있었지. 게다가 옷 한 벌과 주급으로 3실링까지 받게 되었어. 나는 넬리를 보살필 수 있었어.

　노먼 할아버지 이야기를 빼놓을 수 없지. 노먼 할아버지는 나를 얼마든지 거절할 수 있었단다. 나이도 많은 분이 농사밖에 모르는 꼬맹이를 데리고 굳이 고생할 필요는 없었거든. 그렇지만 아버지처럼 나를 보살펴 주셨고 온갖 수고를 마다하지 않으셨어. 몇 년 전에 노먼 할아버지가 돌아가시면서 내가 그 자리를 대신하게 되었지. 이제 나는 높은 임금을 받으며 미래를 대비해 저축도 하고 있고 넬리도 무척 행복하게 지내고 있어. 그러니 조그린을 꼬맹이라고 거절한다면 친절하고 훌륭하신 주인 나리가 무척 안타까워하시겠지. 그건 안 될 말이야. 안 되고말고. 네 생각이 많이 날 거다, 제임스! 그래도 우리는 잘 헤쳐 나갈 거야. 친절을 베풀 일이 생기면 나는 기꺼이 그렇게 하겠어."

제임스가 말했다.

"아저씨는 '나 혼자 잘 먹고 잘 살면 그만이다'라는 말을 싫어하겠네요."

존이 대꾸했다.

"그러면 안 되지. 주인 나리와 마님과 노먼 할아버지가 혼자만 잘 살고자 했다면 나와 넬리는 어떻게 되었을까? 넬리는 빈민 구제소로 가고 나는 곡괭이질을 하고 있겠지. 네가 혼자 잘살 생각이었다면 블랙 뷰티와 진저는 어떻게 되었을까? 그래, 불에 타서 죽었겠지. 제임스, 혼자만 잘 살겠다는 것은 이기적인 짓이야. 그렇게 자기만 생각하는 사람은 외딴섬에 홀로 사는 것과 같단다."

존은 이야기를 마치고는 매우 확신에 찬 표정으로 고개를 끄덕였다.

제임스는 순간 웃음을 터뜨렸지만 금세 쓸쓸한 목소리로 말했다.

"저에게 엄마 다음으로 소중한 분은 아저씨예요. 아저씨가 저를 잊지 않으면 좋겠어요."

"그럴 리가 있니. 내가 너에게 조금이나마 도움이 되었기를 바란다. 어쨌든 너도 나를 잊지 말아다오."

이튿날이 되자 조 그린이 제임스에게 마구간 일을 배우러 왔다. 조는 마구간을 청소하고 짚더미와 건초 들이는 법을 배웠다. 마구를 정리하고 마차를 닦기도 했다. 조는 진저와 나를 솔질하기에는 너무 작았다. 그래서 제임스가 메리레그스로 조에게 가르쳐 주었다. 조를 책임진 사람이 당분간 제임스였기 때문이다. 조는 착하고 명랑한 아이였으며 늘 휘파람을 불며 일을 하러 왔다.

메리레그스는 "아무것도 모르는 꼬마에게 시달리고 있어"라며 몹시 짜증을 냈지만 2주가 지나자 조가 꽤 잘할 것 같다고 나에게 슬쩍 털어놓았다.

드디어 제임스가 우리를 떠나는 날이 되었다. 늘 명랑했던 제임스도 그날 아침만은 상당히 울적해 보였다.

제임스가 존에게 말했다.

"여기에 많은 것을 두고 떠나네요. 어머니와 벳시, 아저씨, 좋으신 주인 나리와 마님을요. 그리고 저 말들과 사랑스러운 메리레그스까지도. 새로운 곳에 가면 아는 사람이 하나도 없겠죠. 그래도 수입이 좀 넉넉하니 어머니에게 보탬이 될 것 같아요. 그러지 않는다면 여기를 떠날 결심을 하지 않았을 거예요. 정말 마음이 아프네요, 아저씨."

"그래, 제임스, 당연한 거야. 집을 처음으로 떠나는데 슬퍼하지 않는다면 그게 더 이상하지. 자, 용기를 내렴. 거기에 가면 사람들과 금세 친해질 거야. 일도 잘 해낼 거라고 믿어. 그렇게 되면 네 어머니가 얼마나 기뻐하시겠니? 네가 좋은 곳에 가서 일하는 것을 무척 자랑스러워하실 거야."

존이 제임스에게 용기를 북돋아 주었지만 다들 제임스가 떠나는 것을 아쉬워했다. 메리레그스는 제임스를 그리워하며 며칠 동안 먹이에 입을 대지 않았다. 한동안 존은 나에게 아침 운동을 시킬 때 일부러 메리레그스도 데리고 나왔다. 메리레그스가 기운을 차리도록 내 곁에서 달리게 했다. 며칠 지나지 않아 메리레그스의 기분은 훨씬 나아졌다.

조 그린의 아버지 역시 말에 대해 잘 알고 있어서 가끔 마구간으로 찾아와 조금씩 거들었다. 조 그린은 일을 배우려고 무척 노력했으며 존은 조를 끊임없이 격려했다.

18
의사에게 가다

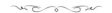

제임스가 떠나고 며칠 뒤 밤이었다. 나는 건초를 먹은 뒤 짚단에서 잠이 들었다. 그리고 요란하게 울리는 마구간 종소리에 화들짝 놀라 일어났다. 존의 집에서 문 열리는 소리에 이어 저택으로 달려가는 존의 발자국 소리가 났다.

존은 금세 돌아와 마구간 문을 열고 소리쳤다.

"일어나, 뷰티, 지금 같이 가야만 되겠다."

존은 내 등에 안장을 얹고 머리에 굴레를 씌운 뒤에 얼른 달려가서 자기 코트를 갖고 왔다. 그리고 저택의 철문까지 나를 서둘러 끌고 갔다. 주인이 한 손에 등불을 들고 서 있었다.

주인이 말했다.

"어서, 존, 마님의 목숨을 위해 있는 힘껏 달려 주게. 머뭇거릴 시간이 없어. 이 쪽지를 화이트 의사 선생에게 전해 주게. 말은 숨 좀 돌리도록 여관에 두더라도 자네는 즉시 돌아와야 하네."

"알겠습니다, 나리."

존은 곧장 내 등에 올라탔다. 관리인 숙소에 사는 정원사는 이미 종소리를 들은 터라 철문을 열어 놓고 기다리고 있었다. 우리는 영지를 지나고 마을을 통과한 뒤 언덕 아래 통행료 요금소에 이르렀다. 존이 문을 부술 듯이 쾅쾅 치자 징수원이 바로 나와서 길막이 문을 열었다.

존이 말했다.

"의사 선생님이 지나가실 테니 길막이 문을 반드시 열어 두게. 돈은 여기 있네."

존은 다시 달리기 시작했다.

우리 앞쪽으로 평평한 길이 강둑을 따라 쭉 펼쳐져 있었다.

존이 말했다.

"자, 뷰티, 최선을 다해 달려 보렴."

나는 존이 시킨 대로 따랐다. 채찍이나 박차는 필요 없었다. 발이 보이지 않을 만큼 빠른 속도로 3킬로미터를 달려갔다. 뉴마켓 경기에서 우승한 우리 할아버지도 그렇게 빨리 달리지는 못했으리라. 다리에 이르자 존이 고삐를 살짝 당기고는 내 목을 토닥였다.

"잘했어, 뷰티! 우리 멋진 친구."

존은 속도를 늦추려고 했지만 나는 힘이 넘쳐서 좀 전과 같은 속도로 달렸다. 공기가 선선하고 달이 환해서 기분이 상쾌했다. 우리는 어떤 마을과 캄캄한 숲을 지났으며 언덕을 오르내렸다. 그렇게 13킬로미터를 달리고서야 시내에 이르렀고 이내 길거리를 지나 장터로 들어섰다. 돌바닥 위를 달려가는 내 말발굽 소리만 들릴 뿐 사방이 고요했다. 모두들 잠든 모양이었다. 이윽고

화이트 의사 선생의 집에 도착했을 때 교회 종이 3시를 알렸다. 존이 벨을 두 번 누르고 문을 쾅쾅 두드렸다.

창문이 벌컥 열리더니 화이트 선생이 잠옷 차림으로 고개를 내밀고 물었다.

"무슨 일이오?"

"고든 주인마님이 무척 아프십니다. 주인 나리께서 선생님이 당장 오셔야 한다고 말씀하셨습니다. 선생님이 오시지 못하면 주인마님이 돌아가실지도 모른답니다. 여기 쪽지가 있습니다."

"기다리시오. 금방 나가겠소."

화이트 의사 선생은 창문을 닫고서 바로 현관에 나타났다.

"그런데 이를 어쩌나. 우리 말은 하루 종일 밖에서 돌아다닌 탓에 녹초가 되었소. 그리고 다른 말은 우리 아들이 심부름을 하느라 타고 나갔소. 이를 어쩐다? 내가 그 말을 타면 안 되겠소?"

"이 말도 줄곧 달려온 상태라 여관에서 잠시 쉬게 해 줄 생각이었습니다. 그러나 주인 나리도 선생님의 의견을 반대하지 않으실 겁니다."

"알았소. 당장 준비하겠소."

존은 내 곁에 서서 목을 쓰다듬었다. 나는 몸에서 열이 났다. 의사가 채찍을 챙겨 들고 나왔다.

존이 말했다.

"선생님, 그건 필요 없습니다. 블랙 뷰티는 지쳐 쓰러질 때까지 달릴 테니까요. 잘 다뤄 주십시오. 이 녀석은 다치면 안 됩니다."

"알겠소, 존. 그렇게 하리다."

우리는 존을 뒤로한 채 달리기 시작했다. 돌아오는 길에 대해서는 굳이 말하지 않겠다. 의사는 존보다 무거운 데다 말 타는 솜씨도 좋지 않았다. 그렇지만 나는 최선을 다했다. 요금소의 징수원은 길막이 문을 열어 두고 있었다.

우리가 언덕을 오르자 의사가 고삐를 잡아당겼다.

"자, 멋진 친구, 숨 좀 돌리자꾸나."

나는 숨이 턱에 찬 상태였으므로 의사가 그렇게 해 주어서 기뻤다. 숨을 고르며 기운을 차린 뒤에 곧 영지에 도착했다. 우리가 왔다는 소식을 듣고 조는 철문까지 나왔으며 주인은 저택 앞에 서 있었다. 주인은 아무 말 하지 않았다. 의사가 주인과 함께 안으로 들어가자 조는 나를 마구간으로 데려갔다. 나는 집에 도착하자 얼마나 기뻤는지 모른다! 다리가 후들후들 떨려서 숨만 헐떡이며 겨우 서 있었다. 내 몸에서 마른 털이라고는 한 오라기도 없었다. 땀이 다리를 타고 뚝뚝 떨어졌다. 조의 말마따나 불에 올려놓은 주전자처럼 김이 풀풀 솟아올랐다. 가여운 조! 조는 몸집이 작고 어린 데다 아는 것도 별로 없었다. 일을 도와주던 조의 아버지는 마침 이웃 마을로 심부름을 간 상태였다. 그래도 조는 나름대로 최선을 다했다. 내 다리와 가슴을 열심히 닦아 주었던 것이다. 그러나 나에게 따뜻한 담요를 덮어 주지는 않았다.

몸이 뜨거워서 그런 것은 없어도 된다고 생각했나 보다. 그대신 마실 물을 양동이 가득 가져다주었다. 차가운 물이 너무 시원해서 나는 몽땅 마셨다. 조는 건초와 곡식을 내려다 놓고는 할 일을 다 마쳤다고 생각했는지 마구간에서 나갔다. 그런데 얼마 지나지 않아 내 몸이 으스스 떨리면서 추워지기 시작했다. 그야말로 온몸이 쑤셨는데 다리는 욱신거리고 허리는 끊어질 것 같고 가슴이 뻐근했다. 덜덜 떨면서 서 있으려니 따뜻하고 두터운 담요가 너무나 간절했다. 존이 너무나 보고 싶었지만 존은 13킬로미터나 되는 길을 걸어오는 중이었다. 나는 짚단에 엎드려서 억지로 잠을 청했다. 한참이 지난 뒤에 문 앞에서 존의 소리가 들려왔다. 나는 너무 아팠으므로 가느다랗게 신음소리를 냈다. 존은 당장 내 곁으로 달려와 허리를 숙이고 자세히 살펴보았다. 나는 몸이 어떤지 입도 뻥긋 못 했지만 존은 금세 알아차린 것 같았다. 존은 두툼한 담요 두세 장으로 내 몸을 덮어 주고는 집으로 달려갔다. 그리고 뜨거운 물을 가져와서는 따뜻한 죽을 만들어 주었다. 나는 죽을 들이켰고 까무룩 잠에 빠졌다.

존은 화가 머리끝까지 났는지 계속 중얼거렸다.

"바보 같은 놈! 바보 같은 놈! 담요 한 장 덮어 주지 않다니. 보나 마나 차가운 물을 먹였겠지. 사내아이 녀석들은 못된 놈들이라니까."

그렇지만 조는 착한 아이였다.

나는 끙끙 앓았다. 지독한 폐렴에 걸려서 숨을 쉴 때마다 몹시 아팠다. 존은 밤낮으로 나를 돌보았다. 밤에도 두세 번이나 나를 보러 왔다. 주인도 나를 보기 위해 자주 들렀다.

하루는 주인이 이렇게 말했다.

"가여운 뷰티. 착하기도 하지. 네가 마님 목숨을 구했어, 뷰티. 그래, 네가 마님을 살린 거야."

그 말을 듣는 순간 무척 기뻤다. 조금만 더 늦게 도착했다면 마님을 도저히 살리지 못했을 거라고 의사가 말했다고 한다. 존은 주인에게 자기 평생 그렇게 빨리 달리는 말을 본 적이 없으며 무슨 일이 일어났는지 말이 아는 것 같았다고 덧붙였다. 존은 내가 아무것도 모른다고 생각했겠지만 나는 그렇지 않았다. 적어도 나와 존이 있는 힘을 다해 달려야 마님의 목숨을 구할 수 있다는 것쯤은 알고 있었다.

19
모르고 저지른 일

얼마나 앓았는지 모르겠다. 말 수의사인 본드 씨가 하루도 빠짐없이 들렀다. 어떤 날은 내 몸의 피를 뽑기도 했다. 존은 양동이에 피를 받았다. 피를 뽑고 나자 어질어질했다. 나는 곧 죽을 것 같았으며 다들 그렇게 생각하는 것 같았다.

진저와 메리레그스는 다른 마구간으로 옮겨져서 나는 조용하게 지냈다. 그렇지만 열 때문인지 소리가 아주 잘 들렸다. 아주 조그맣게 부스럭대는 소리도 크게 들려 집을 드나드는 발자국 소리만으로도 누군지 알아차릴 정도였다. 나는 무슨 일이 벌어지고 있는지 알 수 있었다. 어느 날 저녁에 존이 나에게 물약을 먹여야 해서 토머스 그린이 도와주러 왔다. 물약을 먹인 뒤에 존은 내가 편안하게 쉬는지 이리저리 살폈다. 그리고 약이 효과가 있는지 30분은 지켜봐야 한다고 토머스에게 말했다. 토머스 그린은 곁에 있어 주겠다고 했다. 두 사람은 메리레그스 마방에서 가져온 기다란 의자에 나란히 앉았고 혹시라도 내 눈이 부실까 봐 등불을 바닥에 내려놓았다.

두 사람은 한동안 입을 열지 않았다.

마침내 토머스 그린이 가라앉은 목소리로 말을 건넸다.

"존, 조에게 좋은 말 좀 해 주게. 우리 아들이 몹시 풀이 죽어 있다네. 밥도 제대로 못 먹고 웃지도 않아. 자기 잘못이라는 것을 잘 알더라고. 나름대로 최선을 다했다지만 말이야. 뷰티가 죽으면 다들 자기를 쳐다보지도 않을 거라고 걱정하네. 그런 말을 들으니 가슴이 정말 미어졌네. 자네가 딱 한마디라도 해 주면 좋겠네. 우리 애가 그리 못된 녀석은 아니잖나."

존은 잠시 후에야 입을 열었다.

"저를 다그치지 마세요, 토머스. 조가 일부러 그런게 아니라는 것은 잘 압니다. 저도 그렇게 말하지는 않았어요. 조는 물론 나쁜 애가 아니지요. 그렇지만 제 속이 까맣게 타들어 가고 있습니다. 뷰티는 주인 나리와 마님이 가장 좋아할 뿐만 아니라 내가 가장 자랑스러워하는 말이거든요. 뷰티가 죽을지도 모른다고 생각하면 도저히 견딜 수가 없어요. 그래도 말씀을 들어 보니 제가 조에게 가혹한 것 같아서 내일은 따뜻하게 말하겠어요. 대신 뷰티가 나아지면 그러겠다는 뜻입니다."

"존! 고맙네. 자네도 그렇게 차갑게 대할 생각은 없었겠지. 그나마 우리 애가 잘 모르고 그랬다는 것을 알아주니 다행이네."

그 순간 존이 깜짝 놀랄 만한 목소리로 소리쳤다.

"모르고 그랬다고요? 모르고 그랬어요? 그런 말을 어떻게 그리 쉽게 하시나요? 모른다는 것은 사악한 행동 다음으로 나쁘답니다. 둘 중 어느 것이 더 고약한지는 하느님만이 아실 테지요. 사람들은 '아, 나는 몰랐어. 일부러 그런 건 아니야!'라고 고개를 흔들면 다 괜찮아진다고 생각하더군요. 마사 멀워시가 자기 아기를 죽이려고 독초인 달리아를 진정제 시럽에 섞여 먹였겠어요? 그렇지만 아기는 죽었고 그 여자는 살인죄로 재판을 받았잖아요."

"그야 당연한 일 아닌가. 뭐가 좋고 나쁜지도 모르는 여자가 아픈 아기를 돌봐서는 안 되지."

토머스의 대답을 듣고서 존은 다른 이야기를 꺼냈다.

"빌 스타키 역시 유령 분장을 하고 달빛 아래에서 동생을 쫓아갈 때 동생이 겁에 질려서 넋이 나갈 줄은 몰랐겠지요. 그렇지만 어떤 어머니라도 자랑할 만큼 영리하고 잘생긴 청년이 결국 바보가 되고 말았어요. 앞으로 여든 살까지 산다고 해도 멀쩡해지기는 글렀어요. 2주일 전에 몹시 속상한 일을 겪었다면서요? 고든 맥 아가씨들이 온실 문을 활짝 열어 놓는 바람에 차디찬 동풍이 밀려들어 와서 화초가 엄청나게 많이 죽었다던데요?"

"엄청나게 많았지! 하나도 남김없이 새순을 잘라 냈다네. 그런데 또 한번 잘라 줘야 할 것 같아. 문제는 새로운 모종을 구할 수 없다는 걸세. 화초가 그렇게 된 걸 보고 미치는 줄 알았네."

존이 말했다.

"그렇지만 아가씨들도 일부러 그러진 않았을 거예요. 몰라서 그랬겠지요!"

약효가 나타나서 잠이 드는 바람에 두 사람의 이야기를 더는 듣지 못했다. 아침이 되자 조금 기운이 났다. 훗날 세상에서 이런저런 일을 겪다 보니 존의 말이 자꾸 생각났다.

20
조 그린

조 그린은 제법 잘 해내 갔다. 뭐든 빠르게 배우고 조심성이 많아서 존이 여러 가지 일을 믿고 맡겼다. 그렇지만 전에 말했듯이 조는 또래에 비해 작아서 진저나 나를 훈련시키지 못했다. 그러던 어느 날 주인이 5킬로미터쯤 떨어진 신사 댁에 쪽지를 급하게 보낼 일이 생겼지만 존은 저스티스가 끄는 짐마차를 타고 밖에 나가 있었다. 하는 수 없이 주인은 조에게 나를 타고 쪽지를 전달하라는 지시를 내렸다. 조심해서 몰아야 한다는 당부도 잊지 않았다.

우리는 쪽지를 잘 전달하고 천천히 돌아오다 벽돌 공장 앞에서 벽돌을 가득 실은 마차가 서 있는 것을 보았다. 마차는 바퀴가 진흙에 빠져서 꼼짝 못 하고 있었다. 마부는 소리를 지르며 말 두 마리를 향해 무자비하게 채찍질을 했다. 조가 고삐를 당겨 나를 세웠다. 그 광경을 보고 있으니 가슴이 아팠다. 말 두 마리는 온 힘을 다해 마차를 끌어내려 했지만 아무 소용없었다. 말의 배와 다리에서 땀이 뚝뚝 떨어졌다. 옆구리는 잔뜩 힘이 들어갔고 근육은 하나같이 불끈거렸다. 그런데도 마부는 앞쪽에 서 있는 말의 머리를 거칠게 잡아당기며 무섭게 매질을 하고 욕설을 퍼부었다.

조가 말했다.

"잠깐만요, 말을 그렇게 때리지 마세요. 바퀴가 진흙 속에 깊이 박혀서 마차가 못 움직이는 거예요."

남자는 조의 말을 귓등으로도 안 듣고 매질을 계속했다.

조가 다시 애원했다.

"그만하세요, 제발요. 마차에서 벽돌을 좀 내리면 될 것 같아요. 제가 도와드릴게요. 계속 그렇게 하시면 마차를 꺼낼 수 없어요."

"네 일이나 잘해, 건방진 놈아. 내 일은 내가 알아서 할 테니까."

남자는 술에 취한 채로 화를 벌컥 내더니 다시 채찍을 휘둘렀다. 조는 방향을 바꿔서 벽돌 공장의 공장장 집을 향해 전속력으로 달려갔다. 우리가 달리는 모습을 봤다면 존이 가만두지 않았으리라. 그렇지만 나와 조는 서로 마음이 통했다. 너무 화가 난 상태라 속도를 늦출 수 없었다.

공장장의 집은 길가에 있었다.

조는 문을 두들기며 소리쳤다.

"클레이 아저씨, 문 좀 열어 주세요."

문이 열리며 클레이 씨가 나왔다.

"무슨 일이니, 조? 급한 일인가 보구나. 주인 나리가 오늘 아침에 뭘 시키셨어?"

"아니요, 아저씨. 그런데 아저씨네 벽돌 공장에서 일하는 사람이 말 두 마리를 죽일 듯이 때리고 있어요. 제가 말렸지만 소용없었어요. 마차에서 벽돌을 내려 드리겠다는데도 막무가내였고요. 그래서 아저씨에게 알려 드리러 왔어요. 아저씨, 빨리 가봐 주세요."

조는 흥분한 나머지 목소리가 떨렸다.

"알려 줘서 고맙다."

공장장은 모자를 가지러 갔다가 이내 돌아와서 물었다.

"내가 치안판사 앞에 그 녀석을 데려갈 수도 있어. 그러면 오늘 본 것을 증언해 줄 수 있니?"

"그럼요, 얼마든지 할 수 있어요."

공장장이 가고 나자 우리는 빠른 걸음으로 집에 돌아왔다.

"무슨 일이 있었어, 조? 잔뜩 화가 난 얼굴이구나."

존이 묻자 조가 안장에서 훌쩍 뛰어내리며 대답했다.

"얼마나 화가 났는지 몰라요. 다 말씀드릴게요."

조는 좀 전에 있었던 일을 무척 흥분된 목소리로 단숨에 이야기했다. 평소에는 조용하고 차분하던 아이가 목소리를 높이는 것을 보니 무척 신기했다.

"잘했어, 조! 그 작자가 치안판사에게 불리어 가든 말든 상관없이 너는 아주 잘한 거야. 여러 사람들이 그 길을 지나가며 보았을 텐데도 괜히 끼어들 필요 없다고 생각했겠지. 그렇지만 사

람이든 동물이든 학대받는 모습을 보면 누구라도 끼어들어 도와
야 해. 넌 잘한 거야."

조는 흥분을 가라앉혔다. 존이 칭찬을 아끼지 않았으므로 조
는 기쁨을 감추지 못했다. 조는 내 발을 씻어 주고서 몸도 열심
히 닦아 주었다.

두 사람이 저녁을 먹으러 각자 집으로 돌아가려는데 집사가
마구간으로 와서 조에게 주인 나리가 부른다며 어서 가 보라고
했다. 말을 학대한 죄로 남자가 불리어 왔으니 조의 증언이 필요
하다는 것이었다. 조의 얼굴은 벌겋게 달아올랐고 두 눈은 초롱
초롱 빛났다.

조가 말했다.

"갈게요."

존이 조언했다.

"좀 더 단정하면 좋겠구나."

조는 넥타이를 바짝 당기고 윗옷을 바로잡은 뒤에 밖으로 나
갔다. 우리 주인은 그 지역의 치안판사 중 한 명이었으므로 가
끔 사건들을 맡아서 조정하거나 판결을 내렸다. 잠시 후 저녁식
사 시간이 되었으므로 마구간에 있는 우리는 아무 이야기도 듣
지 못했다. 그러다가 나중에 조가 들뜬 표정으로 마구간에 들어
왔다.

조는 장난치듯 손바닥으로 나를 살짝 때리며 말했다.

"앞으로도 그런 일을 만나면 모른 체 넘어가지 않을 거야. 그렇지, 친구?"

나중에 들으니 조가 똑 부러지게 증언한 데다 말 두 마리가 완전히 지쳐 있고 학대받은 상처들이 뚜렷해서 마부는 유죄가 되어 교도소에서 두세 달 보내야 했다.

조는 처음 왔을 때에 비해 놀랄 만큼 달라졌다. 존은 껄껄 웃으며 조가 그 주에 쑥 자랐다고 말했다. 내가 보기에도 정말 그랬다. 물론 여전히 다정하고 친절했지만 이제는 무슨 일이든 정확하고 과감하게 처리했다. 조는 단숨에 소년에서 어른으로 발돋움한 것처럼 보였다.

21
작별

이 행복한 곳에서 3년을 지내자 서글픈 변화가 시작되었다.
우선 주인마님이 아프다는 소식이 자꾸 들려왔다. 의사가 집을
들락거렸으며 주인은 슬픔과 걱정이 가득해 보였다. 그러다가
마님이 집을 떠나 2, 3년 동안 따뜻한 나라에서 지내야 한다는
이야기가 떠돌았다. 그 소식은 죽음의 종소리처럼 집안 곳곳으
로 퍼져 갔다. 모두가 안타까워했다. 그러나 주인은 영국을 떠나
기로 결정하기 무섭게 모든 것을 정리하기 시작했다. 마구간에
서는 그런 이야기만 들려왔다. 사실 다른 이야기는 거의 나누지
않았다.

존은 쓸쓸한 얼굴로 묵묵히 일했고 조는 휘파람을 별로 불지
않았다. 드나드는 사람이 셀 수 없이 많아서 나와 진저는 일이

산더미였다.

제일 먼저 제시 아가씨와 플로라 아가씨가 가정교사들과 함께 떠났다. 두 사람은 우리에게 작별인사를 하러 와서는 불쌍한 메리레그스를 오랜 친구처럼 껴안았다. 사실 메리레그스는 두 사람의 진정한 친구였다. 곧이어 우리가 갈 곳이 결정되었다는 소식이 들려왔다. 주인은 진저와 나를 자신의 오랜 친구인 W 백작에게 팔았다. 우리에게는 거기가 알맞은 장소라고 생각했기 때문이다. 메리레그스는 블롬필드 부인에게 조랑말이 필요했으므로 블롬필드 신부 댁으로 가게 되었다. 대신 메리레그스를 절대 팔면 안 되고 죽을 때가 되면 총으로 쏴서 묻어 달라는 조건이 붙었다.

조는 메리레그스를 돌보며 블롬필드 신부 댁의 집안일을 돕기로 했다. 나는 메리레그스에게 잘된 일이라고 생각했다. 존은 여러 곳에서 좋은 일자리가 들어왔지만 좀 더 기다려 보겠다며 거절했다.

떠나기 전날 저녁에 주인이 마구간으로 와서 몇 가지 지시를 내린 뒤에 말들을 마지막으로 쓰다듬었다. 주인의 목소리를 들으니 무척 울적한 것 같았다. 말은 사람과 달리 목소리로 많은 것을 알아채기 마련이다.

주인이 입을 열었다.

"존, 뭘 할지 결정했나? 일자리를 다 거절했다고 들었네."

"네, 나리. 아주 훌륭한 말을 다루고 훈련시키는 일이 저에게 딱 어울릴 것 같습니다. 그래서 그런 일자리를 찾기로 결심했습니다. 어린 말들은 거칠게 다루면 겁을 먹거나 버릇이 고약해지거든요. 노련한 사람이 돌본다면 그런 일은 일어나지 않겠지요. 저는 말과 늘 잘 지내 왔습니다. 망아지가 제대로 자라도록 차근차근 가르칠 수 있다면 정말 뿌듯할 것 같습니다. 나리 생각은 어떠십니까?"

"자네만큼 그 일에 딱 어울리는 사람이 있겠나? 자네는 말을 잘 이해하고 어찌된 영문인지 말도 자네를 이해하니 당장 준비를 하게나. 자네는 그야말로 최고가 될 걸세. 혹시 내가 도울 일이 있거든 편지로 연락하게. 런던에 있는 내 대리인에게 자네 이야기를 해 놓겠네."

주인은 존에게 대리인의 이름과 주소를 알려 주었다. 그리고 존이 오랫동안 충실하게 일해 준 것에 감사의 마음을 전했다.

존은 어쩔 줄 몰라 했다.

"아닙니다, 나리. 감사는 당치도 않습니다. 나리와 마님이 너무 많은 것을 베풀어 주셨지만 저는 제대로 갚지도 못했습니다. 두 분을 절대 잊지 못할 겁니다. 언젠가 마님의 건강한 모습을 뵐 수 있기를 간절히 기도하겠습니다. 희망을 품고 살아가겠습니다, 나리."

주인은 아무 말 없이 존에게 악수를 청했다. 그리고 두 사람은 마구간을 떠났다.

슬픔으로 가득한 마지막 날이 다가왔다. 집사와 무거운 짐은 전날에 이미 떠났다. 주인과 마님, 하녀만 마지막으로 떠날 채비를 했다. 나와 진저는 대형마차를 끌고 마지막으로 현관까지 갔다. 하인들이 방석과 깔개를 갖다 놓으며 준비를 마치자 주인이 팔에 마님을 안고 계단을 내려왔다. 나는 저택 쪽으로 서 있어서 빠짐없이 볼 수 있었다. 주인이 마님을 마차에 조심스럽게 태우는 동안 하인들은 둘러서서 눈물을 흘렸다.

주인이 말했다.

"모두 잘 있게. 자네들을 절대 잊지 않겠네."

주인이 마차에 올라타며 말했다.

"출발하게, 존."

조가 훌쩍 올라탄 뒤에 우리는 영지를 천천히 통과하고 마을을 지나갔다.

마을 사람들이 집 앞으로 나와 배웅하며 "하느님의 가호가 있기를"이라고 마지막 인사를 전했다.

기차역에 도착하자 주인마님은 대기실로 가려고 마차에서 내리는 것 같았다.

주인마님의 상냥한 목소리가 들려왔다.

"잘 있게, 존. 하느님의 가호가 있기를."

존은 고삐만 들썩거렸을 뿐 아무 대답을 하지 않았다. 차마 말을 할 수 없었나 보다. 조가 마차에서 물건을 내리자 존은 조에게 말 옆에 서 있으라고 한 뒤 승강장으로 갔다. 가여운 조! 조는 눈물을 감추느라 우리 머리 옆에 바짝 붙어 있었다. 기차가 연기를 뿜으며 역으로 들어왔다. 그리고 잠시 뒤에 쿵 소리를 내며 문이 닫혔다. 차장이 호루라기를 불자 기차는 미끄러지듯 앞으로 나아갔다. 하얀 연기와 슬픔에 잠긴 마음만 남겨 두고서.

기차가 완전히 사라지고 나서야 존이 돌아왔다.

"마님을 두 번 다시 못 뵐 거야. 두 번 다시."

존이 고삐를 잡고 마부석에 올라앉았고 조와 함께 천천히 마차를 몰며 집으로 갔다. 그러나 그곳은 이제 우리 집이 아니었다.

제2부

22
백작 저택

이튿날 아침 식사를 마치자 조는 블룸필드 신부 댁으로 가려
고 메리레그스에 주인마님의 마차를 매달았다. 조가 우리에게
작별인사를 하러 오자 메리레그스는 마당에서 울음소리를 냈
다. 존은 진저에게 올라타서 내 고삐를 끌며 24킬로미터쯤 떨어
진 W 백작 영지로 출발했다. 시골길을 가로지르자 아주 근사한
저택과 커다란 마구간이 보였다. 우리는 입구부터 깔린 돌바닥
을 따라 마당으로 들어섰다. 존이 요크 씨를 찾았다. 시간이 조
금 지나서 요크가 나왔다. 중년의 잘생긴 남자로 목소리를 들어
보니 무척 권위적이었지만 존에게는 친절하고 공손했다. 요크는
진저와 나를 슬쩍 쳐다보고는 사육사에게 데려가라고 지시를 내
렸다. 그리고 존에게 간단한 다과를 권했다.

마구간은 환하고 공기가 잘 통했다. 진저와 나는 서로 맞붙은 마방으로 들어가 깨끗하게 몸을 닦은 뒤에 먹이를 먹었다. 30분쯤 지나 존이 새로운 마부인 요크와 함께 우리를 보러 왔다.

요크가 우리 둘을 꼼꼼히 살핀 뒤에 말했다.

"맨리 씨, 이 말들은 흠잡을 곳이 없군요. 그런데 말도 사람처럼 저마다 특성이 있어서 각자 맞는 방식으로 다뤄야 하더군요. 이 말들은 어떤 점을 특별히 신경 써야 할까요?"

존이 대답했다.

"이 근방에서 이 녀석들보다 훌륭한 말은 없다고 장담할 수 있습니다. 이 말들과 헤어지는 것이 안타까울 뿐입니다. 그런데 이 녀석들은 서로 닮은 구석이 없습니다. 검은 말은 성격이 아주 좋습니다. 자랄 때 욕설을 듣거나 매를 맞은 적이 없는 것 같습니다. 주인이 시키는 일이라면 무엇이든 척척 해낸답니다. 밤색 말은 제가 무척이나 아꼈습니다. 말 거래상에게 들으니 무척 학대를 받았나 봅니다. 우리에게 왔을 때 걸핏하면 물어뜯는 데다 의심도 많았습니다. 그렇지만 우리 마구간이 맘에 들었는지 조금씩 나아졌지요. 지난 3년간 성질을 부린 적이 거의 없습니다. 잘 보살펴 주면 무엇보다 훌륭하고 씩씩한 말이 될 겁니다. 그래도 검은 말보다 짜증이 많은 편입니다. 채찍질이라면 질색하고 마구가 불편한 것도 못 참습니다. 함부로 다루거나 푸대접을 했다가는 녀석에게 앙갚음을 당할 수도 있습니다. 활기가 넘치는 말들이 어떤지 아시잖습니까?"

요크가 대꾸했다.

"네, 무슨 뜻인지 알겠습니다. 그렇지만 이런 마구간에서는 사육사들이 모두 제 몫을 해내지는 않거든요. 그저 최선을 다하겠다는 말밖에는 못 하겠네요. 밤색 말에 대한 이야기는 염두에 두겠습니다."

존은 요크와 함께 마구간을 나가다 말고 멈춰 서서 말했다.

"우리는 저 말들에게 멈춤 고삐를 채운 적이 없습니다. 특히 검은 말은 이제껏 써 본 적이 없는 데다 말 거래상에 따르면 밤색 암말의 성질이 난폭해진 것은 멈춤 고삐 때문이라더군요."

"글쎄요, 저 말들은 여기에 온 이상 멈춤 고삐를 써야만 합니다. 그래도 나는 느슨하게 채우는 편이며 우리 백작님도 말에 대한 생각이 올바른 분이십니다. 그렇지만 마님은 백작님과 달리 유행을 중요하게 여기시거든요. 마님의 마차를 끄는 말에 멈춤 고삐를 채우지 않으면 영 못마땅하게 여기실 겁니다. 나는 멈춤 고삐를 늘 반대해 왔고 앞으로도 그러겠지만 마님이 탈 때는 고삐를 바짝 조일 수밖에 없습니다."

"정말 안타깝네요. 어쨌든 가야겠군요. 이러다 기차 시간에 늦겠어요."

존은 돌아와 우리를 쓰다듬으며 마지막 인사를 건넸는데 목소리가 무척이나 슬펐다.

나는 얼굴을 존에게 가까이 갖다 댔다. 내가 할 수 있는 작별 인사였다. 그렇게 존은 떠났고 그 후로 다시 만나지 못했다.

이튿날 W 백작이 우리를 찾아왔는데 생김새를 보며 무척 흡족해했다.

"내 친구 고든이 칭찬한 말들이니 어련하겠나. 둘이 색깔은 맞지 않지만 이곳에서 대형마차를 끌기에는 딱 알맞겠어. 우리가 런던으로 떠나기 전에 배런하고 짝을 지어 봐야겠군. 보아하니 검은 말은 승마용으로 더할 나위 없겠어."

요크는 존이 우리에 대해 부탁한 이야기를 백작에게 전했다.

백작이 대답했다.

"그래, 자네가 암말을 눈여겨보면서 멈춤 고삐를 느슨하게 채우게. 살살 달래면서 시작하다 보면 저 녀석들도 금세 익숙해지겠지. 내가 마님에게는 말해 두겠네."

오후에 우리는 마구를 쓰고 마차를 매달았다. 마구간의 시계가 3시를 알릴 때 빙 돌아서 저택 앞으로 갔다. 버트윅의 저택보다 서너 배는 더 넓을 정도로 웅장한 저택이었다. 그런데 내가 느끼기에는 분위기가 밝아 보이지 않았다. 칙칙한 복장을 한 시종 두 명이 주황색 반바지에 하얀색 스타킹 차림으로 다소곳하게 서 있었다.

곧이어 실크 옷자락을 바스락거리며 돌계단을 내려오는 백작 부인의 소리가 들려왔다. 백작 부인은 가만히 서서 우리를 살펴

보았다. 키 크고 위풍당당한 여자인데 뭔가 불쾌한 기색이 역력
했다. 그래도 아무 말 없이 마차에 올라탔다. 나는 멈춤 고삐를
처음 차 보니 마음대로 고개를 숙이지 못해 무척 불편했지만 머리
를 아주 높이 세운 것은 아니어서 그럭저럭 버틸 만했다. 오히려
진저가 걱정스러웠다. 그러나 진저는 체념한 듯 얌전히 굴었다.

이튿날에도 3시에 저택 앞으로 갔더니 어제처럼 시종들이 서
있었으며 곧이어 바스락바스락 실크 옷자락 소리가 들려왔다.

백작 부인이 계단을 내려오며 거만한 말투로 지시했다.

"요크, 저 말들의 머리를 더 꼿꼿하게 세워야겠네. 둘 다 못

봐주겠군."

요크가 마차에서 내려 무척 공손하게 말했다.

"죄송합니다, 마님. 이 말들은 3년 동안 멈춤 고삐를 차지 않았답니다. 백작님께서 이 말들에게는 멈춤 고삐를 조금씩 조이라고 하셨습니다. 그래도 마님이 싫으시다니 멈춤 고삐를 좀 더 바짝 조이겠습니다."

백작 부인이 말했다.

"그리하게."

요크는 우리에게 다가와서 멈춤 고삐의 구멍을 한 칸 더 조였다. 변화가 생기면 좋든 나쁘든 달라지기 마련이다. 게다가 그날은 가파른 언덕을 올라가야만 했다. 그제야 예전에 멈춤 고삐에 대해 들었던 말이 이해되었다.

나는 늘 해 오던 대로 고개를 숙이며 마차를 끌어 보려고 했다. 그러나 마음뿐이었다. 고개를 꼿꼿이 세운 채로 힘을 쏟다 보니 등과 다리가 아파 왔다.

마구간으로 돌아오자 진저가 말했다.

"이제는 내 말을 이해하겠지? 그렇지만 이 정도는 괜찮아. 지금보다 더 나빠지지 않는다면 얼마든지 참을 수 있어. 여기서는 좋은 대우를 받고 있거든. 그렇지만 멈춤 고삐를 더 바짝 조인다면 본때를 보여 주겠어! 나는 참지 않을 거야. 절대로 못 참아."

날이 갈수록 구멍이 줄어들면서 멈춤 고삐가 짧아졌다. 예전에는 마구를 채울 때마다 기대감에 부풀어 올랐다면 이제는 두렵기만 했다. 진저도 무척 불안해 보였으나 그래도 꾹 참고 있는 눈치였다. 드디어 최악의 순간이 끝났다는 생각이 들었다. 며칠 동안 구멍을 줄이지 않았기 때문이다. 멈춤 고삐 때문에 기쁨은 사라지고 고통만 남았지만 나는 최선을 다해 일하겠다고 마음을 가다듬었다. 그러나 최악의 순간이 다시 다가오고 있었다.

23
자유를 위한 투쟁

어느 날 백작 부인이 평소보다 늦게 내려왔으며 실크 옷자락은 여느 때와 달리 몹시 바스락거렸다.

백작 부인이 말했다.

"B 공작 부인 댁으로 출발하게."

그러다가 잠시 뒤에 이렇게 덧붙였다.

"요크, 저 말들의 머리를 왜 세우지 않는 건가? 당장 바짝 세우게. 말들을 달래야 한다는 엉터리 이야기는 더는 듣고 싶지 않네."

사육사가 진저의 머리 옆으로 가서 섰고 요크는 나에게 다가왔다. 요크가 내 머리를 뒤로 당기며 멈춤 고삐를 바짝 조이자 견디기 힘들 만큼 고통스러웠다. 곧이어 요크는 진저에게 다가

갔다. 진저는 자기 차례가 되자 고개를 사정없이 위아래로 흔들었다. 요크가 끈을 줄이려고 고리에서 멈춤 고삐를 빼는 순간 진저는 이때다 싶었는지 별안간 뒷다리만 딛고 일어섰다. 요크는 코를 심하게 얻어맞았으며 모자는 멀리 날아갔다. 사육사는 하마터면 엉덩방아를 찧을 뻔했다. 요크와 사육사는 곧장 진저의 머리로 달려들었지만 진저는 격렬하게 맞섰다. 머리를 마구 흔들고 뒷발질을 했으며 걷어차기 시작했다. 급기야 내 다리를 발로 한 방 먹이더니 마차 양옆에 달린 기다란 버팀대까지 부러뜨렸다. 마부가 진저의 머리를 재빨리 누르지 않았더라면 진저가 얼마나 난리를 쳤을지 짐작하기 어려울 정도였다.

마부가 소리쳤다.

"검은 말을 풀어! 연장을 가져와서 버팀대를 떼어 내. 줄이 안 풀리면 그냥 잘라 버려."

어떤 시종은 연장을 가지러 달려갔고 또 어떤 시종은 저택으로 칼을 가지러 갔다. 사육사는 진저와 마차에게서 나를 풀어낸 뒤 마방으로 데려다 놓자마자 요크에게 달려갔다. 나는 갑자기 일어난 일로 흥분을 억누를 수 없었다. 발로 차거나 뒷다리로 일어서는 것을 자주 해 봤더라면 마방에서 나도 그랬을 것이다. 그렇지만 그런 경험이 없다 보니 잔뜩 화가 난 채 서 있을 뿐이었다. 다리가 욱신거리고 머리는 멈춤 고삐 때문에 지끈거렸지만 벗겨 낼 방법이 없었다. 내 자신이 얼마나 비참했던지 누구든지 곁에 오면 걷어차고 싶은 심정이었다.

얼마 지나지 않아 두 명의 사육사가 진저를 끌고 왔는데 여기저기 부딪힌 곳이 많았다. 요크는 진저 앞에 서서 몇 가지 지시를 내린 뒤 나를 살피러 왔다.

요크는 내 머리에서 멈춤 고삐를 풀어 주며 중얼거렸다.

"빌어먹을 멈춤 고삐! 언젠가 이런 탈이 날 줄 알았어. 백작님이 엄청나게 화를 내시겠군. 그렇지만 남편이 부인을 설득하지 못하는데 하인이 뭘 하겠나. 그냥 있어야지. 마님이 공작 부인의 야외 파티에 참석하지 못한대도 나로서는 어쩔 수가 없군."

요크는 백작 부부 앞에서는 이런 이야기를 하지 않았다. 공손한 자세로 말을 가려서 했다. 요크는 내 몸을 여기저기 만져 보다가 무릎 위에서 다친 부위를 찾아냈다. 진저가 발로 걷어찬 곳이라 통통 붓고 아팠다. 요크는 뜨거운 물로 닦아 주라고 지시한 뒤에 연고를 발라 주었다.

W 백작은 사고에 대해 듣고 불같이 화를 냈다. 그리고 백작 부인의 요구를 들어준 요크를 나무랐다. 요크는 앞으로는 백작님의 지시를 좀 더 충실히 따르겠다고 대답했다. 그렇지만 달라진 것은 없었다. 무슨 일이든 예전과 똑같았다. 내가 누구를 평가할 처지는 아니지만 요크는 자신이 돌보는 말들 편에서 좀 더 노력했어야 했다.

진저는 그 뒤로 절대 마차를 끌지 않았다. 그리고 다친 부위가 나을 즈음, W 백작의 아들 하나가 진저를 탐냈다. 진저가 훌륭한 사냥말이 될 것 같다고 확신했기 때문이다.

나는 여전히 마차를 끌었다. 그리고 맥스라는 늙은 말과 새로운 짝이 되었다. 맥스는 꽉 조이는 고삐에 익숙해진 상태였다. 나는 맥스에게 어떻게 참았냐고 물었다.

맥스가 대답했다.

"참는 것 말고는 뾰족한 수가 없었어. 그렇지만 이것 때문에 제대로 못 살 거야. 너도 멈춤 고삐를 하면 목숨이 줄어들 거야."

"주인은 멈춤 고삐가 나쁘다는 것을 알까요?"

"글쎄, 그렇지만 말 거래상이나 수의사는 똑똑히 알고 있어. 전에 말 거래상이 나를 데리고 있었어. 나는 다른 말과 짝이 되어 머리를 조금씩 들어 올리는 훈련을 받았지. 어떤 신사가 그 이유를 묻자, 말 거래상이 답하더군. '이렇게 하지 않으면 사는 사람이 없습니다. 런던 사람들은 자기 말이 고개를 꼿꼿이 쳐들고 다리를 높이 올리며 다니기를 바라거든요. 물론 말에게는 바람직하지 않지요. 그렇지만 말을 팔아야 하니까 어쩔 수 없습니다. 사실 그런 말들은 쉽게 지치고 자주 병들기 때문에 사람들은 금세 말 한 쌍을 다시 구하러 오게 되지요'라고."

맥스가 한마디 덧붙였다.

"나는 들은 대로 이야기했을 뿐이니 판단은 네가 알아서 해."

백작 부인의 마차를 넉 달 동안 끌면서 멈춤 고삐 때문에 겪은 고통은 차마 말로 표현 못 할 정도였다. 그렇게 지내다가는 건강이나 성격이 망가질 것 같았다. 그 전에는 입에 거품을 문다는 것에 대해서 전혀 몰랐다. 그러나 날카로운 재갈이 혀와 턱을 누르는 데다 머리와 목이 너무 힘들어서 나도 모르게 입에 거품을 물게 되었다. 어떤 사람은 그런 모습이 보기 좋다며 "아주 활기찬 말"이라고 이야기할지도 모른다. 그렇지만 입에 거품을 무는 것은 사람이나 말에게 자연스러운 일이 아니다. 뭔가 불편한 것이므로 주의를 기울여야 한다. 그뿐만 아니라 숨통이 답답해서 숨쉬기 힘들어질 때가 많았다. 일을 마치고 돌아오면 목과 가슴이 뻐근하고 욱신거리며 입과 혀가 쓰라렸다. 온몸이 녹초가 된 채 울적한 기분에 사로잡혔다.

예전 집에서는 존과 주인을 내 친구라고 생각했다. 여기도 먹이나 잠자리는 괜찮았지만 친구가 없었다. 요크는 내가 멈춤 고삐 때문에 얼마나 힘들어하는지 알고 있었다. 그렇지만 어쩔 수 없다며 내 고통을 덜어 주려는 노력을 전혀 하지 않았다.

24
앤 아가씨와 달아난 말

이른 봄에 W 백작 가족 중 몇 사람이 런던으로 떠나면서 요크를 데려갔다. 나와 진저와 다른 말들은 저택에 그대로 남았고 지위가 가장 높은 사육사가 우리를 맡았다.

해리엇 아가씨는 저택에 머물렀는데 몹시 허약해서 마차를 타고 외출한 적이 없었다. 앤 아가씨는 오빠나 사촌들과 말을 타고 다니는 것을 좋아했다. 승마 솜씨가 뛰어났으며 아름답고 명랑하며 다정했다. 앤 아가씨는 나를 자기 말로 고르고서 이름을 '블랙 오스터'라고 지어 주었다. 맑고 차가운 공기를 가르며 달리다 보면 기분이 정말 좋아졌다. 주로 진저나 리지와 함께 달렸다. 밝은 갈색 암말인 리지는 순종이나 다름없으며 행동이 민첩하고 활기차서 신사들이 무척 좋아했다. 그러나 진저는 리지에 대해 좀 알고 있다며 겁이 아주 많은 편이라고 귀띔해 주었다.

저택에는 블랜타이어라는 이름의 신사가 머물고 있었다. 늘 리지를 타고 다니며 칭찬을 아끼지 않았다. 어느 날 앤 아가씨는 리지에게 여성용 안장을 올리고 나에게 다른 안장을 올리라는 지시를 내렸다. 우리가 저택 앞으로 가자 신사는 어리둥절한 표정을 지었다.

블랜타이어가 물었다.

"왜 그러니? 너의 훌륭한 블랙 오스터에게 싫증이라도 났어?"

"아! 그건 아니에요. 한 번쯤 오빠에게 블랙 오스터를 탈 기회를 주고 싶었거든요. 대신 나는 오빠의 매력적인 리지를 타 볼게요. 몸집으로나 외모로나 내 오스터에 비하면 리지는 여성용 말에 가깝다는 것을 알게 될 거예요."

블랜타이어가 말했다.

"웬만하면 리지는 안 타는 게 좋아. 멋진 말이지만 예민한 편이라서 여자들이 타기에는 위험하거든. 리지는 그렇게 안전한 말이 아니란다. 제발 부탁이니 안장을 바꿔 다오."

앤 아가씨가 까르르 웃으며 말했다.

"친절하신 사촌오빠, 내 걱정은 눈곱만큼도 하지 마세요. 난 걸음마를 떼기도 전에 말을 탔거든요. 사냥개도 여러 번 쫓아다녔고요. 오빠는 숙녀가 사냥하는 것을 탐탁하게 여기지 않죠? 그렇지만 사실인걸요. 그러니 신사분들이 좋아하는 리지를 한

번 타는 것은 괜찮다니까요. 착한 오빠답게 내가 말에 올라타는 것 좀 도와주세요."

더는 만류하지 않았다. 블랜타이어는 앤 아가씨를 조심스럽게 리지의 안장에 올려 주고 고삐와 재갈을 살핀 뒤 고삐 줄을 앤 아가씨의 손에 쥐여 주었다. 그러고는 나를 올라탔다.

걸음을 막 옮기려는데 시종이 종이 한 장을 내밀며 해리엇 아가씨의 부탁을 전했다.

"애슐리 의사 선생님에게 이 쪽지 좀 전해 드리고 답장을 받아 주실 수 있는지요?"

마을은 여기에서 1.5킬로미터 떨어져 있으며 의사의 집은 가장 끄트머리에 있었다. 우리는 의사의 집 대문까지 신나게 달렸다. 커다란 상록수가 양쪽으로 늘어선 오르막길 끝에 집이 보였다. 블랜타이어는 내게서 내린 다음에 앤 아가씨가 들어가도록 대문을 잡아 주려고 했다.

앤 아가씨가 말했다.

"나는 여기서 기다릴게요. 오스터 고삐는 대문에 걸어 두고 다녀오세요."

블랜타이어는 걱정스러운 눈빛으로 앤 아가씨를 바라보았다.

"5분 안에 나오마."

"그렇게 서두를 필요 없어요. 나와 리지는 오빠 몰래 도망가지 않을 테니까요."

블랜타이어는 대문 쇠창살에 내 고삐를 걸어 두고 이내 나무 사이로 사라졌다. 리지는 나와 몇 걸음 떨어진 곳에서 등을 돌린 채 길가에 얌전히 서 있었다. 귀여운 앤 아가씨는 고삐를 느슨하게 쥐고 노래를 조그맣게 불렀다. 나는 블랜타이어의 발자국 소리에 귀를 기울였다. 집에 도착했는지 문을 두드리는 소리가 들렸다. 길 건너편에 목초지가 보였는데 울타리 문이 열려 있었다. 바로 그때 짐마차용 말들과 어린 망아지들이 우르르 달려 나왔다. 뒤에서는 나이 든 사내아이가 커다란 채찍을 휘두르고 있었다. 망아지들은 거칠고 장난도 심했다. 그중 한 마리가 길로 가로질러 오더니 리지의 뒷다리를 들이받고 말았다. 멍청한 망아지 때문인지, 혹은 커다란 채찍 소리 때문인지, 아니면 둘다 때문인지 모르겠다. 어쨌든 리지는 미친 듯이 발길질을 하더니 무턱대고 앞으로 튀어 나갔다. 워낙 순식간에 벌어진 일이라 앤 아가씨는 자칫 떨어지려다가 이내 중심을 잡았다. 나는 도와 달라며 크고 날카로운 비명을 계속 질렀다. 앞발을 다급하게 구르면서 고삐를 풀어내려고 머리를 이리저리 흔들었다. 바로 블랜타이어가 문으로 달려왔다. 그리고 근심 어린 표정으로 두리번거리다가 길 끝에서 날듯이 내달리는 리지를 발견했다. 블랜타이어는 즉시 안장에 올라탔다. 내게는 채찍이나 박차가 필요 없었다. 블랜타이어만큼 다급했기 때문이다. 블랜타이어는 내 생각을 눈치챘는지 고삐를 느슨하게 쥐고 몸을 기울인 채 리지와 앤 아가씨를 정신없이 뒤쫓았다.

2킬로미터쯤 똑바로 쭉 달리다가 오른쪽으로 휘어지고 보니 길이 두 갈래였다. 갈림길에 가까워지고 있었지만 앤 아가씨는 어디에도 보이지 않았다. 어느 쪽 길로 갔을까? 어떤 여자가 마당 입구에 서서 손으로 그늘을 만들며 길 쪽을 열심히 바라보고 있었다.

블랜타이어는 고삐를 거의 당기지도 않고 소리쳤다.

"어느 쪽이요?"

여자가 손가락으로 가리키며 말했다.

"오른쪽이요!"

우리는 오른쪽 길로 쏜살같이 달렸다. 앤 아가씨의 모습이 보이기 시작했다. 그렇지만 길이 휘어지는 바람에 앤 아가씨를 다시 놓치고 말았다. 그런 식으로 아가씨의 모습이 몇 번이나 희미하게 나타났다가 사라졌다. 거리가 조금도 좁혀지지 않았다. 도로를 보수하던 노인이 돌무더기 옆에 서 있다가 삽을 내려놓고 두 손을 들어 올렸다. 노인은 우리에게 뭔가 할 말이 있다는 신호를 보냈다. 블랜타이어가 고삐를 살짝 당겼다.

"공유지요, 공유지. 그쪽으로 꺾어졌어요."

나는 그 공유지를 잘 알고 있었다. 거의 울퉁불퉁한 땅에 히스와 진녹색 가시금작화가 만발했으며 뾰족한 가시나무가 여기저기 솟아 있었다. 짧은 풀로 뒤덮인 빈터는 개미 언덕과 두더지

굴이 많아서 전속력으로 달리기에는 무척 위험한 장소였다.

공유지에 거의 이르렀을 때 저만치에서 초록색 승마복이 펄럭거렸다. 앤 아가씨의 모자는 어디론가 사라져서 기다란 갈색머리가 흩날리고 있었다. 머리와 몸을 뒤로 젖히는 것을 보니 있는 힘을 다해 고삐를 당기는 모양이었다. 그러나 힘이 거의 다 빠진 듯했다. 땅이 울퉁불퉁한 탓인지 리지의 속도가 줄어들고 있어서 잘만 하면 곧 따라잡을 것 같았다.

블랜타이어는 큰길을 달릴 때는 내 맘대로 가도록 놔두었다. 그리고 공유지에서는 이리저리 살피는 동시에 고삐를 조금씩 당

기며 능숙하게 길을 인도했다. 덕분에 나는 속도를 늦추지 않아서 따라잡는 것은 시간문제였다. 우리는 미친 듯이 달렸다.

히스 들판 가운데는 새롭게 만든 웅덩이가 커다랗게 자리 잡고 있었다. 웅덩이에서 파낸 흙은 맞은편에 아무렇게나 높이 쌓여 있었다. 저런 곳이라면 리지도 당연히 멈춰야 했다. 그런데 이를 어쩌나! 리지는 조금도 주저하지 않고 훌쩍 뛰어오르다가 흙더미에 발이 걸려 고꾸라졌다.

블랜타이어가 신음소리를 냈다.

"자, 오스터, 최선을 다해 보자."

블랜타이어가 고삐를 잡는 순간 나는 온 힘을 다해 뛰어올라 웅덩이와 흙더미를 넘었다. 가여운 앤 아가씨는 얼굴을 땅바닥에 대고 아무런 움직임 없이 히스 사이에 엎드려 있었다. 블랜타이어가 무릎을 꿇고 이름을 불렀다. 대답이 없었다. 블랜타이어는 앤 아가씨의 얼굴을 들어 올렸다. 안색이 백지장처럼 하얗고 두 눈은 감겨 있었다.

"앤, 앤, 말 좀 해 봐."

역시 아무 대답이 없었다. 블랜타이어는 앤 아가씨의 승마복 단추를 풀어 목깃을 느슨하게 했다. 그리고 손과 손목을 어루만지다가 벌떡 일어나더니 도움을 청하기 위해 사방팔방 둘러보았다. 멀지 않은 곳에서 남자 두 명이 잔디를 들어내다 리지가 혼자 정신없이 내달리는 모습을 보게 되었다. 그래서 하던 일을 멈추고 리지를 붙잡으러 가려던 참이었다.

블랜타이어가 소리를 지르며 부르자 두 사람이 다가왔다. 먼저 온 남자는 눈앞에 펼쳐진 장면을 보고 걱정스러운 표정으로 무슨 도움이 필요한지 물었다.

블랜타이어가 되물었다.

"말을 탈 수 있소?"

"물론입죠, 나리. 경마장 기수만큼은 아니지만 앤 아가씨를 위해서라면 목이 부러진대도 달리겠습니다. 아가씨는 겨울에 제 아내를 힘껏 도와주셨습니다."

"그럼 이 말을 타게나. 자네 목은 아무 일 없을 걸세. 의사에게 달려가서 당장 와 달라고 청하게. 그리고 저택으로 가서 이곳 일을 자세히 전하고 마차와 앤 아가씨 하녀를 빨리 보내라고 말하게. 나는 여기서 기다리겠네."

"알겠습니다, 나리. 최선을 다하겠습니다. 저도 아가씨가 눈을 어서 뜨게 해 달라고 기도하겠습니다."

그 남자는 다른 남자에게 소리쳤다.

"조, 어서 물 좀 가져오게. 그리고 우리 집사람에게 당장 앤 아가씨에게 오라고 말 좀 해 줘."

남자는 허둥지둥 안장에 올라앉더니 "이랴!"라고 소리치며 두 발로 내 옆구리를 찼다. 그리고 웅덩이를 피해 살짝 돌아서 길을 달렸다. 남자는 채찍이 없어서 염려하는 듯했다. 그러나 염려를 떨쳐 버릴 만큼 내 속도가 빨랐으므로 용감하게 안장에 달라 붙어서 나를 꽉 잡았다. 나는 남자가 흔들리지 않도록 애를 썼지 만 울퉁불퉁한 길을 지날 때면 "잠깐만! 워워!"라고 외치는 소리 가 들려왔다. 큰길에서는 전혀 문제가 없었다. 남자는 의사의 집 과 백작의 저택을 오가며 심부름을 척척 해냈다. 사람들이 남자 에게 잠시 쉬라고 마실 것을 권했다.

남자는 단호하게 거절했다.

"아니요, 안 됩니다. 나는 들판의 지름길을 통해 돌아가겠습 니다. 마차보다 먼저 도착해야 하니까요."

앤 아가씨의 소식이 전해지자 다들 놀라서 허둥지둥 움직였 다. 마부들은 나를 마구간으로 데려가서 안장과 굴레를 벗기고 담요를 덮어 주었다.

누군가 진저에게 안장을 얹고 부랴부랴 백작의 아들인 조지 경에게 갔다. 곧이어 마차가 마당을 지나가는 소리도 들렸다. 진 저가 돌아와 우리 둘만 남겨진 것은 시간이 한참 지나서였다.

진저는 자기가 본 것을 빠짐없이 들려주었다.

"할 얘기가 그리 많지는 않아. 줄곧 전속력으로 달려 도착해 보니 마침 의사가 오고 있었어. 어떤 여자가 앤 아가씨의 머리를 무릎에 올리고 땅바닥에 앉아 있었어. 의사가 앤 아가씨 입에 뭔 가를 흘려 넣으며 '아가씨는 죽지 않았어'라고 했어. 그리고 어 떤 남자가 나를 조금 떨어진 곳으로 데려다 놓았어. 잠시 뒤에 앤 아가씨를 마차에 태웠고 우리는 다 같이 집으로 돌아왔어. 도중에 어떤 신사가 아가씨의 상태를 묻자 조지 경은 뼈가 안 부러졌기를 바라지만 아직 말을 못 한다고 대답했어."

조지 경이 진저를 데리고 처음 사냥을 나가게 되자 요크는 고개를 내저으며 말했다.

"조지 경처럼 제멋대로인 사람이 사냥에 처음 나가는 말을 훈련시켜서는 안 돼. 그런 훈련은 침착한 사람이 맡아야 하거든."

진저는 사냥에 나가는 것을 좋아했지만 무척 긴장한 상태로 돌아올 때가 많았고 마른기침을 자주 했다. 진저는 워낙 활기찬 성격이라 불만이 없었지만 나는 진저가 걱정스러웠다.

앤 아가씨 사고가 일어나고 이틀 뒤에 블랜타이어가 나를 찾아와 쓰다듬으며 칭찬을 아끼지 않았다.

블랜타이어가 조지 경에게 말했다.

"나만큼이나 이 말도 앤이 위험하다는 것을 알았나 봐. 이 말의 속도를 늦출 수가 없었거든. 앤은 다른 말을 타면 절대 안 되겠어."

그 이야기를 듣는 순간 나의 어린 아가씨가 말을 다시 타도 될 만큼 위험에서 벗어났다는 사실을 깨달았다. 정말 기쁜 소식이었다. 나는 행복한 삶을 기대하게 되었다.

25
루번 스미스

요크가 런던으로 간 후에 마구간을 책임졌던 루번 스미스에 대해 조금 이야기해야겠다. 루번 스미스는 자기 일을 누구보다 잘 아는 사람이었다. 정신이 온전할 때는 더할 나위 없이 성실하고 친절했다. 우리를 다정하고 지혜롭게 돌봐 주었을 뿐만 아니라 수의사와 2년 동안 같이 지냈던 경험을 살려서 병을 고쳐 주기도 했다. 루번은 마차를 모는 솜씨도 최고였다. 사륜마차는 물론이고 말 두 마리가 앞뒤로 서서 이끄는 이륜마차도 문제없이 몰았다. 잘생긴 외모에 아는 것도 많고 성격도 유쾌했다. 모두 루번을 좋아하는 것 같았다. 말들은 더욱 그랬다. 한 가지 이상한 점이라면 루번이 요크처럼 수석 마부가 아니라 그 밑에서 일한다는 것이었다. 사실 루번에게는 술을 지나치게 좋아한다는 결점이 있었다. 그렇다고 다른 사람들처럼 허구한 날 마시지는 않았다. 몇 주나 몇 달 동안 꾹 참고 지냈다. 그러다가 더는 못 참겠다 싶으면 술을 마시기 시작했는데 요크의 표현으로는 코가 삐뚤어질 정도로 마신다고 했다. 그 결과 루번 자신에게 수치스럽고 아내는 겁에 질리며 주변 사람들은 짜증나는 일이 벌어지기 일쑤였다. 그렇지만 루번의 일솜씨가 뛰어났으므로 요크는 그런 일을 두세 번 덮어 주고는 백작 귀에 들어가지 않도록 쉬쉬했다. 그러던 어느 날 밤에 루번은 무도회 손님들을 집까지 데려다주기로 되어 있었다. 그런데 너무 취해서 고삐도 제대로 잡지 못해 손님 중 어떤 신사가 마부석에 올라서 숙녀들을 집까지 데려다주는 사건이 벌어졌다. 당연히 이 사실은 쉬쉬할 수 없어서 루번은 바로 해고당했다. 루번의 가여운 아내와 어린 자식들은 저택 정문 옆의 아담한 오두막에서 쫓겨나 어디론가 떠나야 했다. 그 일은 꽤 오래전에 일어났는데 우리가 알게 된 것은 늙은 맥스 덕분이었다. 다행히도 나와 진저가 오기 바로 전에 루번은 여기에서 다시 일자리를 얻게 되었다고 한다. 요크가 루번을 용서해 달라고 간청하자 착한 백작의 마음이 흔들렸기 때문이다. 루번은 다시는 술을 한 방울도 입에 대지 않겠다고 맹세했다. 루번은 자신의 맹세를 잘 지켰으므로 요크는 자기가 없을 때 루번에게 일을 맡기면 되겠다고 생각했다. 루번이 영리하고 정직해서 누구보다 잘 해내리라고 믿었던 것이다.

때는 4월 초였다. 5월에는 런던에 간 백작의 가족이 저택으로 돌아올 예정이었다. 사륜경마차를 수리하러 가야 하는데 마침 블랜타이어 대령도 연대로 돌아가야 한다고 했다. 루번은 사륜경마차를 수리할 겸 블랜타이어 대령을 시내까지 데려다주기로 했다. 루번은 나를 데려가기로 하고 안장을 얹었다.

시내의 기차역에 도착하자 대령은 루번의 손에 돈 몇 푼을 쥐여 주며 작별인사를 했다.

"앤 아가씨를 잘 보살펴 주게, 루번. 개구쟁이들이 블랙 오스터를 타는 일은 없어야 하네. 오스터는 아가씨만 타는 걸세."

루번은 사륜경마차를 수리소에 맡긴 뒤 나를 몰고 화이트 라이언 여관으로 갔다. 마부에게 나를 잘 먹이라고 당부하며 4시까지는 떠날 채비를 마쳐 달라고 덧붙였다. 집에서 출발할 때부터 앞쪽 발굽의 못 하나가 흔들거렸는데 4시가 되어서야 여관의 마부가 알아차렸다. 5시가 넘어서야 나타난 루번은 친구들을 만났으니 6시가 지나야 떠날 수 있겠다고 말했다. 마부는 루번에게 못에 대해 이야기하면서 내 발굽을 한번 살펴보라고 권했다.

"아니요, 집에 갈 때까지는 괜찮을 겁니다."

루번이 퉁명스럽게 소리쳤다. 편자를 살피지도 않았다. 편자 못에 신경을 곤두세우던 평소 모습과 진혀 달라서 이상하다는 생각이 들었다. 루번은 6시에도 7시에도 8시에도 나오지 않았다. 거의 9시가 되어서야 루번이 나를 불렀는데 목소리가 거칠고 시끄러웠다. 루번은 화가 치미는 듯 마부도 함부로 대했는데 무슨 이유로 그러는지 알 수 없었다.

여관 주인이 문가에 서서 말했다.

"조심히 가시오, 루번 스미스."

루번은 벌컥 화를 내며 욕설로 받아쳤다. 그러고는 마을을 벗어나기도 전에 전속력으로 달렸고 간간이 세차게 채찍을 휘둘렀다. 달은 아직 떠오르지 않아서 무척 어두웠다. 길은 최근에 보수를 하느라 돌투성이였다. 빠른 속도로 돌 위를 달리다 보니 발굽의 편자는 더욱 헐거워져서 통행료 요금소 근처에 이르자 벗겨지고 말았다.

루번이 제정신이었다면 내 걸음걸이가 이상하다는 것을 알아차렸을 것이다. 그러나 곤드레만드레 취한 상태라 아무것도 몰랐다.

통행료 요금소 너머에는 새롭게 돌을 깐 길이 기다랗게 이어졌다. 돌이 크고 뾰족해서 말을 빨리 몰았다가는 위험해지기 십상이었다. 나는 한쪽 발굽이 벗겨진 채 그런 도로를 전속력으로 달려야 했다. 루번은 채찍으로 내리치고 욕설을 퍼부으며 나를 재촉했다. 편자가 빠진 발은 말로 표현 못 할 만큼 고통스러웠다. 발굽은 부러지고 갈라졌으며 발바닥은 날카로운 돌멩이에 찔려서 심하게 찢어졌다.

더는 참을 수가 없었다. 이런 상태로는 어떤 말도 달리기 힘

든 법이다. 끔찍한 고통이 밀려왔다. 나는 비틀대다가 별안간 양쪽 무릎을 꿇고 말았다. 그 순간 루번이 튕겨져 나갔다. 내가 달리던 속도 때문에 큰 충격을 받으며 떨어졌을 것이다. 나는 얼른 두 발로 일어나서 절뚝거리며 돌이 깔리지 않은 길가로 갔다. 달이 산울타리 위로 떠오르고 있었다. 달빛은 몇 미터 앞에 누워 있는 루번을 비춰 주었다. 루번은 일어나지 않았다. 그저 꿈틀거리면서 신음소리를 냈다. 나도 양쪽 발과 무릎이 참기 힘들 정도로 아팠으므로 신음소리를 낼 수도 있었다. 그렇지만 말은 아무리 아파도 묵묵히 참아 내기 마련이다. 나는 아무 소리도 내지 않고 가만히 서서 귀를 기울였다. 루번이 무척 고통스러워하며 신음을 토해 냈다. 달빛이 환하게 루번을 비추었으나 어떤 움직임도 보이지 않았다. 루번은 물론이고 나 자신을 위해서도 아무것도 할 수 없었다. 그저 말이나 마차나 사람이 지나가기를 간절히 기다릴 뿐이었다. 이 길은 사람들이 자주 다니는 곳이 아니었다. 게다가 밤이 늦었으므로 도움을 받으려면 몇 시간은 족히 기다려야만 했다. 고요하고 향기로운 4월의 밤이었다. 나는 똑바로 서서 주변을 살피며 귀를 기울였지만 나이팅게일만 가끔 지저귈 뿐이었다. 하얀 구름이 달을 스쳐 지나가고 갈색 부엉이가 산울타리 너머로 날아갔다. 그러자 오래전의 여름밤이 떠올랐다. 즐거운 그레이 농장의 푸른 풀밭에서 엄마 곁에 누워 있곤 했는데······.

26
사건의 결말

자정 무렵에 저 멀리서 말발굽 소리가 들려왔다. 소리는 사라지는 듯하더니 다시 또렷해지고 가까워졌다. 여기에서 W 백작의 저택으로 가려면 백작 소유의 숲을 지나야 했다. 소리가 그 숲 쪽에서 났으므로 우리를 찾으러 오는 사람일지 모른다고 생각했다. 소리가 가까워질수록 진저의 발굽 소리라는 확신이 들었다. 심지어 진저가 이륜마차를 끌고 오는 것까지 알 수 있었다. 내가 크게 말 울음소리를 내자 진저가 대답하듯 히힝 소리를 냈다. 게다가 사람들 소리까지 들려왔으므로 무척 기뻤다. 마차가 돌길 위로 천천히 구르나가 땅바닥에 있는 어두운 물체 앞에서 멈췄다.

누군가 뛰어내려서 허리를 숙여 자세히 보았다.

"루번이야. 움직이지 않아."

다른 사람도 쫓아 내려서는 루번에게 몸을 기울였다.

"죽었어. 손이 너무 차갑군."

둘이서 루번을 일으켰지만 이미 숨진 상태였다. 머리카락은 온통 피로 젖어 있었다. 두 사람은 루번을 내려놓고 나에게 다가와 살펴보다가 심하게 다친 무릎을 발견했다.

"저런, 말이 넘어지며 루번을 내동댕이친 것 같아. 검은 말이 그런 짓을 할 줄 누가 알겠어? 게다가 고꾸라졌다니 믿기지 않는군. 루번은 저렇게 몇 시간이나 누워 있었나 봐. 그런데도 이 말은 놀랍게도 여기에서 한 걸음도 움직이지 않았어."

로버트는 나를 앞으로 끌어당겼다. 나는 한 걸음 내딛다가 다시 넘어질 뻔했다.

"맙소사! 무릎뿐만 아니라 발도 엉망진창이군. 여기 좀 봐. 발굽이 조각조각 깨졌어. 이러니 쓰러질 수밖에, 가여운 녀석! 네드, 아무래도 루번에게 무슨 문제가 있었나 보군. 말을 편자도 없이 이런 돌 위를 달리게 하다니! 루번이 제정신이었다면 달이 환하게 뜰 때 천천히 몰고 왔겠지. 아무래도 옛날 버릇이 도진 모양이야. 불쌍한 수전! 아까 우리 집에 들렀다네. 몹시 창백한 얼굴로 루번이 저택에 돌아왔는지 물어보더군. 수전은 걱정스러운 기색을 애써 감추며 루번이 늦을 만한 이유를 늘어놓더군. 그러면서도 나더러 나가서 찾아 달라고 애원하지 뭔가? 이제 어떻게 하지? 시신도 옮겨야 하고 말도 데려가야 하니 참으로 난감하군."

두 사람은 한참 이야기를 나누더니 마부인 로버트가 나를 끌고 가고 네드는 시신을 옮기기로 결정했다. 그나저나 진저를 붙잡을 사람이 없어서 시신을 마차에 싣는 일이 쉬울 것 같지 않았다. 게다가 진저는 가만히 있는 것을 못 참는 성격이었다. 그런데 놀랍게도 진저가 그때만큼은 돌처럼 꼼짝 않고 서 있었다. 나처럼 눈치가 제법 빠른 것 같았다.

네드가 서글픈 시신을 싣고 아주 천천히 떠났다. 로버트는 내 발을 다시 살피더니 손수건을 꺼내어 꼼꼼히 싸맨 뒤 집으로 데려갔다. 나는 그날 밤 걸어간 순간순간을 결코 잊지 못한다. 5킬로미터쯤 되는 거리였다. 로버트는 나를 아주 천천히 끌고 갔다. 나는 극심한 통증을 느끼며 절뚝절뚝 걸어갔다. 로버트는 내가 불쌍했는지 자주 토닥이고 다정하게 말을 걸며 용기를 북돋아 주었다.

마침내 마구간에 도착하여 곡식을 먹고 나자 로버트는 젖은 천으로 내 무릎을 싸맨 뒤 발이 깨끗해지고 열이 내리도록 습포제로 발을 감쌌다. 아침에 수의사가 오기 전에 간단하게 치료해 준 것이었다. 나는 힘겹게 짚단에 엎드린 뒤에 끙끙 앓으면서 잠이 들었다.

다음 날 수의사는 내 다친 곳을 살펴보고 관절을 다치지 않았으면 큰 지장은 없겠지만 그렇더라도 흉터는 남는다고 덧붙였다.

사람들이 최선을 다해 치료해 주었으나 나에게는 지루하고 고통스러운 시간일 뿐이었다. 무릎에 새살이 돋아나자 부식제라는 약으로 소독했으며 상처가 다 낫자 거품이 올라오는 약을 양쪽 무릎에 발랐다. 그 뒤로는 무릎에서 털이 자라나지 않았다. 사람들이 그렇게 한 이유가 있었을 테니 나는 묵묵히 받아들였다.

루번의 죽음은 급작스러운 데다 아무도 본 사람이 없었으므로 조사가 진행되었다. 화이트 라이언 여관 주인과 마부뿐만 아니라 여러 사람들이 루번이 술에 완전히 취한 채 여관을 떠났다고 증언했다. 통행료 요금소 징수원은 루번이 전속력으로 달렸다고 말했다. 게다가 돌 틈에서 내 편자를 발견하자 사건의 앞뒤가 확실히 밝혀졌다. 나는 모든 책임에서 벗어났다.

모두가 수전을 가련하게 여겼다.

수전은 제정신이 아닌 듯 같은 말만 되풀이했다.

"아! 정말 좋은 사람이었어요. 아주 착했답니다! 이게 모두 빌어먹을 술 때문이에요. 왜 사람들은 빌어먹을 술을 팔까요? 오, 루번, 루번!"

수전의 하소연은 루번의 장례를 지낸 뒤에도 그치지 않았다. 수전은 친척 하나 없었기에 어린아이 여섯 명을 데리고 커다란 참나무 옆의 아늑한 집을 또다시 떠나 육중하고 우중충한 빈민 구제소로 들어가야만 했다.

27
초라한 신세

무릎이 어느 정도 회복되자 자그마한 목초지에서 한두 달 머물게 되었다. 거기에는 아무도 없었다. 자유와 향긋한 풀이 무척 마음에 들었지만 오랫동안 다른 말과 어울려 살아온 나로서는 굉장히 외로웠다. 특히 친하게 지내던 진저가 누구보다 그리웠다.

길에서 말발굽 소리가 들릴 때면 나도 히힝 소리를 냈지만 대답을 거의 듣지 못했다. 그러던 어느 날 아침에 문이 열렸다. 그러고는 누군가 들어왔는데 다름 아닌 진저였다.

남자는 진저에게 굴레를 벗겨 주고는 그대로 떠났다. 나는 기쁨에 겨워 소리를 지르며 진저에게 달려갔다. 우리 둘은 만나서 행복했지만 알고 보니 진저가 온 것이 좋은 일만은 아니었다. 진저의 이야기는 너무 길어서 결론만 간단히 말하자면 진저는 고된 승마로 몸이 망가진 상태였다. 혹시나 휴식을 취하면 나아질까 싶어서 여기로 오게 된 것이었다.

조지 경은 젊어서 그런지 누구의 충고도 듣지 않았다. 말을 험하게 타는 데다 틈만 나면 사냥을 나갔고 무엇보다 말을 제대로 돌보지 않았다. 내가 마구간을 떠난 직후에 조지 경은 장거리 장애물 경마 대회에 참가하기로 결심했다.

마부가 진저는 다소 긴장한 상태라 그 대회에 나가면 안 된다고 말렸지만 조지 경은 흘려들었다. 경주가 시작되자 조지 경은 진저를 다그치며 앞에 가는 기수들을 바짝 따라붙었다. 진저는 기운이 넘쳤으므로 힘차게 달려 선두의 세 마리 말과 함께 들어왔다. 그렇지만 갑작스러운 질주로 호흡이 가빠지고 조지 경의 몸이 무거워서 등도 뻣뻣해졌다.

진저가 말했다.

"우리는 젊음과 건강을 잃은 채 여기에 있는 거야. 너는 술주정뱅이 때문에 나는 바보 때문에. 정말 힘든 세상이야."

우리는 예전과 완전히 달라졌다는 것을 뼈저리게 느꼈다. 그렇다고 우정을 나누는 기쁨마저 사라진 것은 아니었다. 예전처럼 빨리 달리지는 못했으나 함께 먹고 나란히 엎드려서 쉬었다. 또한 그늘진 라임나무 아래서 서로 머리를 맞대고 몇 시간씩 서 있었다. 우리는 백작의 가족이 도시에서 돌아올 때까지 함께 시간을 보냈다.

　어느 날 백작이 목초지로 들어왔다. 요크가 그 뒤를 따르고 있었다. 누군지 알면서도 우리는 라임나무 아래에 서서 가만히 기다렸다. 두 사람은 나와 진저를 주의 깊게 살펴보았다.

　백작은 몹시 짜증을 냈다.

"300파운드가 그냥 날아가 버렸군. 더구나 내 오랜 친구가 보낸 말들이라 안타까울 뿐일세. 그 친구는 이 말들에게 알맞겠다고 생각하여 나에게 보냈건만 엉망진창이 되어 버렸군. 밤색 말은 열두 달 정도 지켜봐야겠어. 그때 가서 어떻게 할지 결정하자고. 그렇지만 검은 녀석은 팔도록 하지. 안됐지만 무릎이 저런 말을 내 마구간에 둘 수는 없어."

요크가 맞장구를 쳤다.

"맞습니다, 그럴 수는 없지요. 그래도 생김새를 따지지 않는 곳에 얼마든지 갈 수 있습니다. 아마 좋은 대우를 받을 겁니다. 바스에 아는 사람이 있는데 마차 빌려주는 일을 하고 있습니다. 그 사람은 생김새는 볼품없더라도 좋은 말을 찾고 있답니다. 제가 듣기로는 말을 잘 돌본다고 합니다. 이 말은 조사 결과 잘못이 없다는 것이 밝혀졌습니다. 그러니 백작님이나 제 추천만 있으면 충분하다고 봅니다."

"요크, 자네가 편지를 써 보게. 돈보다는 어디로 보내느냐가 더 중요하다네."

그러고서 두 사람은 떠났다.

진저가 말했다.

"너를 곧 데려간대. 하나뿐인 친구를 잃게 되는구나. 무엇보다 우리는 다시 못 만날 거야. 정말 힘든 세상이야!"

일주일 뒤에 로버트가 목초지로 들어와서 굴레를 내 머리에 씌우고는 데려갔다.

진저에게 작별인사도 하지 못했다. 내가 끌려갈 때 서로 히힝 말 울음소리를 냈을 뿐이다. 진저는 울타리를 따라 힘껏 달리면서 내 발굽 소리가 사라질 때까지 나를 불렀다.

요크의 추천을 받아 나는 마차 대여업자에게 팔려 갔다. 기차를 타고 갔는데 처음에는 무척 용기가 필요했다. 그런데 하얀 연기나 빠른 속도와 요란한 기적소리는 별일이 아니며, 심지어 내가 서 있는 칸이 흔들려도 괜찮다는 것을 알게 되자 마음이 차분해졌다.

여행이 끝난 뒤에는 그럭저럭 편안한 마구간에서 보살핌을 받았다. 마구간은 예전에 머물던 곳과 달랐다. 공기가 잘 통하지 않아서 답답했으며, 마방은 평평하지 않고 비탈져 있었다. 머리의 줄이 구유에 묶인 채 비탈진 곳에 늘 서 있다 보니 너무 힘이 들었다. 사람들은 말이 편안하게 서 있거나 자유롭게 움직인다면 더욱 많은 일을 해낸다는 것을 모르는 모양이다. 그래도 나는 배불리 먹고 깨끗하게 지냈으므로 주인이 최선을 다해 보살펴 준다고 생각했다. 주인은 상당히 많은 말과 마차를 종류별로 소유하여 사람들에게 빌려주었다. 주인이 고용한 사람이 몰 때도 있고 신사나 숙녀들이 말과 마차를 빌려서 직접 몰기도 했다.

28
대여용 말과 마부들

여태껏 나를 탔던 사람들은 적어도 말을 어떻게 몰지 알고 있었다. 그러나 이곳에서는 말을 험하고 무식하게 모는 사람들이 수두룩했다. 나 또한 대여용 말이라 별별 사람들이 내 고삐를 쥐었다. 특히 다른 말에 비해 성격이 좋고 온순하다 보니 말을 잘 모르는 사람들 손에 넘겨질 때가 많았다. 여러 종류의 사람들을 모두 말하려면 시간이 너무 많이 걸리니 몇 가지만 간단히 이야기하겠다.

우선 고삐를 바짝 틀어쥐는 사람들이 있었다. 고삐를 단단히 틀어쥐면 다 해결된다고 생각하기 때문이다. 이런 사람들은 말의 입을 거칠게 잡아당기며 조금도 움직이지 못하게 한다. 그리고 입만 열면 "손으로 말을 잘 다뤄라"라거나 "말을 똑바로 서 있게 해라"라고 떠들어 댄다. 말이 혼자 힘으로 서 있지 못한다고 생각하는 모양이다.

무자비하고 거칠게 다뤄져서 입이 딱딱해지고 감각이 무뎌진 말들도 있다. 안타깝게도 그런 말들은 고삐를 단단히 쥐는 것이 필요할지도 모른다. 그러나 다리가 튼튼하고 입이 부드러우면 얼마든지 쉽게 몰 수 있으니 그런 말의 고삐를 틀어쥐는 행동은 고문이자 어리석은 짓이다.

고삐를 느슨하게 쥐는 사람들도 있다. 말 등에 고삐를 내려놓고 자신의 손은 무릎에 가만히 올려두는 것이다. 그러다가 예기치 못한 일이 일어나면 말을 제대로 다루지 못한다. 말이 겁에 질리거나 놀라서 비틀거리는 경우에도 그런 사람들은 자신과 말에게 아무 도움이 못 된다. 물론 나는 상관이 없다. 놀라거나 비틀거리는 습관이 없으며 마부의 가벼운 지시와 격려에 익숙하기 때문이다. 그러나 언덕을 내려갈 때는 고삐를 살짝 당겨 주는 편이 낫다. 그래야 마부가 잠들지 않았다는 것을 알 수 있기 때문이다.

게다가 아무렇게나 말을 몰면 말에게도 못되고 게으른 습관이 들기 마련이다. 만약 주인이 바뀐다면 그 말은 나쁜 습관을 버리기까지 채찍질을 당하며 힘들고 고통스러운 시간을 보내야 한다. 고든 대지주는 우리가 좋은 자세와 좋은 걸음으로 달리도록 늘 신경을 썼다. 말을 망치거나 나쁜 버릇을 들이는 것은 아이를 망치는 것만큼이나 고약한 행동이라고 강조했다. 말이든 사람이든 그 습관 때문에 나중에 고생하기 때문이었다.

특히 이런 사람들은 대체로 주의가 산만해서 말보다 다른 것에 관심을 기울이는 경우가 많다. 어느 날 어떤 신사가 모는 사륜마차를 끌었는데 뒤에는 부인과 두 아이가 타고 있었다. 그 신사는 출발하자마자 고삐를 툭 내려놓더니 내가 잘 가고 있는데도 몇 번이나 채찍을 휘둘렀다.

가다 보니 길을 상당히 많이 보수하고 있었다. 돌을 새로 깔고 있는 중이라서 삐죽삐죽 튀어나온 돌이 곳곳에 흩어져 있었다. 신사는 부인과 아이들에게 농담을 던지고 껄껄 웃더니 오른쪽과 왼쪽의 풍경에 대해 이야기를 늘어놓았다. 자기가 모는 말을 지켜보며 평평한 곳으로 이끌어야 한다는 생각은 전혀 하지 않았다. 결국 내 앞발에 돌멩이가 박히고 말았다.

고든 대지주나 존이나 제대로 된 마부가 있었다면 내가 세 걸음도 걷기 전에 이상한 낌새를 눈치챘을 것이다. 또한 능숙한 마부라면 어두운 곳을 지나더라도 고삐를 통해 걸음이 이상하다는 것을 알아차리고는 바로 돌멩이를 빼 주었을 것이다. 그러나 이 신사는 계속 웃고 떠들 뿐이었다. 내가 발을 디딜 때마다 돌멩이는 편자와 발바닥 사이로 박혀 들었다. 안으로 파고든 돌멩이는 날카롭고 바깥쪽은 둥글해서 아주 위험했다. 발에 깊은 상처를 내서 헛디디거나 넘어지는 사고가 생길 수 있었다.

그 신사가 눈이 거의 안 보였는지 아니면 부주의해서 그랬는지 모르겠다. 어쨌든 신사는 내가 발에 돌멩이가 박힌 채 무려 1킬로미터를 걸어갈 때까지 아무것도 알아차리지 못했다. 나는 너무 아파서 심하게 절뚝거리기 시작했다.

신사가 그 모습을 보고는 소리쳤다.

"맙소사, 저 꼴 좀 봐. 그자들이 절름발이 말을 빌려줬잖아! 이런 못된 놈들!"

신사는 고삐를 잡아당기며 채찍을 휘둘렀다.

"이것 봐, 나한테 꾀를 부려 봤자 안 통해! 갈 길이 먼데 다리를 절면서 게으름 피워 봤자 소용없다고."

바로 그때 농부가 갈색 말을 타고 다가왔다. 농부가 모자를 슬쩍 들어 올린 뒤 말을 세웠다.

"잠깐만요, 나리! 제가 보기에는 말에 문제가 생긴 것 같습니다. 편자에 돌이라도 박힌 것처럼 걷는군요. 괜찮으시다면 제가 발을 한번 보겠습니다. 이렇게 굴러다니는 돌이 말에게는 무척 위험하답니다."

"이건 빌려 온 말이라서 뭐가 문젠지 모르겠네. 그런데 이런 절름발이 말을 빌려주다니 참으로 기가 막힐 노릇이군."

농부는 말에서 내려 고삐를 팔에 걸치고 내 발을 들어 올렸다.

"세상에, 돌이 있군! 절름발이라고? 내 이럴 줄 알았지!"

농부는 우선 돌멩이를 손으로 빼내려고 했지만 아주 깊숙이

박혀서 쉽게 빠지지 않았다. 농부는 주머니에서 집게를 꺼내 돌멩이를 조심조심 힘겹게 뺐다.

농부가 돌멩이를 쳐들고 소리쳤다.

"여기요, 돌멩이가 발에 박혀 있었네요. 이 말이 넘어져서 무릎이 부러지지 않은 것이 놀라울 정도입니다."

신사가 말했다.

"그랬군. 정말 이상한 일일세. 말편자에 돌멩이가 박힌 것은 본 적이 없다네."

농부가 어이없다는 듯 대꾸했다.

"그러세요? 그런데 아무리 좋은 말도 그런 일을 겪습니다. 이런 길에서는 특히 더하지요. 말을 절름발이로 만들지 않으려면 잘 지켜봐야 합니다. 그러다 돌멩이가 박혔다 싶으면 얼른 빼줘야지요. 이 발은 상처가 아주 심합니다."

농부는 발을 가만히 내려놓고 나를 쓰다듬으며 말했다.

"나리, 감히 한 말씀 드리자면 당분간 이 말을 조심스럽게 몰아야 합니다. 발을 많이 다쳐서 제대로 걷기까지는 시간이 좀 걸릴 겁니다."

농부는 말에 올라탄 뒤 신사의 부인에게 모자를 들어 올려 인사하고서 말을 몰고 떠났다.

농부가 떠나자 신사는 다시 고삐를 내려놓고 채찍을 휘둘렀으므로 나는 가라는 신호로 알아듣고 그대로 따랐다. 다행히 돌멩이는 빠졌으나 발은 상처가 심해서 많이 아팠다.

이런 일은 대여용 말이 흔하게 겪는 것이라고 할 수 있다.

29
런던 멍청이들

말을 증기기관차처럼 모는 사람들도 있다. 주로 도시에 살다
보니 말을 기른 적도 없고 기차 여행이 잦은 사람들이다.

런던 멍청이들은 말을 조그만 증기기관차처럼 여긴다. 돈을
웬만큼 지불했으니 말이 무거운 짐을 싣고 최대한 빠르고 멀리
가는 것을 당연하게 생각한다. 길이 붐비거나 질퍽대거나 말라
있거나 좋거나 상관이 없다. 또한 돌투성이건 평평하건 오르막
길이건 내리막길이건 항상 같은 속도로 쉬지 않고 가야만 한다.
말에게 위로나 배려 같은 것은 도저히 찾아볼 수 없다.

이 사람들이 가파른 언덕을 걸어 올라가는 것은 상상도 못할
일이다. 말도 안 돼! 돈을 냈으면 무조건 타고 가야 하는 법! 그
럼 말은? 그야 말은 늘 하던 일이잖아! 말이 사람을 태우고 오

르막길을 오르지 못한다면 이 세상에 무슨 필요가 있겠는가? 사람이 걸어가라고? 정말 재밌는 농담이군! 결국 채찍을 휘두르고 고삐를 잡아채면서 거친 목소리로 "계속 가라고, 이 게으른 놈아"라고 꾸짖기 일쑤다. 그러고는 다시 채찍이 날아온다. 우리 말들은 그저 지독한 괴로움과 슬픔을 안고서 언제나 불평 없이 묵묵히 최선을 다해야 한다.

증기기관차처럼 말을 몰면 우리는 누구보다 빨리 지칠 수밖에 없다. 나는 이런 사람과 15킬로미터를 가느니 배려심이 넉넉한 사람과 30킬로미터를 가는 게 훨씬 낫다. 힘이 덜 들기 때문이다.

게다가 그들은 내리막길이 아무리 가파르더라도 바퀴 제동장치를 사용하여 속도를 줄일 생각을 하지 않는다. 그 결과 끔찍한 사건이 일어날 때가 많다. 때로는 제동장치를 사용하고 내리막길 아래서 풀어야 하는데 까맣게 잊는 경우도 있다. 한번은 다음 언덕까지 바퀴 한쪽에 제동장치를 매달고 간 적이 있었다. 마부가 겨우 제동장치를 기억하여 풀어 주기는 했지만 말에게 정말 고역이 아닐 수 없었다.

런던 멍청이들은 신사처럼 느긋하게 출발하는 대신 마구간 마당에서부터 전속력으로 내달리기 일쑤다. 멈출 때는 채찍을 휘두르며 뒤에 갑자기 고삐를 잡아채므로 우리는 엉덩방아를 거의 찧을 정도가 되고 재갈에 입이 찢어지고 만다. 말하자면 급정거를 하는 셈이다. 그들은 모퉁이를 돌 때면 오른쪽이든 왼쪽이든 상관없이 제멋대로 급하게 방향을 꺾는다.

어느 봄날의 저녁이 떠오른다. 나와 로리는 하루 종일 나가서 일했다. 로리는 나와 짝이 되어 일을 함께했는데 무척이나 정직했다. 우리를 모는 마부는 늘 사려 깊고 자상해서 나와 로리는 무척 기분이 좋았다. 땅거미가 질 때 우리는 신나게 집으로 향했다. 왼쪽으로 많이 휘어진 길로 들어서야 했는데 우리는 울타리에 바짝 붙어 있어서 맞은편에서 오는 마차도 얼마든지 지나갈 수 있었다. 모퉁이에 가까워졌을 때 맞은편에서 말 한 마리가 끄는 마차가 언덕 아래에 있던 우리 쪽으로 쏜살같이 달려왔다. 울타리가 높아서 아무것도 보이지 않다가 갑자기 눈앞에 맞닥뜨린 상황이었다. 다행히도 나는 울타리 쪽에 붙어 있었지만 로리는 마차의 오른쪽에 있던 터라 보호해 줄 만한 것이 전혀 없었다. 맞은편에서 마차를 몰던 남자는 똑바로 내려오다 모퉁이에 이르러서야 우리를 발견했으므로 고삐를 당길 틈이 없었다. 그대로 로리를 덮쳤다. 마차의 기다란 버팀대가 가슴 한복판을 강타하자 로리는 소름 끼치는 비명을 지르며 뒤로 밀려났다. 상대편 말은 엉덩방아를 찧었고 버팀대 하나가 부러졌다. 알고 보니 우리 마구간에 있던 말과 이륜마차였는데 젊은이들이 좋아하던 높은 바퀴의 마차였다.

그쪽 마부는 가는 길과 오는 길을 구분 못 했으며 설령 안다고 해도 신경 쓰지 않을 만큼 무책임하고 어리석었다. 가여운 로리는 살가죽이 찢어진 채 피를 철철 흘리고 있었다. 듣자니 조금만 옆으로 부딪쳤다면 그대로 죽었을 것이라고 했다. 어쩌면 로리에게는 그 편이 더 좋았을지도 모른다.

한참 뒤에 몸을 추스르게 되자 로리는 석탄 마차를 모는 곳으로 팔려 갔다. 가파른 언덕을 오르내리는 것이 무엇을 의미하는지 말이 아니면 모를 것이다. 이륜마차에 짐을 잔뜩 실은 채 제동장치도 없이 내리막길을 내려가는 말을 본 적이 있다. 지금 생각해도 무척 우울해지는 모습이다.

로리가 다친 뒤로 페기라는 이름의 암말과 마차를 끌었다. 페기는 내 옆 마방에서 지냈으며 힘이 세고 튼튼했다. 반점이 아름다운 회갈색 말인데 갈기와 꼬리는 진갈색이었다. 순종은 아니지만 예쁘장한 데다 상냥하고 의욕이 넘쳤다. 그러나 눈가에 그늘이 져 있어서 뭔가 문제가 있는 것 같았다. 둘이 처음으로 함께 나갔을 때 페기의 걸음걸이가 아무래도 이상했다. 빠른 걸음과 느린 걸음을 반복했기 때문이다. 서너 걸음마다 한 번씩 훌쩍 뛰어오르는 식이었다.

걸음을 맞춰야 하는 내 입장에서는 여간 불편한 것이 아니라서 무척 신경이 쓰였다. 집에 도착하자 페기에게 왜 그렇게 이상하게 걷느냐고 물었다.

페기는 곤란해하면서 입을 열었다.

"아! 걸음걸이가 엉망인 것은 나도 알아. 그렇지만 어쩌겠어?

솔직히 내 잘못은 아니거든. 난 다리가 아주 짧은 편이야. 몸집은 우리 둘이 비슷하지만 다리는 네가 좀 더 길 거야. 그만큼 네 보폭이 넓으니 나보다 빨리 달릴 수 있겠지. 그런데 내가 원해서 이런 다리를 가진 것은 아니잖아. 때로는 내가 다리를 만들 수 있으면 좋겠다는 생각도 들어. 그러면 긴 다리를 가질 텐데. 내가 힘든 것은 짧은 다리 때문이야."

페기는 잔뜩 풀이 죽은 모습이었다.

내가 물었다.

"그게 왜 문제야? 너는 힘도 세고 성격도 좋고 의욕도 넘치잖아."

"너도 알잖아. 사람들은 무조건 빨리 가려고 해. 그래서 어떤 말이 혼자 뒤처지면 철썩, 철썩, 철썩 계속 채찍질을 하지. 나도 어떻게든 따라가야 했어. 그러다 보니 걸음걸이가 이렇게 엉망으로 변한 거야. 예전에는 이러지 않았어. 첫 번째 주인과 살 때는 걸음이 멀쩡했어. 그 주인은 그렇게 서두르지 않았거든. 시골의 젊은 성직자인데 무척 착하고 다정했어. 주인은 멀리 떨어진 교회 두 군데를 맡고 있었는데 일이 산더미였어. 그런데도 빨리 가라고 채찍질을 한 적이 없었어. 나를 무척 아꼈단다. 다시 그 주인과 함께 지낸다면 정말 좋을 텐데. 그러나 주인은 그곳을 떠나 커다란 도시로 갔고 나는 농부에게 팔려 갔어. 농부들 중에 좋은 주인들도 많지만 새 주인은 거리가 멀었어. 말을 잘 가르치거나 제대로 모는 법에 대해 눈곱만큼도 관심이 없었어. 그저 빨리 가는 것이 최고였지. 나는 최선을 다했지만 별로 빨라지지 않았어. 그러자 농부는 걸핏하면 채찍을 휘둘렀어. 나는 다른 말에게 뒤처지지 않으려고 팔짝팔짝 뛰기 시작했지. 농부는 장날이면 늦게까지 여관에서 머물다가 집으로 갈 때는 전속력으로 달리곤 했어. 어느 깜깜한 밤에 농부는 여느 때처럼 힘껏 집을 향해 달렸어. 그런데 마차 바퀴가 길바닥에 뒹굴던 커다란 물체에 부딪쳐서 마차가 뒤집히고 말았어. 농부는 밖으로 튕겨 나가며 팔과 갈비뼈가 부러졌다더군. 어쨌든 그 일로 농부와 헤어졌는

데 하나도 서운하지 않았어. 그렇지만 사람들이 빨리 가기를 원하는 한 나는 어딜 가든 똑같을 거야. 내 다리가 조금만 더 길면 얼마나 좋을까?"

가여운 페기! 나는 마음이 아팠지만 위로할 수가 없었다. 빨리 달리는 말과 속도를 맞추기 위해 느린 말이 얼마나 고생하는지 잘 알기 때문이었다. 느린 말은 늘 채찍을 맞으며 달려야 했다.

페기는 종종 사륜마차를 끌기도 했는데 워낙 온순해서 숙녀들의 사랑을 받았다. 그래서 얼마 뒤에는 침착하고 착한 말을 사서 직접 마차를 몰려는 숙녀 두 명에게 팔려 갔다. 나는 시골길에서 몇 번 페기와 마주쳤다. 페기는 차분하게 움직이면서 그야말로 즐겁고 행복한 표정을 짓고 있었다. 페기 같은 말은 좋은 대우를 받는 것이 마땅했기에 나는 무척 기뻤다.

페기가 떠난 뒤에 다른 말이 대신 들어왔다. 젊은 수말이었는데 부끄러움이 많고 자주 놀라는 버릇이 있었다. 그 때문에 좋은 집에서 쫓겨난 적도 있다고 했다. 겁이 많은 이유를 물었더니 이렇게 대답했다.

"잘 모르겠어. 어렸을 때도 소심해서 몇 번 놀란 적이 있었어. 특히 뭔가 이상한 것을 보면 자꾸 고개를 돌려서 곁눈질을 했어. 잘 알겠지만 눈가리개를 쓰면 고개를 돌려야 뭔가 보이거든. 주인은 그때마다 채찍을 내리치며 혼을 냈지만 내 두려움이 줄어들지는 않았어. 만약 주인이 내게 주변을 둘러보며 위험하거나 문제될 것이 없다고 스스로 깨닫게 했다면 오히려 괜찮았을 거야. 나는 점점 익숙해졌겠지. 하루는 우리 주인이 노신사와 말을 타고 나갔어. 갑자기 하얀색 종이처럼 생긴 커다란 것이 내 옆구리로 날아왔지 뭐야. 나는 겁이 나서 앞으로 내달렸어. 주인은 평소처럼 사정없이 채찍을 휘둘렀어. 그러자 노신사가 소리쳤어. '그러지 말게. 그건 잘못하는 짓이야. 말이 겁을 낸다고 채찍으로 때려서는 안 되네. 무서워서 그러는 거 아닌가. 자네가 자꾸 혼을 내면 말의 버릇만 고약해진다네.' 그제야 나는 사람들이 주인과 똑같지는 않다는 것을 알았지. 나는 정말로 겁먹기 싫어. 그렇지만 주변에 있는 것들을 자주 보거나 듣지 못한다면 무엇이 위험하고 괜찮은지 어떻게 알겠어? 나도 익숙한 것은 무서워하지 않아. 나는 사슴이 사는 영지에서 자라나서 양이나 소만큼 사슴에 대해서도 잘 알아. 사실 사슴은 흔한 동물이 아니라서 영리한 말도 사슴 방목장을 지날 때면 겁에 질려서 발길질하는 경우가 많거든."

그 친구의 말은 사실이었다. 나는 망아지들이 그레이 농장주나 고든 대지주처럼 훌륭한 주인을 만나면 좋겠다고 생각했다.

물론 이곳에서도 즐겁게 마차를 몰 때도 있었다. 어느 날 아침에 가벼운 이륜마차를 끌고 풀터니 거리의 어떤 집에 간 적이 있었다. 신사 두 명이 집에서 나왔는데 키 큰 신사가 내 머리 쪽으로 와서 재갈과 고삐를 보더니 목줄이 편안해지도록 이리저리

매만졌다.

신사가 나를 몰고 간 마부에게 물었다.

"이 말에게 이렇게 큰 재갈이 필요한가?"

"사실 이 녀석은 재갈 따위 없어도 잘 갑니다. 입이 아주 멀쩡하고 기운이 넘치며 못된 버릇도 없답니다. 그렇지만 사람들 대부분이 재갈을 좋아하니까요."

신사가 말했다.

"나는 좋아하지 않네. 재갈을 벗기고 끈은 얼굴 한쪽에 끼워두게. 친구, 먼 길을 가려면 입이 편해야겠지?"

신사는 내 목을 토닥거렸다. 그리고 고삐를 잡은 뒤 다른 신사와 함께 마차에 올라탔다. 나는 지금도 그때의 기억이 생생하다. 신사는 나를 가만히 돌려 세운 뒤 고삐를 톡톡 치고는 채찍으로 내 등을 부드럽게 쓸어내렸다. 우리는 길을 나섰다.

나는 목을 숙이고 아주 경쾌한 걸음으로 달려갔다. 내 뒤에 있는 사람은 좋은 말을 어떻게 몰아야 할지 제대로 아는 사람이었다. 옛날로 돌아간 기분이어서 무척 즐거웠다.

이 신사는 나를 굉장히 맘에 들어 했다. 얼마 뒤 안장을 얹고 몇 번 달려 보더니 자기 친구가 안전하고 씩씩한 말을 찾고 있다며 나를 팔아넘기라고 우리 주인을 설득했다. 결국 그해 여름 나는 배리 씨에게 팔려 갔다.

30
도둑

새로운 주인은 결혼을 하지 않은 남자였다. 바스에 살면서 사업에 온갖 신경을 쏟고 있었다. 나를 사게 된 이유는 주치의가 말을 타고 운동하라고 권했기 때문이다. 주인은 집에서 조금 떨어진 곳에 마구간을 마련하고 필처라는 사람을 사육사로 고용했다. 주인은 말에 대해 아는 것이 없었지만 나에게 무척 잘해 주었다. 따라서 주인이 무지하지 않았더라면 아늑하고 편안한 곳에서 얼마든지 지낼 수 있었다. 주인은 귀리가 많이 섞인 건초와 으깬 콩과 밀기울과 살갈퀴와 호밀풀 등 가장 필요하다고 생각되는 것들을 주문했다. 그 순간 나는 좋은 먹이를 잔뜩 먹을 수 있으니 앞으로 잘 지내겠다고 생각했다.

며칠 동안은 다 마음에 들었다. 사육사는 할 일을 잘 알고 있었다. 마구간을 깨끗하고 쾌적하게 관리했으며 나를 꼼꼼하게 솔질해 주었다. 원래 바스에 있는 커다란 호텔에서 사육사로 지냈다고 한다. 그러다 그 일을 그만두고 과일과 채소를 길러 시장에 내다 팔았고 그의 아내는 닭이나 토끼를 키워서 팔았다. 그런데 언제부터인가 먹이로 나오는 귀리가 상당히 줄어들고 있었다. 콩에다 귀리 대신 밀기울을 섞기 시작했는데 그나마 양이 예전에 비해 4분의 1도 되지 않았다. 2, 3주가 지나자 힘이 약해지고 기운이 빠졌다. 좋은 풀을 가져다주기는 했지만 곡식이 빠져 있으니 체력이 떨어지기 시작했다. 나는 불평할 수 없었고 무엇이 부족한지 알리지도 못했다. 그렇게 두 달이 지나갔다. 주인이 아무것도 모른다는 사실이 놀라울 따름이었다. 그러던 어느 날 오후 주인은 시골에 사는 친구를 만나러 나를 타고 갔다. 친구는 농장주인데 웰스로 가는 길목에 살고 있었다. 농장주는 말을 슬쩍 보기만 해도 어떤 상태인지 아는 사람이었다.

농장주는 우리 주인을 반갑게 맞이한 뒤에 나를 한번 훑어보고는 말했다.

"배리, 내가 보기에는 자네가 저 말을 처음 데려온 때보다 상태가 좋지 않군. 잘 지내는 게 맞나?"

주인이 대답했다.

"그럼, 잘 지내지. 그런데 예전에 비해 생기가 부족한 것은 사실이야. 사육사는 가을이면 말들이 기운도 없고 약해진다고 하더군. 그래서 그런 것 같네."

농장주가 말했다.

"가을이라니! 무슨 헛소리야! 지금은 8월일세. 자네가 일을 적게 시키고 먹이를 잘 주었다면 이런 모습이 될 수가 없어. 설령 가을이라고 해도 이 정도는 아니라네. 자네는 어떻게 먹이를 주고 있나?"

주인은 하나씩 자세하게 설명했다.

농장주는 머리를 절레절레 흔들더니 나를 어루만지며 말했다.

"자네가 산 곡식을 누가 먹는지 모르겠군. 어쨌든 자네 말이 먹는 것 같지는 않네. 혹시 말을 빠르게 몰고 다니나?"

"아니네! 아주 천천히 몰고 있네."

"그러면 여기를 만져 보게."

농장주는 내 목과 어깨를 손으로 누르면서 덧붙였다.

"풀만 먹은 말처럼 뜨뜻하고 축축하군. 아무래도 자네가 마구간을 좀 더 유심히 들여다봐야 할 것 같아. 남을 의심하는 것은 질색이지만 다른 이유를 못 찾겠네. 우리 집 일꾼들이야 보든 안 보든 믿을 수 있네만. 세상에는 말 못하는 짐승의 먹이를 훔치는 악당들도 있거든. 자네는 그런 것을 잘 살펴야 해."

농장주는 말을 마치고서 나를 데리러 온 일꾼에게 말했다.

"이 말에게 으깬 귀리를 넉넉하게 주게. 아끼지 말고."

'말 못하는 짐승!' 그렇다. 우리는 말을 못한다. 내가 말을 할

191

수 있다면 주인에게 귀리가 어디로 갔는지 알려 주었을 것이다. 사육사는 아침마다 6시쯤 어린 아들과 함께 마구간으로 왔다. 어린 아들은 늘 뚜껑이 덮인 바구니를 들고 와서 곡식을 쌓아둔 창고로 아버지와 함께 들어갔다. 문이 살짝 열려 있을 때면 두 사람이 귀리를 통에서 꺼내 작은 자루에 담는 것을 볼 수 있었다. 그러고 나서 아들은 총총 사라졌다.

그로부터 대엿새가 지난 아침에 아이가 마구간을 막 나서려는데 문이 벌컥 열리더니 경찰 한 명이 들어와서 아이의 팔을 꽉 붙들었다.

또 다른 경찰이 따라 들어와 안에서 문을 잠그고는 소리쳤다.

"네 아비가 토끼 먹이를 갖다 둔 곳이 어디냐?"

아이는 겁에 질린 채 엉엉 울었다. 달아날 곳이 없자 곡식 통이 있는 곳으로 안내했다. 경찰은 거기에서 빈 자루를 발견했다. 그런데 아이의 바구니 안에도 그것과 똑같은 자루에 귀리가 가득 담겨 있었다.

한편 사육사인 필처는 내 발을 닦고 있다가 경찰이 잡으러 오자 격렬하게 저항했지만 결국 아들과 함께 경찰서로 끌려갔다. 나중에 들으니 아이는 무죄로 풀려났지만 사육사는 두 달 동안 교도소에 갇히는 벌을 받았다고 한다.

31
사기꾼

주인은 처음에 무척 속상해했지만 며칠 지나자 새로운 사육사를 데려왔다. 키 크고 잘생긴 사람이었다. 바로 알프레드 스머크인데, 사육사인 동시에 사기꾼이었다. 그래도 아주 다정했으며 나를 함부로 대하지는 않았다. 알프레드는 주인이 보고 있을 때면 손이 닳도록 나를 쓰다듬고 토닥거렸다. 주인에게 나를 데려갈 때는 멋지게 보이도록 솔에 물을 적셔서 내 갈기와 꼬리를 빗어 주고 기름으로 발굽을 닦아 주었다. 반면에 내 발을 씻기거나 편자를 살피거나 몸 전체를 닦아 주는 일에는 손끝 하나 까딱 안 했다. 재갈에 녹이 슬고 안장은 축축해지고 크러퍼는 뻣뻣해졌다.

알프레드는 스스로 잘생겼다고 생각하며 마구간의 조그만 거울 앞에서 머리와 수염과 넥타이를 만지느라 시간 가는 줄을 몰랐다. 또한 주인이 뭔가를 말하면 알프레드는 모자를 만지며 "네, 나리. 네, 나리"라고 대답했다. 모두가 알프레드를 착한 젊은이로 여기며 배리 씨가 운이 좋아서 그런 사람을 만났다고 말했다. 그러나 나는 알프레드처럼 게으르고 거만한 사람을 본 적이 없었다. 물론 학대받지 않아서 다행이지만 말들에게는 그것 말고도 중요한 것이 있었다. 나는 풀어놓는 마방에서 지냈으므로 알프레드가 게으름을 피우지 않고 청소해 주었더라면 더할 나위 없이 편안했을 것이다. 그러나 알프레드는 짚단을 한 번도 걷어 내지 않아서 구역질 나는 냄새가 바닥에서 올라왔다. 독한 가스가 퍼져서 눈이 따끔거리고 부어올랐으며 밥맛도 떨어졌다.

어느 날 주인이 들어와서 물었다.

"알프레드, 마구간 냄새가 지독하군. 박박 닦고 물로 씻어 내야 하지 않나?"

알프레드가 모자를 슬쩍 만지며 대답했다.

"네, 나리. 시키시는 대로 합지요. 그런데 마구간에 물을 뿌리는 것은 위험하답니다. 자칫하면 감기에 걸리거든요. 말이 아플까 봐 걱정되지만 나리가 원하시니 그렇게 하겠습니다."

"그렇군. 말을 감기에 걸리게 할 수는 없지. 그렇지만 마구간 냄새는 도저히 못 참겠네. 하수구는 아무 이상 없나?"

"나리, 이제야 말씀드리지만 하수구에서 가끔 냄새가 올라오기는 합니다. 뭔가 문제가 있는 것 같습니다."

"그럼 벽돌공을 불러서 확인해 보게."

"네, 나리. 그러겠습니다."

벽돌공이 와서 벽돌을 여러 장 들어냈으나 아무 문제가 없었다. 알프레드는 하수구에 석회를 바르고는 주인에게 5실링을 청구했다. 마구간 냄새는 여전히 지독할 수밖에 없었다. 그러나 고통은 거기에서 끝나지 않았다. 축축한 짚 더미를 밟고 서 있다 보니 발이 짓무르면서 아프기 시작했다.

주인이 걱정을 했다.

"말이 왜 그러는지 모르겠군. 요즘 들어 헛디딜 때가 많더라고. 저러다 절뚝거리면 어떡하지?"

"네, 나리. 저 말을 운동시키면서 저도 이상하다고 생각했습니다."

사실 알프레드는 나를 운동시킨 적이 없었다. 주인이 일에 파묻혀서 바쁠 때면 나는 며칠이고 다리 한 번 쭉 펴지 못하고 마구간에 서 있어야 했다. 게다가 고된 일을 하는 말처럼 먹이를 꾸역꾸역 먹고 있었다. 결국 나는 건강을 해치게 되었다. 몸이 무겁고 둔했으며 종종 기운이 하나도 없거나 열이 났다. 체온을 낮추려면 풀로 만든 사료나 삶은 곡물 사료를 먹어야 했지만 알프레드는 으스댈 줄만 알았지 그런 것은 전혀 몰랐다. 나에게 운동을 시키거나 사료를 바꿔 주는 대신 알약과 물약을 먹였다. 그런데 약을 목구멍으로 들이부으면 언짢기도 했지만 먹고 나면 왠지 기분이 나쁘고 속이 울렁거렸다.

어느 날 주인을 태우고 새로 깔아 둔 돌길을 달렸는데 짓무른 발 때문에 두 번이나 심하게 비틀거렸다. 주인은 도시 길목에 있는 랜스다운에 이르자 수의사에게 가서 나에게 무슨 문제가 있느냐고 물었다.

수의사는 내 발을 하나씩 들어 살펴보더니 일어나서 양손을 탁탁 털고 말했다.

"나리 말은 제차부란*에 걸렸네요. 아주 심각합니다. 발이 온통 짓무른 상태예요. 넘어지지 않아서 천만다행입니다. 사육사가 이런 것을 몰랐다니 이해가 안 됩니다. 오물을 치우지 않아서 지저분해진 마구간에서 생기는 병이지요. 내일 다시 말을 보내십시오. 발굽을 치료해 주고 나서 사육사에게 연고 바르는 방법을 알려 주겠습니다."

이튿날 나는 발을 깨끗하게 닦고 패인 곳을 삼베 부스러기로 채운 뒤 강력한 물약에 담갔다. 귀찮기 짝이 없는 노릇이었다.

수의사가 마구간에서 날마다 오물을 치우라고 일러 준 덕분에 바닥은 무척 깨끗해졌다. 나는 발이 다 나을 때까지 곡식은 줄이고 삶은 곡물 사료와 녹색 채소 위주로 먹었다. 그 결과 나는 금

* 말의 발굽 바닥이 썩거나 곪는 병─옮긴이.

세 기력을 되찾았지만 배리 씨는 사육사 두 명에게 속고 나자 넌덜머리가 나서 말을 키우는 것은 포기하고 필요할 때 빌리기로 결심했다. 나는 발이 다 나은 다음에 다시 팔려 갔다.

제3부

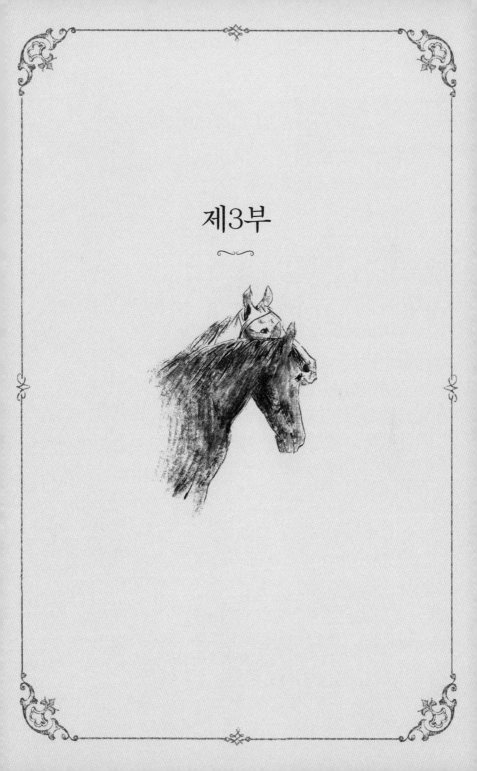

32
말 시장

말 시장은 잃어버릴 물건이 없는 사람에게는 아주 흥미로운 곳이다. 구경거리가 쏠쏠하기 때문이다.

말 시장에는 시골의 풀밭에서 방금 나온 말들이 기다랗게 줄지어 들어온다. 메리레그스보다 크지 않은 웰시 포니가 긴 털을 휘날리며 무리지어 있으며 기다란 꼬리를 땋아 주황색 끈으로 묶어 놓은 짐마차용 말 수백 마리가 모여 있다. 나와 비슷한 처지의 말들도 수두룩하다. 외모가 훌륭하고 혈통이 좋지만 사고로 흉터가 있거나 호흡이 불안하다는 등의 문제를 안고 있는 경우이다. 물론 어디 내놓아도 꿀리지 않는 최상급의 눈부신 말들도 있다. 말들은 사육사의 긴 줄이 이끄는 대로 다리를 쭉쭉 뻗으며 멋지게 내달렸다. 한편 시장 뒤쪽으로 돌아가면 가련한 말들을 아주 많이 만날 수 있다. 고된 일로 몸이 망가져서 무릎은 삐걱거리고 뒷다리는 후들후들 떨고 있었다. 시름에 잠긴 늙은 말들도 있다. 아랫입술은 축 처지고 귀는 뒤로 홱 젖혀졌으며 삶의 기쁨이나 희망은 이미 사라진 것 같았다. 갈비뼈를 모두 셀 수 있을 만큼 비쩍 마른 말들을 비롯해 등과 엉덩이에 오랜 상처로 딱지가 덕지덕지 붙어 있는 말들도 보인다. 언젠가 그런 처지가 될지도 모르기 때문에 같은 말로서 서글픈 광경이 아닐 수 없다.

값을 올리거나 후려치는 등 엄청난 흥정이 이뤄지기도 한다. 말의 입장에서 이야기를 한다면 말 시장에는 꾀바른 사람도 눈치채지 못할 만큼 거짓말과 속임수가 판을 치고 있다. 내 옆에는 튼튼하고 쓸 만한 말 두세 마리가 서 있어서 우리를 보러 온 사람들이 제법 많았다. 신사들은 내 무릎의 흉터를 보고 나면 가차 없이 돌아섰다. 나를 데리고 있던 말 거래상이 마방에서 미끄러진 것이라고 맹세했지만 소용없었다.

사람들은 가장 먼저 내 입을 열어 보고 눈을 살펴본 뒤 다리를 골고루 만지고 살가죽을 눌러 본 다음에 걸음걸이를 보았다.

그런데 사람마다 나를 대하는 태도가 신기할 정도로 달랐다. 어떤 사람들은 마치 나무 토막이라도 만지듯 거칠고 함부로 다루는가 하면 또 어떤 사람들은 "실례합니다"라고 양해를 구하듯 토닥이면서 살살 어루만졌다. 당연히 나도 말을 사려는 사람들의 태도를 보며 판단했다.

나를 사서 데려가면 좋겠다는 사람이 한 명 있었다. 신사는 아니었지만 그렇다고 목소리가 크고 겉만 번지르르한 사람도 아니었다. 몸집은 작았지만 다부지고 빠릿빠릿했다. 딱 보아하니 말을 많이 다뤄 본 남자였다. 말씨가 상냥했으며 회색 눈동자는 친절하고 유쾌한 느낌이 났다. 이상하게 들릴지 모르지만 그 남자에게서 깨끗하고 신선한 향기가 나서 자꾸만 다가서게 되었다. 내가 싫어하는 맥주나 담배 냄새가 아니라 건초다락에서 막 나온 듯 신선한 향기였다. 남자는 23파운드에 나를 사겠다고 제안했지만 거절당하자 발길을 돌렸다. 나는 그 남자의 뒷모습에서 눈을 떼지 못했으나 금세 사라져 버렸다. 곧이어 인상이 차갑고 소리를 버럭버럭 지르는 남자가 내 쪽으로 다가왔다. 혹시라도 나를 살까 봐 덜컥 겁이 났다. 그러나 그 남자도 다른 곳으로 갔다. 그다음에는 한두 사람이 살 생각도 없이 구경만 하고 돌아간 것이 전부였다.

그런데 인상이 차가운 남자가 다시 돌아와서 23파운드를 내겠다고 했다. 아무래도 거래가 이뤄질 것 같았다. 말 거래상이 욕심을 버리고 값을 내리려던 참이었기 때문이다. 바로 그때 회색 눈동자의 남자가 다시 나타났다. 나도 모르게 목을 그 남자 쪽으로 뻗었다. 남자는 내 얼굴을 다정하게 어루만졌다.

회색 눈동자의 남자가 말했다.

"이봐, 친구. 우리가 잘 맞을 것 같구나. 내가 24파운드를 내겠소."

"25파운드 내고 가져가시오."

말 거래상의 제안에 남자가 아주 단호하게 말했다.

"24파운드에 10실링을 얹어 주겠소. 그 이상은 한 푼도 더 줄수 없소. 좋소, 싫소?"

거래상이 동의했다.

"좋소. 아주 뛰어난 말이란 것을 알아 두시오. 승객용 마차를 끌게 할 생각이라면 완전히 헐값에 사 가는 거요."

돈이 그 자리에서 오간 뒤에 새로운 주인은 내 고삐를 쥐고 시장을 벗어나 여관으로 데려갔다. 여관에는 주인이 미리 마련해둔 안장과 굴레가 있었다. 주인은 귀리가 들어 있는 좋은 먹이를 주고는 내가 먹는 동안 옆에서 중얼거리거나 나에게 이야기를 건넸다. 30분 뒤에 우리는 대도시인 런던으로 출발했다. 상쾌한 시골길과 큰길을 지나다 보니 런던까지 곧장 이어지는 길이 나타났다. 그 길을 따라 한참 걸어가다가 해가 뉘엿뉘엿 지고 있는 런던으로 들어섰다. 가스등은 이미 환하게 켜져 있었으며 오른쪽 길과 왼쪽 길은 물론이고 교차로가 몇 킬로미터에 걸쳐 계속되었다. 그 길은 아무리 걸어도 끝이 없을 것 같았다. 이윽고 어떤 교차로를 지나자 승객용 마차가 줄서서 대기하고 있는 곳이 나타났다.

내 주인이 유쾌한 목소리로 소리쳤다.

"안녕하십니까, 대장."

누군가 대답했다.

"안녕! 좋은 녀석을 구했나?"

"그런 것 같습니다."

"앞으로 그 녀석과 좋은 일이 있기를 바라네."

"감사합니다, 대장."

주인은 계속 앞으로 나아갔다. 그러다 어떤 골목길로 방향을 꺾어서 얼마쯤 걷다가 다시 좁은 길로 들어섰다. 한쪽으로 허름한 집들이 늘어서 있었고 또 한쪽으로는 마차 보관소나 마구간처럼 보이는 것들이 있었다.

주인은 어떤 집 앞에 멈춰서 휘파람을 불었다. 문이 벌컥 열리더니 젊은 여자와 자그마한 여자아이와 남자아이가 뛰쳐나왔다. 주인이 내 등에서 내리자 다들 시끌벅적한 인사로 맞이했다.

"자, 해리, 우리 아들. 저기 문 좀 열어 놓아라. 당신은 등불 좀 갖다주시오."

몇 분 지나지 않아 조그만 마구간 마당에서 다들 나를 에워쌌다.

"얘는 얌전해요, 아빠?"

"그렇단다, 돌리. 네 고양이만큼이나 얌전하지. 와서 토닥여 주렴."

이내 자그마한 손이 주저하지 않고 내 어깨를 토닥였다. 정말 기분이 좋았다!

아이들 엄마가 말했다.

"당신이 말을 닦고 있으면 내가 밀기울 죽을 갖다줄게요."

"폴리, 그러면 말이 정말 좋아할 거요. 내가 먹을 것도 준비되어 있으리라 믿소."

"소시지 경단이랑 사과파이요."

남자아이가 소리치자 다들 웃음을 터뜨렸다. 내가 들어간 마구간은 건초가 가득했으며 아늑하고 상쾌했다. 최고의 저녁을 먹은 뒤 나는 엎드려서 행복한 미래를 꿈꾸었다.

33
런던의 승객용 마차

새 주인의 이름은 제러마이어 바커였지만 다들 제리라고 불렀으니 나도 그렇게 하겠다. 폴리는 더할 나위 없이 좋은 아내였다. 통통하고 단정하고 깔끔했으며 몸집은 자그마했다. 윤기가 흐르는 검은 머리와 검은 눈동자를 지녔고 조그만 입은 쾌활해 보였다. 곧 열두 살이 되는 남자아이는 키 크고 정직하며 성격이 좋았다. 어린 도로시는 다들 돌리라고 불렀는데 여덟 살이고 엄마와 판박이였다. 네 사람은 신기할 정도로 서로 좋아했다. 그렇게 행복하고 즐거운 가족은 그 전에도 그 뒤로도 만나지 못했다. 제리는 승객용 마차 한 대와 말 두 마리를 직접 관리하고 몰았다. 나 말고 하얀색 말이 있었는데 키 크고 뼈대가 굵었다. 다들 캡틴이라고 불렀으며 나이가 꽤 많았다. 머리를 꼿꼿이 들거나 목을 구부리는 태도에서 여전히 자부심이 느껴져서 젊었을 때는 대단했을 것 같았다. 사실 캡틴은 혈통이 좋고 예의범절이 깍듯해서 뼛속까지 고귀했다. 알고 보니 캡틴은 젊은 시절에 크림 전쟁에 참가했고 주인인 기마대 장교는 연대를 지휘했다고 한다. 그 이야기는 나중에 들려주겠다.

이튿날 깨끗이 단장하고 나자 폴리와 돌리가 마당으로 와서 놀아 주었다. 해리는 이른 아침부터 제리를 도우며 나에 대해 '든든한 친구'가 될 것 같다고 자신 있게 말했다. 폴리는 사과 조각을 주었고 돌리는 빵을 내밀어서 나는 예전의 블랙 뷰티로 되돌아간 느낌이었다. 나를 토닥여 주고 부드러운 목소리로 이야기를 건네주기에 나도 다정한 태도를 보이려고 애를 썼다. 폴리는 내가 무척 잘생겼는데 무릎을 다쳐서 승객용 마차를 끌게 되었다며 안쓰러워했다.

그러자 제리가 대꾸했다.

"누구 탓인지 알 수 없지만 그래도 용서해 줘야지. 그 사람이 아니었다면 이렇게 씩씩하고 반듯하게 걷는 말을 내가 어떻게 탈 수 있겠소. 예전 말의 이름을 따서 이 녀석을 잭이라고 부르면 어떻겠소, 폴리?"

"그렇게 해요. 나도 좋은 이름은 계속 쓰고 싶으니까요."

캡틴은 오전 내내 승객용 마차를 끌었다. 해리는 학교를 마치고 돌아와서 나에게 먹이를 주고 물을 먹였다. 오후에는 내가 마

차를 끌었다. 제리는 내 목줄과 재갈이 불편할까 봐 무척 신경을
써 주었다. 나는 제리가 예전의 존 맨리처럼 느껴졌다. 크러퍼의
구멍을 한두 개 늘리자 아주 편했다. 멈춤 고삐나 큰 재갈은 아
예 없었으며 그저 고리 모양의 작은 재갈뿐이었다. 나에게는 커
다란 축복이 아닐 수 없었다.

골목길을 따라 마차를 끌고 가다가 어제 제리가 인사를 건넸
던 마차 대기소에 도착했다. 넓은 거리 한쪽에는 멋진 가게들이
들어선 높다란 집들이 보였다. 건너편에는 철제 난간을 둘러놓
은 오래된 교회와 마당이 보였다. 마차 여러 대가 철제 난간을
따라 줄지어 서서 승객을 기다리고 있었다. 땅바닥 곳곳에 건초
가 흩어져 있었다. 몇몇 마부들은 둘러서서 이야기를 나누었고
또 몇몇 마부들은 마부석에 앉아서 신문을 읽었다. 마부 한두 명
은 말에게 건초와 물을 먹이고 있었다. 우리는 마차 행렬의 맨
끝으로 갔다. 두세 사람이 다가와서 나를 살펴보았다.

어떤 사람이 툭 내뱉었다.

"장례식에는 안성맞춤이군."

다른 사람은 심각한 표정으로 고개를 저었다.

"지나치게 잘생겼어. 환한 아침에 보면 이상한 구석이 분명히
있겠지. 안 그러면 내 손에 장을 지지겠네."

제리가 쾌활한 목소리로 대꾸했다.

"글쎄. 내가 굳이 나서서 이상한 구석을 찾고 싶지는 않군. 더

오랫동안 으스대고 싶어서 그렇다네."

그때 얼굴이 넓적한 남자가 다가왔는데 커다란 회색 망토가 달리고 커다란 하얀색 단추가 붙어 있는 큼지막한 회색 코트를 걸치고 있었다. 거기에 회색 모자를 쓰고 목에는 파란색 목도리를 느슨하게 두르고 있었다. 심지어 머리카락도 회색이었으나 표정이 무척 밝았다. 사람들이 길을 비켰다. 남자는 나를 살 것처럼 구부려 꼼꼼히 살펴본 뒤에 끙 소리를 내며 몸을 일으켰다.

남자가 입을 열었다.

"자네에게 딱 어울리는 녀석이군, 제리. 설령 비싸게 샀더라도 그럴 만한 가치가 있는 말이네."

그렇게 해서 나는 마차 대기소에서 가치를 인정받았다. 그 남자는 이름이 그랜트이지만 '회색 그랜트' 또는 '그랜트 대장'으로 불렸다. 그랜트는 마차 대기소에서 누구보다 오래 일한 사람으로 문제가 생기면 앞장서서 해결하고 싸움을 말렸다. 평소에는 유쾌하고 현명했지만 술에 취하면 주먹을 매섭게 휘둘렀으므로 다들 슬금슬금 피하곤 했다.

승객용 마차를 끌고 다닌 첫 주는 무척 힘이 들었다. 런던에서 지내본 적이 없기 때문에 시끄럽고 복잡한 상황에서 수많은 말과 마차와 짐마차를 뚫고 지나가려니 불안하고 힘들었다. 그러나 마부인 제리를 믿고 따랐더니 금세 익숙해져서 일이 한결 수월해졌다.

제리는 내가 첫 손가락으로 꼽을 만큼 뛰어난 마부였으며 자신의 말들에게 늘 관심을 기울였다. 그래서 내가 스스로 일을 해내며 최선을 다한다는 것까지 알게 되었다. 그 뒤로 제리는 채찍질을 한 적이 없었다. 출발하라는 신호를 보낼 때도 채찍 끄트머리로 등을 살짝 건드릴 뿐이었다. 심지어 제리가 고삐를 고쳐 잡기만 해도 나는 알아차리고 출발했다. 제리는 채찍을 손에 쥐기보다는 옆구리 곁에 둔 적이 훨씬 많았을 것이다.

어떤 말이나 사람도 나와 주인 제리처럼 빠르게 서로를 이해할 수는 없었다. 마구간에서도 주인은 우리를 편안하게 해 주려고 온갖 수고를 아끼지 않았다. 마구간은 구식이라서 꽤 가파른 편이었다. 주인은 마구간 뒤쪽으로 끼웠다 뺐다 할 수 있는 가로대를 설치했다. 그러고는 우리가 잠을 자거나 휴식을 취할 때면 고삐를 벗겨 주었다. 덕분에 우리는 좀 더 자유롭고 편안하게 지낼 수 있었다.

제리의 보살핌으로 우리는 늘 깔끔했다. 먹이는 넉넉했으며 자주 바뀌었다. 또한 몸에 열이 나지만 않으면 깨끗한 물을 밤낮 아무 때나 실컷 마실 수 있었다. 말에게 물을 너무 많이 마시게 하면 좋지 않다고 이야기하는 사람들도 많다. 그러나 물이 늘 충분하다면 우리는 조금씩 마시게 된다. 물론 우리가 양동이 절반의 물을 단숨에 마실 때도 있다. 그것은 목이 말라 괴로울 때까지 우리에게 물을 주지 않았기 때문이다. 따라서 물을 넉넉하게 주는 편이 우리 몸에 더 좋다고 생각한다. 어떤 사육사는 집으로 술을 마시러 가면서 우리에게 바짝 마른 건초와 귀리만 던져 줄 때가 있다. 그러면 우리는 몇 시간 동안 물 한 모금을 마시지 못한다. 그러다가 한꺼번에 꿀꺽꿀꺽 물을 마시게 되므로 숨쉬기가 힘들거나 배 속이 차가워지기도 한다.

제리의 집에 와서 가장 좋은 점은 뭐니 뭐니 해도 일요일에 쉬는 것이었다. 우리는 평일에는 녹초가 될 정도로 일을 하니 쉬는 날이 없었다면 배겨 내지 못했을 것이다. 나와 캡틴은 함께 어울리며 즐거운 시간을 보냈다. 그러면서 내 친구가 어떤 삶을 살았는지 알게 되었다.

34
전쟁터에 나간 말

캡틴은 군마로 길들여지고 훈련받았다. 첫 주인은 크림 전쟁에 참전한 기마대 장교였다. 캡틴은 여러 말들과 함께 받은 훈련이 꽤 재밌었다. 함께 질주하고 왼쪽 또는 오른쪽으로 돌아가고 지시에 따라 멈추고 장교의 신호나 나팔소리에 맞춰 전속력으로 돌진하는 훈련이었다. 캡틴은 몸에 진한 회갈색의 얼룩이 있어서 젊은 시절에는 대단히 근사했다고 한다. 주인은 젊고 씩씩한 신사로 캡틴을 무척 좋아했으며 늘 친절하게 보살펴 주었다. 캡틴은 군마로 사는 게 행복했으나 다른 나라로 가려고 커다란 배를 타고 바다를 건널 때 마음이 살짝 바뀌었다고 한다.

"정말이지 무시무시했다니까! 우리는 육지에서 배까지 도저히 걸어갈 수 없었어. 그래서 튼튼한 밧줄로 우리 몸을 꽉 묶어서

대롱대롱 들어 올린 뒤 물위를 지나 커다란 배의 갑판에 내려놓았지. 우리는 작고 꽉 막힌 마방에서 지냈는데 하늘을 본다거나 다리를 뻗는 것은 한동안 꿈도 못 꿨어. 바람이 몰아쳐서 배가 기우뚱거리면 우리는 여기저기 부딪쳐서 속이 울렁거렸어. 그러고는 목적지에 도착하자 우리 몸을 다시 들어 올려 이리저리 흔들다가 땅바닥에 내려놓았어. 단단한 땅을 딛고 서자 다들 기쁨에 겨워 콧김을 뿜으며 히힝 소리를 냈단다.

우리가 도착한 나라는 원래 머물던 곳과 굉장히 달랐어. 그래서 전투 말고도 헤쳐 나가야 할 어려움이 한두 가지가 아니었지. 눈이 내려 다 젖어서 엉망진창이 되기도 했거든. 그래도 대부분의 사람들이 자기 말을 아꼈고 편안하게 해 주려고 애를 썼어."

내가 물었다.

"전투는 어땠어요? 다른 것보다 나쁘지 않았어요?"

캡틴이 대답했다.

"글쎄, 잘 모르겠어. 우리는 나팔소리에 맞춰서 모이는 것을 늘 좋아했거든. 어서 달려 나가고 싶어서 조바심을 내곤 했지. 때로는 명령을 기다리며 몇 시간을 서 있기도 했어. 명령이 떨어지면 우리는 포탄이나 칼이나 총 따위는 무시한 채 흥분을 감추지 못하고 맹렬히 돌진했어. 내 생각에는 무시무시한 포탄이 하늘을 가로질러 날아와 수천 개로 터진다고 해도 주인이 안장에 앉아서 고삐를 쥐고 있으면 우리 중 어떤 말도 겁먹지 않았을 거야.

나는 주인과 함께 여러 번 전투에 참가했지만 한 번도 다친 적이 없었어. 물론 수많은 말들이 총알을 맞고 창에 찔리며 무시무시한 칼에 맞는 모습을 봤어. 그런데 들판에서 죽은 말이나 심각한 상처로 고통스럽게 죽어 가는 말을 지나치면서도 무섭다는 생각을 하지 않았어. 주인이 우렁차게 부하들을 격려하는 목소리가 들리면 우리 둘은 결코 죽지 않으리라는 자신감이 생겼거든. 나는 주인을 무조건 믿었으므로 주인을 태우고 대포 앞까지 얼마든지 달려갈 수도 있었어. 용감한 사람들이 셀 수 없이 칼에 베이고 수많은 사람들이 치명상을 입은 채 안장에서 떨어졌지. 나는 죽어 가는 말의 울부짖음과 신음소리를 들으며 피가 흥건한 땅을 지나가야 했어. 다친 사람이나 말을 밟지 않으려고 여러 번 몸을 돌려 피하기도 했고. 그러던 어느 끔찍한 날에 나는 비로소 공포를 느끼게 되었어. 결코 잊지 못할 날이었지."

캡틴은 잠시 이야기를 멈추고는 한숨을 내쉬었다.

내가 잠자코 기다리자 캡틴이 다시 입을 열었다.

"어느 가을날 아침이었어. 평소와 마찬가지로 우리 기마대는 동트기 한 시간 전에 모여서 전투든 대기든 신경 쓰지 않고 하루 일과를 준비했어. 군인들은 말 옆에 서서 명령을 기다리고 있었지. 날이 밝아 오자 장교들 사이에 긴장감이 흘렀어. 그 순간 갑자기 적의 총성이 울려 퍼졌어.

장교 한 명이 말을 타고 와서는 군인들에게 각자의 말에 오를

것을 명령했어. 다들 재빨리 안장에 올라탔고 말들은 용기와 의지를 불태우며 주인의 고삐나 박차의 신호를 기다렸어. 우리는 머리를 초조하게 흔들거나 고삐를 질근질근 씹기는 했지만 훈련을 잘 받은 터라 그 자리에서 움직이지 않았지.

주인과 나는 가장 앞줄에 서 있었어. 아무도 움직이지 않고 앞만 바라보고 있는데 주인이 헝클어진 내 갈기를 가지런히 쓸어 주고는 내 목을 토닥이며 말했어. '오늘 하루가 시작되었어, 바야르,* 멋쟁이. 지금까지 해 온 대로 최선을 다하자꾸나.'

주인은 그날 아침에 내 목을 유난히도 오랫동안 쓰다듬었어. 뭔가 다른 생각에 빠진 듯이 가만가만히 만졌어. 목에 닿는 주인의 손길이 좋아서 나는 뿌듯하고 즐거운 마음으로 목을 구부렸어. 주인의 마음을 알 것 같아서 가만히 있었지. 나는 주인의 기분에 따라 가만히 있거나 신나게 움직이는 편이었거든.

그날 일어난 일을 모두 이야기할 수는 없으니 우리의 마지막 임무에 대해서만 알려 줄게. 골짜기를 지나서 적진의 대포 앞까지 가야 했어. 그때는 이미 중포 소리나 장총의 탕탕 소리나 옆을 스쳐 가는 총알 소리에는 익숙한 상태였어. 그렇지만 그날처럼 포탄을 뚫고 지나간 것은 처음이었어. 양옆과 앞에서 총알과 포탄이 마구 날아왔어. 수많은 군인들이 쓰러졌고 수많은 말들이

---

* 중세 시대의 프랑스 기사로 두려움도 흠도 없는 인물로 알려졌다—옮긴이.

넘어지며 주인을 땅바닥에 떨어뜨렸어. 주인을 잃은 말들은 미친 듯이 따로 내달렸어. 홀로 떨어진 말은 아무도 이끌어 주지 않자 두려워하다가 동료들에게 돌아가 그들과 함께 다시 돌진했어.

너무 겁이 났지만 아무도 멈추거나 물러서지 않았어. 시간이 지날수록 군인들의 수는 줄어들었어. 동료가 넘어지면 우리가 그 자리를 채웠어. 우리는 덜덜 떨거나 머뭇거리지 않고 전속력으로 달렸어. 이윽고 대포에 가까워졌을 때 하얀 연기가 피어오르더니 빨간 불꽃이 터져 나왔어.

나의 주인, 나의 사랑하는 주인은 오른팔을 높이 쳐들고 동료들을 격려해 주고 있었어. 순간 총알이 내 머리를 스치고는 주인을 맞혔어. 주인은 비명을 지르지 않았지만 충격으로 휘청거렸어. 내가 속도를 줄이려는데 주인은 오른손에서 칼이 떨어지고 왼손에 잡은 고삐가 느슨해지더니 급기야 땅바닥으로 떨어졌어. 다른 말이 빠르게 스쳐 가는 바람에 나도 따라서 달리느라 주인과 거리가 멀어졌어.

나는 주인의 곁을 지키고 싶었어. 주인을 수많은 말발굽 아래 내버려 두기 싫었어. 그러나 아무것도 할 수 없었어. 피비린내 나는 거대한 전쟁터에 주인이나 친구 하나 없이 홀로 남겨졌기 때문이야. 두려움이 휘감는 순간 나는 처음으로 덜덜 떨었어. 나도 다른 말들처럼 대열로 들어가서 함께 달리고 싶었어. 그러나 군인들의 칼이 나를 가로막았어. 그때 자기 말을 잃은 어떤 군인이 내 고삐를 잡고 올라탔어. 나는 새로운 주인과 함께 앞으로 내달렸어. 그렇지만 우리의 씩씩한 군대는 처참하게 패배했어. 총알이 빗발치는 격렬한 전투에서 살아남은 사람들이 있는 힘을 다해 돌아오고 있었어. 몇몇 말들은 심하게 다친 데다 피를 너무 많이 흘려서 움직이지도 못했지. 어떤 말은 다리 세 개로 몸을 일으키려 했으며 또 어떤 말은 앞다리로만 일어서려고 애를 썼어. 뒷다리는 총알에 맞아 부서졌기 때문이야. 그들의 신음소리를 듣고 있으니 마음이 찢어지는 것 같았어. 그들의 눈망울에는 간절함이 가득했지만 살아남은 이들은 그 말들을 운명에 맡겨 둔 채 그 곁을 지나갔어. 나는 그 광경을 결코 잊을 수 없어. 전투가 끝나자 부상을 당한 사람들은 데려오고 죽은 사람들은 땅에 묻었어."

내가 물었다.

"그러면 다친 말은 어떻게 되었어요? 그냥 죽게 내버려 두었나요?"

"아니야, 군대 수의사가 권총을 들고 벌판을 돌아다니며 가망이 없는 말들을 쏘아 죽였어. 가벼운 부상을 당한 말들은 다시 데려와서 치료해 주었어. 그날 아침에 나갔던 고귀하고 씩씩한 말들은 거의 돌아오지 못했어! 내가 있던 마구간에서는 네 마리 중에 한 마리만 겨우 돌아왔어.

그 이후로 나는 주인을 다시는 만나지 못했어. 아무래도 안장에서 떨어져 죽은 것 같아. 그 주인만큼 내가 사랑한 주인은 아직 없었어. 그 뒤로도 여러 번 전투에 참가했지만 딱 한 번만 부상을 당했어. 그나마 심하지는 않았어. 전쟁이 끝나자 다시 영국으로 돌아왔는데 떠날 때와 마찬가지로 건강하고 멀쩡했지."

"사람들은 전쟁에 대해 아주 근사한 것처럼 이야기하던데요."

"아! 전쟁을 겪어 본 적이 없는 사람들일 거야. 적이 없으면 당연히 근사하지. 그저 훈련받고 행진하고 모의 전투를 벌이면 그만이니까. 당연히 멋질 수밖에. 그러나 수천 명의 용감한 군인과 말이 전쟁터에서 죽고 불구가 된다면 생각이 달라지지."

내가 물었다.

"사람들은 왜 전쟁을 벌이는 걸까요?"

"나야 모르지. 말이 이해할 수 있는 일이 아니니까. 그러나 바다를 건너 죽이러 가는 걸 보면 적군은 엄청나게 악독한 사람들임에 틀림없어."

35
제리 바커

새 주인보다 좋은 사람을 본 적이 없었다. 다정하고 친절하며 존 맨리처럼 정의감이 투철했다. 성격이 둥글둥글하고 쾌활해서 제리와 다투는 사람은 손에 꼽을 정도였다. 제리는 간단한 노래를 만들어 부르는 것을 무척 좋아했다. 그중에서도 가장 좋아하는 노래가 바로 이것이다.

어서 오세요, 엄마도 아빠도
여동생도 오빠도
어서 오세요, 모두 함께
서로서로 도우며 살아요

제리네 가족은 노랫말과 똑같이 살았다. 해리는 나이가 훨씬 많은 남자아이들처럼 마구간 일을 똑소리 나게 처리했으며 할 일을 스스로 찾아서 해냈다. 폴리와 돌리는 아침마다 나와서 마차 청소를 도왔다. 의자를 두들겨 먼지를 털어 냈고 유리를 깨끗이 닦았다. 그동안 제리는 마당에서 우리를 씻겨 주었고 해리는 재갈이나 안장 따위의 마구를 닦았다. 그곳에서는 웃음과 농담이 끊이지 않았다. 나와 캡틴은 욕이나 꾸중을 들을 때보다 훨씬 기분이 좋았다. 다들 언제나 아침 일찍 일어났으며 제리는 그것을 다음과 같이 노래했다.

아침에 시간을 버리면
아무리 애를 써도
주워 담지 못해요
아등바등 허둥지둥
걱정해도 소용없죠
아름다운 시간은
돌아오지 않아요

제리는 빈둥거리며 시간 낭비하는 것을 못마땅하게 여겼다. 늦어서 동동거리다가 게으름을 감추기 위해 승객용 마차를 재촉하는 사람을 보면 화를 냈다.

어느 날 험상궂은 남자 두 명이 마차 대기소 옆에 있는 술집에서 나오더니 제리를 불렀다.

"이봐, 마차! 서두르자고. 우리가 꽤 늦었거든. 1시 기차에 맞게 빅토리아 역까지 죽어라 달려 줄 수 있겠소? 돈은 충분히 얹어 드리리다."

"저는 정해진 속도로만 달립니다. 나리, 돈을 더 준다고 해서 빨리 달리지는 못합니다."

우리 뒤에 래리의 마차가 서 있었는데 래리가 문을 벌컥 열고 소리쳤다.

"여깁니다, 나리들! 제 마차를 타시면 거기까지 제시간에 모셔다드립지요."

래리는 두 사람을 마차에 태우고는 제리에게 눈을 찡긋해 보이며 말했다.

"저 사람은 전속력으로 달리는 것을 양심상 싫어합니다."

그러고는 지쳐 있는 말에게 채찍을 휘두르며 최대한 힘껏 내달렸다.

제리는 내 목을 토닥이며 말했다.

"안 돼, 잭. 고작 1실링을 받자고 저럴 수는 없어. 그렇지, 친구?"

제리는 게으름뱅이들을 위해서 빠르게 마차 모는 것은 딱 질라서 거절하고 늘 적당한 속도로 달렸지만 이유가 충분하다면 속도 내는 것을 무조건 반대하지는 않았다.

어느 날 아침 우리는 손님을 기다리며 대기소에 서 있었다. 마침 젊은이가 무거운 가방을 끙끙거리며 옮기다가 바닥에 있던 오렌지 껍질을 밟고 넘어졌다.

제리가 가장 먼저 달려가서 젊은이를 일으켰다. 젊은이는 큰 충격을 받은 것 같았다. 사람들이 젊은이를 부축해서 어떤 가게로 데려갔다. 젊은이는 무척 아픈 표정을 지으며 간신히 걸음을 옮겼다. 제리가 대기소로 돌아오고 10분쯤 지났을 때였다. 가게 주인이 부르기에 우리는 보도 옆으로 마차를 댔다.

젊은이가 말했다.

"사우스이스턴 역으로 데려다주세요. 재수 없이 넘어져서 아무래도 늦을 것 같습니다. 중요한 일이라 12시 기차를 놓칠 경우 낭패입니다. 제시간에 데려다주시면 요금을 얼마든지 더 드리지요."

제리는 진심 어린 말투로 답했다.

"제가 최선을 다하겠습니다. 그나저나 몸은 괜찮으십니까?"

젊은 신사의 얼굴이 백지장처럼 하얘서 무척 아파 보였다.

"꼭 가야 하니 문을 열어 주십쇼. 여기서 이럴 시간이 없습니다."

제리는 곧장 마부석에 올라타서는 쾌활하게 내 이름을 부르며 고삐를 툭툭 내리쳤다. 나는 무슨 뜻인지 바로 알아차렸다.

제리가 말했다.

"자, 잭, 한번 달려 보자. 이유만 충분하면 우리가 얼마나 빨리 빠져나가는지 보여주자꾸나."

한낮에 도시의 꽉 막힌 도로에서 마차를 빠르게 몰기란 결코 쉽지 않지만 우리는 최선을 다했다. 좋은 마부와 좋은 말이 서로 이해하여 한마음이 되면 기적 같은 일도 일어나기 마련이다. 내 입은 아주 멀쩡해서 고삐를 살짝만 움직여도 주인의 뜻에 따랐다. 이것은 대형마차와 합승마차, 짐마차, 수레, 승객용 마차, 거대한 짐마차가 걷는 속도로 엉금엉금 움직이는 곳에서는 아주 중요하다. 이쪽으로 가는가 하면 저쪽으로 가는 것도 있었고, 느리게 가거나 추월하려는 것들도 있었다. 합승마차는 승객을 태우느라 몇 분마다 멈추니 뒤따르는 마차는 같이 멈추거나 앞질러 가야만 했다. 그래서 앞질러 가려는 순간 다른 것들이 끼어들면 하릴없이 합승마차 뒤에서 기다려야 한다. 그러다가 이때다 싶어서 앞으로 빠져나갈 경우 양쪽 마차와 바짝 붙은 꼴이라 바퀴와 바퀴의 거리가 1센티미터가 못 되기도 한다. 그나마 겨우 비집고 들어가 앞으로 가다 보면 여지없이 길게 늘어선 짐마차와 대형마차에 막혀서 또다시 느릿느릿 가게 된다. 특히 늘 막히는 곳에 이르면 몇 분 동안 다 함께 가만히 서 있기 십상이다. 결국 앞에 있는 마차들이 샛길로 빠지거나 경찰이 끼어들어 정리를 해 주어야만 조금이나마 여유가 생긴다. 그러니 호시탐탐 기회를 노리다가 조금이라도 틈이 나는 곳으로 생쥐처럼 재빠르게 비집고 들어가야 한다. 자칫 실수하면 바퀴가 어딘가에 끼어 부서지든지 다른 마차의 버팀대에 가슴이나 어깨를 찔리게 된다. 이 모든 일을 염두에 두고 철저히 대비해야 한다. 한낮에 런던 도로를 빠르게 지나가려면 거듭 훈련하는 수밖에 없다.

제리와 나는 그런 상황에 익숙해서 마음만 먹으면 누구도 우리를 따라잡지 못했다. 나는 잽싸고 대담했으며 늘 주인을 믿었다. 제리 역시 민첩했다. 아울러 자기가 몰고 있는 말을 인내심 있게 믿어 주었는데 이것은 무척 대단한 일이었다. 제리는 채찍을 거의 쓰지 않았다. 나는 제리의 쯧쯧 소리와 고삐를 쥔 손짓만으로도 얼마나 빨리 가고 어디로 돌아야 할지 눈치챘기에 채찍이 필요 없었다. 다시 그날의 이야기로 돌아가자.

그날도 길이 몹시 붐볐지만 우리는 잘 빠져나갔다. 그러다가 칩사이드 끝자락에서 3, 4분 정도 길이 막혀 기다리게 되었다.

젊은이는 고개를 내밀고 조바심을 내며 소리쳤다.

"내려서 걷는 게 낫겠어요. 아무래도 제시간에 도착하기는 힘들 것 같군요."

제리가 말했다.

"제가 어떻게든 시간을 맞춰 드리겠습니다. 늦게 도착하는 일은 없을 겁니다. 여기는 오래 막히는 곳이 아니거든요. 그리고 짐을 들고 가기에는 너무 무겁습니다."

그 순간 앞에 서 있던 마차가 움직이기에 우리는 얼른 방향을 틀었다. 그리고 들락날락하며 재빠르게 앞으로 나갔다. 런던 다리에 이르고 보니 승객용 마차며 대형마차가 똑같은 기차를 잡아타려고 빽빽하게 몰려 있었는데도 우리는 순식간에 다리를 빠져나왔다. 어쨌든 엄청나게 많은 마차들과 나란히 방향을 돌려 기차역에 들어섰을 때 커다란 시계는 12시 8분 전을 가리키고 있었다.

"아, 하느님, 감사합니다! 딱 맞춰서 들어왔네요. 마부님과 말에게 감사를 드립니다. 돈으로도 갚지 못할 만큼 큰 신세를 졌습니다. 여기 반 크라운*을 더 드리겠습니다."

"아닙니다. 마음만 받겠습니다. 시간에 늦지 않아서 정말 다행입니다. 어서 가십시오. 종이 울리네요. 여기요, 짐꾼! 이 신사분의 짐을 12시에 출발하는 도버행 기차에 실어 드리시오."

제리는 대답도 듣지 않고 마차 바퀴를 돌렸다. 기차 시간을 간당간당하게 맞추며 들어서는 마차들에게 자리를 내주기 위해서였다. 그러고는 마차들의 행렬이 끝날 때까지 한쪽에 서 있었다.

제리가 중얼거렸다.

"정말 다행이군. 다행이야! 젊은이가 딱하기도 하지! 도대체 무슨 일 때문에 그렇게 안절부절못했을까?"

제리는 마차를 몰지 않을 때는 내 귀에 들릴 정도로 혼잣말로 크게 떠들 때가 많았다.

제리가 마차 대기소로 돌아오자 다른 마부들이 웃음을 터뜨리면서 제리가 돈을 더 받을 욕심에 기차역까지 빠른 속도로 마차를 몰았다고 놀려 댔다. 그러고는 제리가 소신을 굽힌 대가로 돈을 얼마나 받는지 물어보았다.

제리가 능청스럽게 대답했다.

---

* 영국의 옛 화폐 중 하나다. 1파운드는 4크라운이며, 1크라운은 5실링이다 — 옮긴이.

"원래 받을 금액보다 몇 배는 더 받았지. 며칠 편히 쉬어도 될 정도라네."

제리의 말을 듣고 누군가 소리쳤다.

"웃기시네!"

또 다른 사람이 말했다.

"겉과 속이 다른 사람이었어. 우리를 그렇게 훈계하더니 자기는 하고 싶은 대로 하는군."

제리가 입을 열었다.

"내 말을 잘 듣게. 젊은이가 반 크라운을 더 주겠다고 했지만 받지 않았어. 기차를 탈 수 있다며 기뻐하는 모습만으로도 충분했으니까. 그리고 잭과 내가 가끔 전속력으로 달리는 것은 우리가 좋아서 하는 일이네. 그러니 내가 하는 일에 신경 쓰지 말게."

래리가 말했다.

"저런, 자네는 부자 되기 글렀군."

"그러겠지. 그렇다고 내가 덜 행복한 것은 아니야. 십계명을 몇 번이나 읽었지만 거기에 '부자가 되어라'라는 말은 없었네. 그리고 신약성경을 보면 부자들의 괴상한 이야기가 적혀 있더군. 나는 부자가 되더라도 기분이 유쾌할 것 같지는 않네."

그랜트 대장은 마차에 앉아서 제리의 이야기를 듣다가 어깨 너머로 돌아보며 말했다.

"자네가 부자가 된다면 그건 당연한 일일세, 제리. 자네는 부자가 되어도 욕먹을 리가 없어. 래리, 자네는 비렁뱅이로 죽을 거야. 채찍을 사느라 돈을 너무 많이 쓰거든."

래리가 대꾸했다.

"채찍이 없으면 말이 안 가는데 어쩌겠어요?"

"채찍이 없어도 말이 가는지 안 가는지 지켜본 적도 없잖나. 자네는 팔이 흔들리는 병에 걸린 듯 채찍을 휘두르더군. 채찍을 손에서 없애지 않으면 자네 말이 없어질 걸세. 자네는 말을 너무 자주 바꾸더군. 왜 그런지 아나? 말을 편하게 해 주거나 격려해 주지 않았기 때문이야."

래리가 덧붙였다.

"그냥 운이 없었을 뿐이에요. 이유는 그게 전부예요."

그랜트 대장이 말했다.

"그럼 앞으로도 계속 운이 없겠군. 행운이란 아주 까다롭게 사람을 고르거든. 현명하고 온화한 사람을 좋아한다네. 내가 살아 보니 그러더군."

그랜트 대장은 다시 신문으로 고개를 돌렸고 나머지 사람들은 자기 마차로 돌아갔다.

36
일요일의 마차

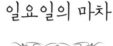

어느 날 아침에 제리가 나를 마차 버팀대에 연결하느라 끈으로 묶고 있는데 어떤 신사가 마당으로 들어왔다.

제리가 인사를 했다.

"어서 오십시오, 나리."

신사가 대꾸했다.

"잘 있었나, 바커. 일요일 아침마다 자네가 내 아내를 교회로 태워다 주면 좋겠네. 우리가 이제부터 다른 교회에서 예배를 드리려고 하는데 내 아내가 걸어가기에는 상당히 멀지 뭔가."

"감사합니다, 나리. 그런데 저는 6일짜리 평일 날 면허를 갖고 있어서요. 일요일에는 영업을 할 수 없습니다. 법에 걸리거든요."

"저런, 자네 마차가 6일짜리 면허인 줄은 몰랐네. 면허를 바꾸면 일이 간단해지겠군. 그럼 자네가 피해를 보는 일도 없고 말이야. 내 아내는 자네의 마차를 타는 것을 무척 좋아한다네."

"나리, 마님을 모셔다드리고 싶은 마음은 굴뚝같습니다. 사실예전에 제 면허가 7일짜리였습니다. 그러자 저도 그렇고 말도너무 힘이 들었습니다. 몇 년이 지나도록 하루도 쉬지 못했죠.아내와 아이들과 함께 일요일을 보내지도 못하고 교회에도 못나갔습니다. 승객용 마차를 몰기 전에는 한 번도 예배에 빠진 적이 없었는데 말입니다. 그래서 5년 전부터 6일짜리 면허로 바꿔서 일하고 있는데 아주 만족하고 있습니다."

브리그스 씨가 말했다.

"맞는 말일세. 사람들은 누구나 휴식도 취해야 하고 일요일에는 교회를 가야겠지. 그렇지만 우리가 옮긴 교회까지 거리가 짧고 하루에 한 번이니 자네나 말에게 그리 힘들지 않을 거야. 그리고 오후와 저녁에는 얼마든지 쉴 수 있지 않겠나? 우리가 좋은 손님이라는 것은 자네도 잘 알 거야."

"그럼요, 나리. 맞습니다. 그래서 늘 감사하고 있습니다. 나리와 마님을 모시는 일이라면 무엇이든 자랑스럽고 기쁘게 할 수있습니다. 그러나 일요일을 포기할 수는 없습니다, 나리. 제가성경에서 읽기로는 하느님께서 사람뿐만 아니라 말과 여러 짐승도 만드셨습니다. 그런 다음에 하루를 쉬시면서 누구나 일주일에 하루는 쉬어야 한다고 말씀하셨지요. 제 생각에 하느님께서는 그들에게 무엇이 필요한지 아신 것 같습니다. 물론 저에게도 필요한 것이지요. 저는 일요일을 쉰 뒤로는 더 튼튼하고 건강해졌습니다. 말도 활기가 넘치며 쉽게 지치지도 않습니다. 6일짜리 면허를 가진 마부들은 입을 모아 저처럼 그렇다고 이야기를 합니다. 게다가 저는 예전보다 더 많은 돈을 은행에 저축하고 있습니다. 아내와 아이들도 정말 즐거워하지요. 글쎄요! 아내와 아이들은 일주일 내내 일하던 시절로 돌아가기 싫다고 할 겁니다."

"잘 알았네. 더는 신경 쓰지 말게, 바커. 다른 사람을 찾아보겠네."

브리그스 씨는 돌아서 나갔다.

제리가 나에게 말했다.

"잭, 우리도 어쩔 수 없어. 우리에게도 일요일이 필요하거든."

제리가 소리쳤다.

"폴리! 폴리! 이리 와 봐요."

폴리가 얼른 나왔다.

"무슨 일이 있어요, 제리?"

"여보, 브리그스 나리가 일요일 아침마다 브리그스 마님을 교회로 데려다 달라고 부탁하시지 뭐요. 내가 6일짜리 면허만 갖고 있다고 했더니 브리그스 나리는 '7일짜리 면허를 구하게. 그러면 보상은 충분히 하겠네'라고 말씀하셨소. 그런데 폴리, 그분

들은 우리에게 아주 중요한 손님이라오. 브리그스 마님은 몇 시간씩 쇼핑도 자주 하고 여기저기 사람도 많이 만나러 다니시거든. 그리고 그때마다 귀부인답게 제값을 치르신다오. 다른 사람들과 달리 돈을 깎지도 않고 세 시간을 두 시간 반으로 계산하여 요금을 내신 적도 없소. 게다가 말들에게도 편안한 일이라오. 무려 15분씩 늦게 나와서는 기차 시간을 무조건 맞춰 달라는 손님들을 태우고 달리는 일이 아니기 때문이오. 하지만 내가 마님을 일요일에 모시지 못하면 다른 일들까지 모두 그만둬야 할 것 같소. 당신 생각은 어떻소?"

폴리가 아주 천천히 입을 열었다.

"제리, 브리그스 마님이 일요일 아침마다 금화 1파운드를 준다고 해도 당신이 일주일 내내 일하는 것은 찬성할 수 없어요. 일요일에도 일을 하면 어떻게 되는지 우리는 잘 알잖아요. 그리고 일요일을 맘껏 누리는 것에 대해서도 이젠 알지요. 다행히도 당신은 우리가 먹고살 만큼 벌고 있어요. 물론 귀리며 건초며 면허료며 집세를 내고 나면 빠듯할 때도 있지만요. 그리고 해리가 돈을 벌 날도 머지않았어요. 우리가 예전의 끔찍한 때로 돌아가면 어떻게 될까요? 당신이 우리 애들을 잠시도 볼 시간이 없을 뿐만 아니라 교회에서 예배를 드릴 수도 없고 모두 행복하고 평안한 하루를 보내지 못하겠지요. 그럴 바에는 차라리 덜 먹고 덜입는 편이 나아요. 하느님은 우리가 그때로 돌아가서는 안 된다고 말씀하고 계셔요. 이게 내 생각이에요, 제리."

"나도 브리그스 나리에게 그렇게 말했다오. 여보, 앞으로도 그렇게 살 생각이오. 그러니 아무것도 걱정하지 마시오(폴리가 눈물을 터뜨리고 말았다). 지금보다 두 배를 번다고 해도 옛날로 돌아갈 생각이 없소. 마음 편히 갖고 기운 내시오. 이제 대기소로 가 봐야겠소."

그로부터 3주가 지났지만 브리그스 부인에게서는 아무런 연락이 없었다. 대기소에서 손님을 받는 것 외에는 제리에게 일거리가 없었다. 대기소 일은 사람뿐만 아니라 말에게도 더 고되었으므로 제리는 속상해했다.

그러나 폴리는 항상 제리에게 용기를 북돋아 주며 이렇게 말했다.

"여보, 걱정하지 마요. 걱정할 필요가 없어요."

최선을 다하라
가만히 기다려라
그날이 다가오면
모두 좋아지리라

다들 제리가 가장 좋은 고객을 잃었으며 왜 그렇게 되었는지 알게 되었다. 거의 다 제리더러 어리석다고 말했지만 두세 명은 제리 편을 들어 주었다.

트루먼이 말했다.

"일하는 사람에게 일요일조차 빼앗는다면 도대체 뭐가 남겠는가? 일요일은 모든 인간의 권리이자 모든 동물의 권리야. 하느님은 우리에게 안식일을 정해 주셨어. 또한 영국 법에서도 일요일은 쉬는 날로 못 박아 놓았어. 이처럼 법에도 나오는 권리를 우리 손으로 지켜야지. 무엇보다 우리 아이들을 위해서라도 그렇다네."

그러자 래리가 말했다.

"자네처럼 종교를 믿는 사람들은 그렇게 말할 수도 있겠지. 그러나 나는 1실링이라도 더 벌고 싶네. 나는 종교가 없어. 종교를 믿는 사람이 다른 사람보다 더 나은 건지 모르겠더라고."

제리가 얼른 끼어들었다.

"종교를 제대로 믿지 않아서 좀 더 나은 사람이 못 되는 거지. 자네 말에 따르면 사람들이 법을 어기니 우리나라 법은 좋지 않다고 말하는 것이나 마찬가지야. 아무 때나 화를 내거나 자기 이웃을 헐뜯거나 빚을 지고도 갚지 않는 사람은 제대로 된 믿음과 거리가 멀지. 교회에 얼마나 자주 나가느냐는 중요하지 않아. 또한 믿는 사람 몇몇이 사기를 치거나 겉과 속이 다르다고 해서 종교가 잘못된 것은 아니라네. 진정한 종교는 세상에서 가장 훌륭하고 진실한 것일세. 그것만이 사람을 정말로 행복하게 만들고 세상을 더 낮게 이끌어 주거든."

존스가 말했다.

"종교가 더 낮게 이끌어 준다고? 그런데 믿는 사람들이 교회를 가기 때문에 우리가 일요일에도 일을 해야 한다는 것은 어떻게 생각하나? 그래서 나는 종교를 엉터리라고 하는 걸세. 교회가 없거나 교회 가는 사람이 없다면 우리가 일요일에도 일할 필요는 없겠지. 그 사람들은 스스로 특권이 있다던데 나는 없거든. 따라서 영혼을 구하러 갈 시간이 없으니 믿는 사람들이 내 영혼을 위해 애써 주기를 바랄 뿐이네."

몇몇 사람들이 그 말에 박수를 치고 나자 제리가 말했다.

"그럴싸한 소리지만 그건 아니라네. 사람마다 자신의 영혼을 돌봐야 하거든. 다른 사람의 집 앞에 업둥이처럼 영혼을 버려두고서 그 사람이 돌봐 주기를 기대해서는 안 된다는 말일세. 자네가 늘 마부석에 앉아서 손님을 기다리고 있다고 치세. 사람들은 '우리가 저 마차를 타지 않더라도 다른 사람이 탈 테니 어차피 저 마부는 일요일을 쉬지 못할 거야'라고 말한다네. 물론 그들은 속속들이 알려고 들지 않아. 따라서 자기들이 마차를 타러 오지 않으면 마부들이 기다릴 필요가 없다는 것을 모르는 거야. 사람들은 그런 것은 알고 싶어 하지 않거든. 어쩌면 불편해서 그럴 수도 있어. 그렇지만 일요일에 일하는 마부들이 쉬겠다고 선언을 하면 문제가 해결될 수도 있을 걸세."

"그렇다면 그 많은 사람들이 자기가 좋아하는 설교자에게 못 갈 텐데 어떻게 해야 하나?"

래리의 질문에 제리가 대답했다.

"그런 문제는 알아서 해결하겠지. 예를 들어 교회가 아주 멀어서 걸어갈 수 없다면 좀 더 가까운 곳으로 가겠지. 비가 내리면 평일에 그랬듯이 일요일에도 우비를 걸치면 되는 거야. 올바른 일이면 저절로 그렇게 될 거고 잘못된 것이라면 그냥 없어지겠지. 선한 사람은 방법을 찾을 테고. 이것은 교회에 가는 사람뿐만 아니라 우리 마부에게도 해당되는 말이네."

37
황금률

그로부터 2, 3주 뒤, 조금 늦은 저녁이 되어서야 마당으로 들어서는데 폴리가 등불을 들고 마당을 가로지르며 뛰어왔다(폴리는 비가 많이 오지 않으면 제리에게 등불을 들고 마중을 나왔다).

"제리, 다 잘됐어요. 브리그스 마님이 오늘 오후에 하인을 보내서 내일 11시까지 올 수 있냐고 물어보셔서 내가 말했어요. '아마 될 거예요. 우리는 마님이 다른 마부에게 일을 맡기셨다고 생각했거든요.' 그러자 하인이 이렇게 대답하더라고요. '사실은 바커 씨가 일요일에 일해 주는 것을 거절해서 나리는 화가 나셨답니다. 그래서 다른 마부들의 마차를 탔는데 하나같이 문제가 있었지요. 미친 듯이 빠르게 달리든지 느릿느릿 굼뜨게 움직였거든요. 결국 마님이 바커 씨의 마차처럼 깨끗하고 좋지 않다면 바커 씨의 마차만 타겠다고 하시더군요.'"

폴리가 숨넘어갈 정도로 쉬지 않고 이야기하자 제리는 환하게
웃음을 터뜨렸다.

"'그날이 다가오면 모두 좋아지리라.' 이번에도 당신 말이 맞
았소. 빨리 저녁을 준비해 주시오. 나는 얼른 잭의 마구를 벗겨
서 편안하게 쉬도록 해야겠소."

그 뒤로 브리그스 부인은 제리의 마차를 전보다 자주 이용했
다. 그렇지만 일요일에 탄 적은 한 번도 없었다. 그런데 일요일
에 어쩔 수 없이 일을 한 적이 있었다. 어느 토요일 밤에 우리는
피곤이 쌓인 채로 집에 돌아왔다. 그래도 일요일은 하루 종일 쉴
수 있다는 생각에 기분이 좋아졌지만 뜻밖의 일이 벌어졌다.

일요일 아침에 제리가 마당에서 나를 씻기고 있는데 폴리가
걱정스러운 표정으로 다가왔다.

제리가 물었다.

"무슨 일이 있소?"

"여보, 가여운 다이너 브라운이 방금 편지를 받았는데 어머니
가 위독하셔서 살아 계실 때 뵈려면 서둘러 와야 한다고 적혀 있
었대요. 다이너의 이야기로는 친정집이 여기에서 16킬로미터 정
도 떨어진 시골이라 기차를 타면 6킬로미터 넘게 걸어야 한다는
군요. 다이너는 몸이 약한 데다 4주밖에 안 된 아기가 있어서 도
저히 그럴 수가 없어요. 그래서 당신이 마차로 태워다 줄 수 있

는지 나더러 물어봐 주면 좋겠대요. 돈은 어떻게든 구해서 주겠다고 했어요."

"쯧쯧, 생각해 봐야겠소. 돈이 문제가 아니라 일요일을 놓치기 때문이요. 말들도 피곤하고 나도 마찬가지요. 그것 때문에 좀 곤란하오."

"나와 애들도 아쉽죠. 당신이 없으면 반쪽짜리 일요일이니까요. 그렇지만 '무엇이든지 남에게 대접을 받고자 하는 대로 너희도 남을 대접하라'는 황금률*도 있잖아요. 만약 우리 어머니가 죽음을 눈앞에 두고 계신다면 내가 무엇을 하고 싶은지 너무 잘 알거든요. 제리, 불쌍한 짐승이나 당나귀를 구덩이에서 꺼내 준다고 안식일을 어기는 것은 아니잖아요. 가여운 다이너를 친정집에 데려다주는 것도 다를 바가 없어요."

"세상에, 폴리, 목사님만큼이나 훌륭하구려. 오늘 아침 일찍 주일 예배를 드리고 왔으니 다이너에게 10시까지 준비하고 있겠다고 전하시오. 아, 잠깐! 가는 길에 브레이든 씨네 푸줏간에 들러서 작은 이륜마차를 빌려줄 수 있는지 물어봐 주시오. 일요일에는 사용하지 않던데 워낙 가벼워서 말이 편안하게 끌 수 있다오."

폴리는 나갔다가 금방 돌아와서 브레이든 씨가 작은 이륜마차를 선뜻 빌려주었다고 전했다.

---

* 신약성경 마태복음 7:12에 있는 구절로, 그리스도교의 윤리관을 표현한 말이다－옮긴이.

제리가 말했다.

"잘됐군. 빵과 치즈를 싸 주시오. 오후에는 돌아오도록 하겠소."

폴리가 걸음을 옮기면서 말했다.

"그럼 저녁 식사로 고기 파이와 차를 좀 더 일찍 준비해 놓을 게요."

제리는 떠날 준비를 하면서 자신이 가장 좋아하는 '폴리는 실수하지 않아요'라는 노래를 불렀다. 그리고 나를 데리고 10시에 곧바로 출발했다. 이륜마차는 가볍고 바퀴가 컸다. 평소에 끌고 다니던 사륜마차에 비하면 힘이 별로 안 들었다.

화창한 5월의 어느 날이었다. 도시를 벗어나 향긋한 공기와 싱그러운 풀잎 내음과 부드러운 시골길을 즐기다 보니 예전으로 돌아간 듯 기분이 상쾌해졌다.

초록이 우거진 길을 오르자 다이너의 가족이 살고 있는 조그만 농가가 나타났다. 근처의 초원에는 근사한 나무들이 그늘을 드리웠고 젖소 두 마리가 풀을 뜯어 먹고 있었다. 젊은이가 제리에게 마차를 풀밭에 세워 놓고 나를 외양간에 묶어 두라고 권했다. 그러면서 좋은 마구간이 없는 것을 미안해했다.

제리가 말했다.

"젖소들에게 방해가 안 된다면 이 녀석은 아름다운 초원에서 한두 시간 머무는 것을 무척 좋아할 겁니다. 아주 얌전한 말이거든요. 말이 이런 즐거움을 어디서 누리겠습니까."

"그러십시오. 누이에게 친절을 베풀어 주셨으니 얼마든지 편하게 계셔도 됩니다. 한 시간 뒤에 식사를 하려고 합니다. 어머니가 몹시 편찮으셔서 집안은 엉망이지만 오셔서 함께 식사를 하시지요."

제리는 감사의 말을 전하고는 집에서 먹을 것을 가져왔으며 무엇보다 초원을 거닐고 싶다고 이야기했다.

마구를 벗고 나자 처음에는 무엇을 해야 할지 막막했다. 풀을 먹어도 되는지, 이리저리 뒹굴어도 되는지, 엎드려 쉬어도 되는지, 또는 자유를 만끽하며 초원을 신나게 뛰어다녀도 되는지 알 수가 없었다. 그래서 그 모든 것을 차례대로 해 보았다. 제리도 나만큼 행복해 보였다. 강둑의 나무그늘에 앉아서 새소리를 듣고는 노래를 부른 다음에 가장 좋아하는 자그만 갈색 책을 꺼내어 읽었다. 잠시 뒤에는 초원을 어슬렁어슬렁 돌아다니다 개울로 내려가 꽃과 산사나무를 꺾어 기다란 담쟁이덩굴로 묶었다. 그리고 집에서 가져온 귀리를 나에게 듬뿍 주었다. 시간은 눈 깜짝할 사이에 지나갔다. W 백작의 영지에서 가여운 진저와 헤어진 뒤로 들판에 머문 것은 처음이었다.

우리는 천천히 집으로 돌아왔고 제리는 마당으로 들어서며 이렇게 소리쳤다.

"자, 폴리. 나는 일요일을 놓치지 않았소. 덤불에서 새들이 즐겁게 찬양하기에 나도 거기에 참석했다오. 그리고 잭으로 말하

자면 어린 망아지처럼 좋아했소."

제리가 딸 돌리에게 꽃다발을 내밀자 돌리는 기뻐하며 뛰어올
랐다.

38
돌리와 진정한 신사

겨울이 때 이르게 찾아와서 추위와 습기가 이만저만이 아니었다. 몇 주 동안 눈이나 비나 진눈깨비가 멈추지 않았으며 때로는 매서운 바람이 불고 차가운 서리가 내리기도 했다. 말들은 겨울을 온몸으로 느끼고 있었다. 맑은 날에는 두꺼운 담요 두세 장만 덮고도 견딜 수 있었다. 그러나 비가 내리면 담요도 흠뻑 젖기 때문에 아무 소용없었다. 어떤 마부들은 방수가 되는 담요를 말에게 둘러 주었는데 꽤 쓸모가 있었다. 그러나 나머지 마부들은 너무 가난해서 말은커녕 제 몸 하나 가릴 것도 변변치 않았다. 그해 겨울 고통스럽게 하루하루를 버티는 마부들이 허다했다. 말은 반나절을 일하면 아늑한 마구간으로 가서 쉴 수 있지만 마부들은 마부석을 계속 지켜야만 했다. 때로는 파티가 끝나기를 바라며 새벽 한두 시까지 밖에서 기다리는 경우도 허다했다.

서리나 눈이 내려서 길바닥이 미끄러운 때는 말들에게는 그야말로 최악이었다. 그런 길을 1킬로미터 넘게 무거운 것을 끌고 아슬아슬 걷다 보면 편한 길을 6킬로미터 가는 것보다 더 힘이 들었다. 균형을 잡으려고 바짝 긴장하다 보니 신경이 곤두서고 근육은 뻣뻣해졌다. 게다가 넘어질지도 모른다는 공포감에 몸과 마음이 지쳐 갔다. 길이 엉망진창일 때는 편자도 울퉁불퉁해지기 마련이다. 그런 것을 처음 겪는 말들은 더욱 불안해질 수밖에 없다.

궂은 날이면 대다수 마부들은 가까운 술집으로 들어가 앉아 있었다. 그러다 보니 손님들을 놓치기 일쑤였다. 제리 이야기로는 술집에서는 돈을 쓸 수밖에 없다고 한다. 제리는 술집에는 발도 들이지 않았다. 근처에 있는 커피숍을 종종 들렀을 뿐이다. 때로는 뜨거운 커피와 파이를 팔러 마차 대기소에 오는 노인에게서 먹을거리를 샀다. 제리는 독한 위스키와 맥주는 몸을 오히려 춥게 만들며 보송보송한 옷과 좋은 음식, 유쾌한 마음, 다정한 아내야말로 마부를 가장 따뜻하게 해 준다고 주장했다. 폴리는 제리가 집에 들르지 못할 때는 요깃거리를 언제나 보내 주었다. 따라서 어린 돌리가 아버지를 찾느라 길모퉁이에서 고개를 빠끔히 내미는 모습이 가끔 보였다. 돌리는 제리를 보면 후다닥 집으로 달려가서 무엇인가 담긴 통이나 바구니를 들고 부랴부랴 돌아왔다. 폴리가 준비한 푸딩이나 뜨거운 수프였다. 그곳은 말과 마차가 뒤엉킨 곳이라서 자그마한 꼬마가 별 탈 없이 길을 건너는 모습이 신기할 따름이었다. 그러나 돌리는 용감한 꼬마 아가씨였으며 제리의 말마따나 '아버지를 위한 최고의 식사'를 가져다주는 것을 무척이나 뿌듯해했다. 대기소에서는 다들 돌리를 예뻐했으므로 설령 제리가 살피지 못하더라도 누군가는 돌리가 길을 안전하게 건너는지 눈에 불을 켜고 지켜보았다.

추운 바람이 부는 어느 날 돌리는 뜨거운 음식이 담긴 그릇을 가져와서 아버지가 먹기를 기다리며 곁에 서 있었다. 제리가 한 입 뜨려는데 어떤 신사가 우산을 들고 빠르게 다가왔다. 제리는 모자를 슬쩍 만지며 인사를 한 뒤 돌리에게 그릇을 돌려주고 내 등에서 담요를 벗겨 냈다.

그러자 신사가 다급하게 소리쳤다.

"아닐세, 아니야. 수프를 마저 먹게. 시간이 많지 않지만 자네가 식사를 마치고 자네 딸이 안전하게 길을 건널 때까지는 기다릴 수 있네."

신사가 마차에 올라타자 제리는 감사의 말을 전하고 돌리에게 돌아왔다.

"돌리, 저런 분이 신사란다. 진짜 신사. 불쌍한 마부와 어린 딸이 불편하지 않도록 마음을 써 주시는구나."

제리는 수프를 다 먹고 돌리에게 길을 건너도록 한 뒤에 신사의 지시에 따라 '클래펌 라이즈'까지 마차를 몰았다. 신사는 그 뒤로도 몇 번이나 우리 마차를 탔다. 개와 말을 무척 좋아하는지 그의 집에 도착할 때마다 개 두세 마리가 밖으로 뛰어나와 반갑게 맞이했다.

신사가 나에게 다가와 목을 토닥이며 유쾌한 목소리로 말했다. "좋은 주인을 만났군. 좋은 말이니 당연히 그래야지."

마차를 끄는 말에게 관심을 기울이는 사람은 드물었다. 이 신사를 제외하고는 몇몇 숙녀와 신사 한두 명이 나를 토닥이며 친절한 말을 건넸을 뿐이다. 그러니까 백 명 중 아흔아홉 명은 말을 대하는 것이나 기차를 끄는 증기기관을 대하는 것이나 마찬가지라고 생각했다.

이 신사는 젊은 편은 아니었고 늘 어딘가로 가고 있는 것처럼 어깨가 앞으로 굽어 있었다. 얇은 입술을 꾹 다물고 있었지만 유쾌한 미소가 떠나지 않았다. 날카로운 눈매나 턱이나 고갯짓을 보면 어떤 일을 하는 데 있어서 단호할 것 같다는 인상을 풍겼다.

어느 날 그 신사가 친구와 함께 우리 마차를 타고 가다 R 거리의 어떤 가게 앞에서 잠시 멈췄다. 신사의 친구가 가게에 들러 일을 보는 동안 신사는 문가에서 기다리고 있었다. 건너편 길에는 멋진 말 두 마리가 끄는 마차가 술집 앞에 서 있었는데 마부는 보이지 않았다. 말들이 마부를 얼마나 기다렸는지 나로서는 알 수 없는 노릇이었다. 어쨌든 말들은 기다리기 지루했는지 움직이기 시작했다. 그런데 몇 걸음 걷기도 전에 마부가 달려 나와 말들을 붙잡았다. 마부는 말들이 움직인 것에 화가 나서 고삐와 채찍으로 무자비하게 때리더니 급기야 머리까지 손을 댔다. 우리 마차에 있던 신사는 그 광경을 처음부터 보다가 성큼성큼 길을 건너갔다.

신사가 엄한 목소리로 소리쳤다.

"당장 그만두게. 그렇지 않으면 말을 내버려 둔 죄와 학대한 죄로 자네를 고발하겠어."

십중팔구 술을 마시고 온 마부는 욕설을 내뱉었다. 그래도 매질을 그치고는 고삐를 당기며 마차를 끌었다. 우리의 신사는 주머니에서 수첩을 꺼내어 마차에 적힌 이름과 주소를 살피며 뭔가를 적었다.

"그딴 걸 적어서 뭐할 거요?"

마부는 으르딱딱거리며 묻고는 채찍을 휘두르며 마차를 몰고 떠났다. 신사는 대답 대신 고개를 끄덕이고는 의미심장하게 웃었다. 그리고 마차로 돌아오다가 친구와 마주쳤다.

친구가 껄껄 웃으며 말했다.

"라이트, 자네는 할 일이 쌓였는데도 남들의 말이나 하인들을 신경 쓰느라 고생을 사서 하더군."

신사는 잠시 동안 가만히 있다가 고개를 홱 쳐들며 물었다.

"이 세상이 왜 이렇게 험악한지 알고 있나?"

"모르겠네."

"내가 알려 주지. 사람들이 자기 일만 신경 쓰느라 고통받는 사람들을 외면해서 그런 거야. 또한 잘못된 사람들을 바른길로 이끌지 않기 때문이지. 나는 좀 전에 일어난 일처럼 잔인한 짓을 보면 그냥 지나칠 수 없다네. 그래서 말의 주인들에게 말이 학대받고 있다는 사실을 알려 주었더니 다들 무척 고마워하더군."

제리가 말했다.

"나리 같은 신사분이 더 많아지면 좋겠습니다. 이 도시에는 그런 분들이 정말 필요하답니다."

우리는 다시 길을 나섰다. 신사는 목적지에서 친구와 함께 내리면서 이렇게 말했다.

"내가 주장하는 바는 이걸세. 우리가 막을 수 있는 힘이 있는 데도 잔인한 짓이나 잘못된 행동을 그대로 지나친다면 우리 역시 그 죄에서 자유롭지 못하다네."

39
쌩쌩이 샘

나는 승객용 마차를 끄는 말치고는 상당히 좋은 대우를 받고 있었다. 나를 모는 마부가 내 주인이었으므로 내가 지치지 않게 잘 보살펴 주는 것이 주인인 제리에게도 이로운 일이었다. 설령 착하지 않은 주인이라도 그럴 수밖에 없었다. 그런데 꽤 많은 말들이 대여업자의 소유였다. 대여업자는 마차와 말을 아주 많이 가지고서 마부에게 빌려준 뒤 일정한 돈을 날마다 꼬박꼬박 받았다. 그런 마부는 말의 주인이 아니었으므로 어떻게든 악착같이 벌려고 했다. 말을 빌린 돈도 갚아야 하고 식구와 먹고살아야 했기 때문이다. 그래서 이렇게 일해야 하는 말은 지독하게 고생할 수밖에 없었다. 물론 나는 이해하기 어려웠지만 대기소에서 그런 이야기를 종종 듣게 되었다. 대장 역시 마음씨도 따듯하고 말을 좋아했으므로 누군가 말을 부려 먹거나 학대하면 몹시 꾸짖곤 했다.

어느 날 '쌩쌩이 샘'이라는 추레하고 우울한 표정의 마부가 곧 쓰러질 것 같은 말을 몰고 왔다. 그 모습을 보고 대장이 말했다.

"자네와 자네 말은 대기소보다는 경찰서가 어울릴 것 같군."

남자는 자신의 너덜너덜한 누더기를 말 등에 던져 놓고는 홱 돌아서서 대장을 똑바로 보며 절망에 찬 목소리로 말했다.

"경찰이 이 문제에 끼어들고 싶다면 우리에게 돈을 왕창 뜯어 가는 말 주인이나 지나치게 싼 마차 요금부터 손 좀 보라고 하시오. 하루에 마차 한 대와 말 두 마리를 빌리려면 18실링을 내야 하오. 그러니 밤낮을 가리지 않고 일에 매달리는 사람이 한둘이 아니라오. 말을 빌린 돈부터 먼저 갚아야 동전 한 닢이라도 손에 쥘 수 있으니 너무 심한 것 같소. 말 한 마리당 하루에 9실링을 갚고서야 먹고살 돈을 가져갈 수 있다는 뜻이오. 그러니 말을 열심히 부리지 않으면 우리 식구는 쫄쫄 굶어야 하오. 나와 자식들은 예전부터 굶기를 밥 먹듯이 해 왔소. 지금 자식 여섯 중에 밥값을 버는 놈은 고작 하나요. 그래서 나는 대기소에서 하루에 열네 시간이나 열여섯 시간을 일하고 최근 석 달 동안은 일요일에도 쉬어 보질 못했소. 대장도 알다시피 말 주인 스키너는 우리에게 하루도 못 쉬게 한다오. 나만큼 열심히 일하는 사람이 있다면 나와 보라고 하시오! 내게 따뜻한 코트와 비옷이 꼭 필요하지만 먹여 살려야 할 입이 많다 보니 도저히 살 엄두가 나질 않소. 일 주일 전에는 스키너에게 말 빌린 돈을 내려고 시계를 저당 잡혔다오. 그 시계는 두 번 다시 볼 수 없을 거요."

다른 마부들이 둘러서서 고개를 끄덕이며 쌩쌩이 샘의 말에 맞장구를 쳤다. 샘은 말을 이었다.

"대장처럼 자기 말과 마차가 있거나 또는 좋은 주인에게서 말과 마차를 빌려 몰게 된다면 형편이 나아지거나 똑바로 살아갈 수 있겠지요. 나는 아니라오. 우리는 반경 6킬로미터 구역에서는 1.5킬로미터에 6펜스 이상 받을 수 없소. 오늘 아침에는 9킬로미터를 갔는데도 3실링밖에 못 받았다오. 돌아올 때는 아무도 태우지 못해서 돈 한 푼 만지지 못했소. 결국 말은 18킬로미터를 달리고 3실링을 번 셈이오. 그다음에는 5킬로미터였는데 마차 지붕에 올리면 2펜스씩 받을 수 있는 가방과 상자가 무척 많았다오. 그러나 사람들이 어떤지 잘 아실 거요. 마차 앞좌석에 산처럼 높이 쌓아 올리고는 아주 무거운 상자 세 개만 지붕에 올리지 뭐요. 그러고는 6펜스를 내더이다. 거기에 승객 요금은 1실링 6펜스였소. 그리고 돌아올 때는 1실링을 받았소. 결국 말이 28킬로미터를 달렸는데 내 손에 들어온 돈은 6실링이오. 말 빌린 값을 내려면 3실링을 더 벌어야 하오. 그리고 오후 말도 9실링을 먼저 벌어 줘야 한 푼이라도 손에 쥐고 집에 돌아갈 수 있다오. 물론 날마다 이렇게 고달픈 것은 아니지만 이런 날이 허

다하오. 누군가는 말을 혹사시키면 안 된다고 하던데 그따위 소리는 집어치우라고 하시오. 말이 지쳐서 쓰러질 것 같으면 채찍을 휘둘러서라도 움직이게 해야지요. 아내와 자식들을 위해서라면 어쩔 수가 없소. 말 주인은 말에 대해 당연히 신경 쓰겠지만 우리는 그렇게는 못 하오. 내가 말을 괜히 혹사시킨다고요? 누구도 나에게 그렇게 말해서는 안 되오. 하루도 쉰 적이 없고 아내와 아이들과 오순도순 지내 보지도 못 했소. 내 나이 고작 마흔다섯 살이지만 늙은이처럼 느껴질 때가 많다오. 귀족들은 우리가 한 푼이라도 더 받아 내려고 속일까 봐 늘 의심하고 있소. 우리를 소매치기처럼 취급하며 손에 지갑을 꼭 쥔 채 1페니라도 아끼려고 애를 쓴다오. 나는 그자들이 하루에 열여섯 시간씩 마부석에 앉아 궂은 날씨 속에 마차를 몰며 18실링은 떼어 놓고 그 나머지 돈으로 하루하루 살아 보면 좋겠소. 그리하면 수고비인 6펜스를 아까워한다거나 짐을 마차 안에 쑤셔 박아 넣지는 못할 거요. 물론 수고비를 척척 주는 손님들도 간혹 있지요. 그런 손님마저 없었다면 입에 풀칠도 못 했을 거요. 그렇다고 거기에만 매달릴 수도 없는 노릇이오."

주위에 모여든 마부들이 샘의 말을 듣고는 너도나도 고개를 끄덕였다. 그중 한 사람이 이렇게 말했다.

"고생은 말로 다 할 수 없지요. 그러니 어쩔 수 없이 잘못도 저지르는 거요. 술을 너무 마신다고 어느 누가 손가락질할 수 있겠소?"

제리는 마부들 대화에 끼어들지 않았다. 그러나 표정이 무척 슬퍼 보였다. 대장은 양손을 주머니에 넣고 있다가 모자에서 손수건을 꺼내 이마를 닦으며 말했다.

"내가 잘못 말했네, 샘. 자네 이야기가 맞아. 다시는 자네에게 경찰 이야기를 꺼내지 않겠네. 자네 말의 눈동자를 보자 안됐다는 생각이 들지 뭔가. 사람도 고생이고 말도 고생이네. 누가 바로잡아야 하는지 모르겠군. 그래도 자네가 저 불쌍한 말에게 그렇게 심하게 부려서 미안하다고 이야기해 보게. 저 가여운 짐승에게 따뜻한 말 한마디밖에 못 해 줄 때가 있는데 신기하게도 말들이 그걸 이해한다네."

그리고 며칠 지난 아침에 웬 남자가 샘의 마차를 끌고 대기소에 나타났다.

어떤 마부가 인사를 건넸다.

"안녕하시오! 그런데 샘에게 무슨 일이 생겼소?"

남자가 대답했다.

"아파서 드러누워 있습니다. 어제저녁에 마당에서 집까지 간신히 기어들어 갔답니다. 오늘 아침에 샘의 부인이 어린 아들을 보내서 남편이 열이 펄펄 끓어서 일을 할 수가 없다고 전하더군요. 그래서 제가 대신 왔습니다."

이튿날 아침에도 그 남자가 다시 왔다.

대장이 물었다.

"샘은 어떻소?"

그 남자가 대답했다.

"갔습니다."

"갔다고? 설마 죽었다는 말은 아니지요?"

"숨이 멎었습니다. 오늘 새벽 4시에 죽었어요. 어제 하루 종일 스키너를 욕하고 일요일을 쉬지 못했다며 화를 냈다는군요. '난 일요일에 쉬지 못했어'가 샘의 마지막 말이었지요."

한동안 어느 누구도 입을 열지 못했다. 마침내 대장이 한마디 했다.

"이보게들, 이건 우리더러 조심하라는 신호네."

40
가여운 진저

어느 날, 공원에서 악단의 공연이 열리는 중이라 우리 마차와 다른 마차들은 공원 밖에서 기다리고 있었다. 그때 허름하고 초라한 승객용 마차 한 대가 우리 옆으로 왔다. 마차 앞에 서 있는 추레하고 남루한 밤색 말은 털이 부스스하고 뼈는 앙상하기 짝이 없었다. 양쪽 무릎은 툭 튀어나왔고 앞다리가 후들후들 떨리고 있었다. 내가 먹고 있던 건초가 바람에 날려 그쪽으로 몇 줄기 떨어지자 불쌍한 말은 길고 가느다란 목을 내밀어 건초를 주워 먹고는 혹시 더 있는지 찾느라 고개를 돌리며 두리번거렸다. 흐리멍덩한 두 눈에는 절망이 가득해서 나도 모르게 시선이 갔다. 그러고 보니 어디선가 본 듯하다는 생각이 들었다. 그 순간 밤색 말이 나를 물끄러미 보고는 물었다.

"블랙 뷰티, 너 맞니?"

진저였다! 어떻게 이렇게 변할 수가! 아름답게 휘어지며 윤이 나던 목은 뻣뻣하게 처져 있었다. 흠 하나 없이 쭉 뻗었던 다리와 우아했던 발굽 위쪽은 이제 퉁퉁 부어 있었다. 고된 일을 하느라 관절은 저마다 뒤틀어졌고 활기와 생기가 넘쳤던 얼굴은 고통으로 일그러져 있었다. 들썩대는 옆구리와 잦은 기침을 보아하니 숨쉬기도 힘든 것 같았다.

우리의 마부들은 둘 다 조금 멀리 있었기에 나는 진저 쪽으로 한두 걸음 다가가 소곤소곤 이야기를 나눴다. 진저가 들려준 이야기는 슬펐다.

진저는 W 백작 영지에서 열두 달 동안 쉬고 나자 일을 할 만큼 몸이 나아서 어떤 신사에게 팔려 갔다. 한동안 진저는 아주 편안하게 지냈다. 그런데 평소보다 오랫동안 전력질주를 했더니 예전의 증세가 다시 도졌다. 진저는 잠시 쉬며 치료를 받은 뒤에 다시 팔려 갔다. 이런 식으로 주인이 여러 번 바뀌었고 그때마다 처지는 나빠지기만 했다.

진저가 말했다.

"급기야 마부들을 상대로 마차와 말을 빌려주는 사람에게 팔려 왔지. 너는 잘 지내는 것 같아서 정말 다행이야. 나는 그동안 차마 이야기를 못 할 만큼 고생했어. 사람들은 내가 아프다는 것을 알자 값어치가 없어졌다며 싸구려 승객용 마차라도 끌게 해서 끝까지 써먹어야 한다고 말했어. 그러더니 정말로 채찍을 휘두르며 부려 먹는 바람에 얼마나 고통을 겪었는지 상상도 못 할 거야. 그 사람들은 나를 돈 주고 샀으니 어떻게든 그 돈을 뽑아야 한다더구나. 지금 나를 빌린 마부는 우리 주인에게 날마다 아주 많은 돈을 내야 해서 나를 죽어라 부려 먹는 거야. 그래서 일요일도 못 쉬고 일주일 내내 일해야 돼."

내가 말했다.

"넌 학대받으면 가만히 안 있었잖아."

"아! 전에는 그랬지. 그런데 아무 소용없더라. 사람들은 최고로 강하거든. 그런 사람들이 아무 감정도 없이 잔혹해지면 우리는 할 수 있는 것이 없어. 참고 또 참으며 끝까지 버텨야 해. 제발 끝이 나면 좋겠어. 그냥 죽으면 좋겠어. 죽은 말들을 본 적이 있는데 그들은 분명히 아무런 고통이 없을 거야. 내 소원은 일하다 쓰러져 죽는 거야. 그러면 도살장으로 안 끌려가도 되잖아."

나는 찢어질 듯 아픈 마음으로 코를 진저에게 갖다 댔다. 아무래도 진저를 위로할 말이 떠오르지 않았다. 진저는 나를 만나서 기뻤는지 이렇게 말했다.

"너는 나의 하나뿐인 친구야."

진저의 마부가 다가와 고삐를 힘껏 잡아당기며 마차 줄을 빠져나갔다. 그러고는 슬픔에 잠긴 나를 남겨 둔 채 진저를 몰고 떠났다.

그로부터 얼마 뒤 마차 한 대가 죽은 말을 싣고 마차 대기소를 지나갔다. 마차 밖으로 머리를 떨구고 있었으며 생기 없는 혀에서 피가 천천히 똑똑 떨어졌다. 그리고 퀭한 눈동자! 그 광경이 너무 끔찍해서 차마 말을 못하겠다. 그것은 목이 길고 가느다란 밤색 말이었다. 이마에 하얀색 줄이 보였다. 틀림없이 진저였다. 꼭 진저이기를 바랐다. 그래야만 진저의 모든 괴로움이 끝나기 때문이다. 아! 사람들이 조금만 더 자비를 베풀어 우리가 비참해지기 전에 총으로 쏴 준다면 참으로 고마울 텐데!

41
푸줏간 주인과 말

그 당시에 나는 런던에서 말들이 어떤 고통을 겪는지 보게 되었다. 그런데 대부분은 상식적으로 생각하면 얼마든지 막을 수 있는 고통이었다. 우리는 제대로 대우를 받으면 고된 일도 기꺼이 해낼 수 있다. 나는 은으로 만든 마구를 두르고 좋은 음식을 먹으며 백작의 마차를 끌고 다닌 적이 있었다. 그러나 찢어지게 가난한 사람들이 모는 말들 중에서 예전의 나보다 훨씬 행복하게 살아가는 경우도 아주 많다.

특히 조그만 조랑말이 무거운 짐을 진 채 힘겨워한다거나 멍청하고 잔인한 남자아이에게 두들겨 맞아 비틀거리는 것을 보면 종종 마음이 아팠다. 한번은 갈기가 풍성하고 머리가 예쁘장한 회색 조랑말을 봤는데 메리레그스와 똑 닮아 있었다. 내가 마구를 쓰고 있지 않았더라면 힘차게 히힝 소리를 냈을 것이다. 그 조랑말이 무거운 짐마차를 끄느라 애를 쓰는데도 모질고 힘센 남자아이는 채찍으로 조랑말의 배를 때릴 뿐만 아니라 예쁜 입을 잔인하게 쿡쿡 찔렀다. 설마 메리레그스일까? 아무리 봐도 닮았지만 블롬필드 신부는 메리레그스를 절대 팔지 않겠다고 약속했으니 아닐 거라고 생각했다. 그런데 이 조랑말도 메리레그스처럼 상당히 훌륭했으므로 어렸을 때는 행복한 집에서 보냈을 것 같았다.

푸줏간 조랑말이 엄청 빠른 속도로 달리는 것을 종종 보았는데 왜 그러는지는 몰랐다. 어느 날 '성 요한의 숲'에서 손님을 오래 기다리다가 그 이유를 알게 되었다. 성 요한의 숲 옆에 푸줏간이 있었는데 마침 푸줏간 마차가 엄청 빠른 속도로 달려왔다. 조랑말은 몸에서 뜨거운 김이 올라왔고 기진맥진한 상태였다. 고개를 축 늘어뜨린 채 옆구리가 들썩거리고 다리가 후들후들 떨리는 것을 보니 달리느라 얼마나 힘이 들었는지 짐작이 갔다. 나이 든 사내아이가 짐마차에서 훌쩍 뛰어내려 바구니를 집어 드는데 주인이 짜증 난 얼굴로 가게에서 나왔다. 그리고 말을 보더니 잔뜩 화가 난 채로 아이에게 돌아섰다.

"이렇게 몰아서는 안 된다고 몇 번이나 이야기하던? 전에 있던 말도 숨통을 망가뜨려 놓더니 이번에도 또 그러는구나. 넌 내 아들만 아니면 벌써 쫓겨났어. 말을 푸줏간까지 이따위로 몰고 오다니 부끄러운 줄 알아라. 이러다가는 경찰에게 끌려갈 거야. 만에 하나 그럴 경우 내가 널 보석금으로 꺼내 줄 거라는 기대는 아예 하지도 마. 내가 누누이 말했잖니. 네 일은 네가 잘 알아서 하라고."

아들은 뚱한 표정으로 꾸중을 듣고 있다가 아버지의 말이 끝나자마자 벌컥 화를 냈다. 자기 잘못이 아닌데 왜 욕을 먹어야 하느냐며 그저 순서대로 일을 처리했을 뿐이라고 주장했다.

"아버지가 그러셨잖아요. '어서 서둘러. 자, 빨리빨리 해.' 그래서 기껏 빨리 배달을 가면 어떤 곳에서는 저녁 식사로 양고기 다리를 요리한다며 당장 갖다 달라고 하거든요. 그럼 나는 15분 이내로 고기를 다시 배달해야 해요. 어떤 요리사는 소고기 주문을 깜박했대요. 그것도 부랴부랴 갖다주어야 해요. 못 맞춰 주면 가만두지 않거든요. 어떤 가정부는 손님이 갑자기 들이닥쳤다며 돼지갈비를 보내 달라고 하고요. 또 크레센트 4번가의 어떤 부인은 점심에 먹을 고기가 배달되고 나서야 저녁에 먹을 고기를 주문하지요. 그래서 나는 발바닥에 불이 나도록 뛰어다녀야 해요. 손님들이 식사에 필요한 것을 미리 생각해 두었다가 전날에 주문하면 이렇게 복잡하지는 않을 텐데요."

푸줏간 주인이 말했다.

"그럼 얼마나 좋겠냐. 말 때문에 골치 아픈 일도 안 생기겠지. 게다가 어떤 고기인지 미리 알면 손님들에게 더 잘 맞춰 줄 수 있으니까. 그런데 어느 누가 푸줏간 주인이나 푸줏간 말을 신경 쓰겠니? 말해 봤자 입만 아플 뿐이지. 자, 말 좀 데리고 들어가서 잘 보살펴 줘라. 오늘은 다시 나갈 일이 없겠지만 혹시라도 생기면 네가 바구니를 들고 직접 날라야 해."

주인이 가게 안으로 들어가자 아이는 말을 데리고 들어갔다.

그러나 사내아이들이라고 죄다 잔인한 것은 아니었다. 조랑말이나 당나귀를 사랑스러운 강아지처럼 아끼는 아이들도 있었다. 그러면 작은 조랑말이나 당나귀는 내가 제리를 위해 일하듯 자신의 어린 마부를 위해 기꺼이 일을 했다. 아무리 힘든 일이라도 친구의 손길과 목소리가 따뜻하면 훨씬 쉬워지는 법이다.

대기소 거리에는 채소와 감자를 이리저리 팔러 다니는 사내아이가 있었다. 아이가 끌고 다니는 늙은 조랑말은 그리 잘생기진 않았지만 성격이 밝고 씩씩했다. 둘이 서로 얼마나 좋아하는지 보고 있으면 절로 즐거워졌다. 조랑말은 주인을 개처럼 졸졸 따라다녔으며 채찍이나 명령이 없어도 마차를 끌어서 마치 왕궁의 마구간에서 지내다가 나온 듯 신바람을 내며 거리를 누볐다. 제리는 그 사내아이를 무척 예뻐했고 언젠가 마부들의 왕이 될 수도 있는 아이라며 '찰리 왕자'라는 별명을 붙여 주었다.

그리고 자그마한 석탄 마차를 몰고 대기소 앞을 지나가는 할아버지도 있었다. 할아버지는 광부용 모자를 쓰고 있었는데 낯빛이 어둡고 추레했다. 할아버지와 늙은 말은 죽이 잘 맞는 단짝 친구처럼 거리를 터덜터덜 걸었다. 석탄을 내릴 곳에 이르면 말은 알아서 척척 멈추며 한쪽 귀를 주인 쪽으로 젖혔다. 할아버지는 가까이 오기 전부터 소리가 났다. 나는 할아버지가 하는 말을 알아듣지 못했지만 아이들은 할아버지를 '서얼타앙'이라고 불렀다. 할아버지가 꼭 그렇게 소리치는 것 같았기 때문이다. 폴리도 할아버지에게 석탄을 사며 친하게 지냈다. 제리는 가난한 집에서도 늙은 말이 행복하게 지내는 것을 보면 흐뭇하다고 했다.

42
선거

어느 날 오후에 우리가 마당으로 들어서자 폴리가 얼른 나왔다.

"제리! 방금 전에 B 씨가 당신한테 표를 부탁한다며 여기 왔어요. 우리 마차를 선거 때 쓰고 싶대요. 당신 대답을 들으러 다시 온다는군요."

"저, 폴리. 우리 마차는 다른 데 쓰기로 되었다고 전하시오. 그놈의 커다란 선거 벽보를 마차에 처덕처덕 발라 놓고 싶지 않소. 그리고 잭과 캡틴이 술에 취해 해롱대는 유권자를 태우러 술집으로 달리는 것도 싫소. 그런 짓은 말에 대한 모욕이오. 난 절대로 안 하겠소."

"아까 그 신사분에게 투표를 안 한다고요? 당신이 그쪽 정책을 지지한다던데요."

"그거는 맞지만 그 사람에게는 투표하지 않겠소, 폴리. 그 사람이 무슨 사업을 하는지 알고 있소?"

"알죠."

"그런 사업으로 부자가 된 사람은 잘하는 것도 있을 거요. 그러나 노동자가 원하는 것에 대해서는 눈 뜬 장님이오. 양심상 그런 사람을 의원으로 뽑아 법을 만들게 할 수는 없소. 그쪽에서는 화를 낼지 몰라도 누구나 국가에 가장 도움이 되는 일을 해야 하오."

선거 전날 아침에 제리가 나를 마차 버팀대에 매고 있는데 돌리가 눈물범벅인 채로 마당으로 뛰어들어 왔다. 돌리의 파란색 옷과 하얀색 앞치마는 진흙투성이였다.

"돌리, 무슨 일이냐?"

돌리가 흐느끼며 대답했다.

"못된 남자애들이 나한테 진흙을 던졌어요. 그리고 나를 뭐라고 불렀는데 비렁…… 비렁……."

해리가 잔뜩 화가 난 채 쫓아와서 말했다.

"걔들이 돌리한테 파란색 비렁뱅이라고 놀렸어요. 녀석들을 혼내 줬으니 다시는 돌리를 못 건들 거예요. 똑똑히 기억하라고 한 방씩 먹였거든요. 비겁하고 악독한 주황색 불한당들!"

제리는 돌리에게 입을 맞추고는 다독였다.

"엄마에게 어서 가렴, 우리 아가. 아빠가 너더러 집에서 엄마를 도우라고 했다고 전해 다오."

그러고는 근엄한 표정으로 해리를 돌아보았다.

"우리 아들, 나는 네가 항상 동생을 돌보고 누군가 동생을 괴롭히면 혼내 줘야 한다고 생각해. 당연한 일이지. 그렇지만 전에 말했듯이 내 뜻과 어긋나는 선거는 하지 않을 거야. 주황색뿐만 아니라 파란색에도 불한당이 많거든. 물론 보라색과 하얀색도 마찬가지야. 그 밖에도 여러 색이 있지. 우리 가족은 그런 것에 휘말리면 안 돼. 요즘은 여자와 아이들까지도 색깔 때문에 다투더구나. 그러나 열에 아홉은 아무것도 모르고 떠드는 거야."

"왜요, 아버지? 파란색은 자유당을 뜻하는 거잖아요."

"아들아, 자유는 색깔에서 나오는 것이 아니야. 색깔은 그저 정당을 나타낼 뿐이지. 선거를 한답시고 남의 돈으로 술을 마시거나, 공짜 마차를 타고 투표소에 가거나, 자기와 색깔이 다른 옷을 입은 사람을 함부로 대하거나, 제대로 모르면서 목이 터져라 외쳐 대고 있거든. 그런 것을 자유라고 생각하다니!"

"어, 아버지. 그런데 왜 웃으셔요?"

"아니, 웃는 게 아니야. 기가 막혀서 그런다. 알 만한 사람들이 그리고 다니는 걸 보면 참으로 딱하구나. 선거란 아주 진지한 거야. 반드시 그렇게 되어야 해. 모두가 자신의 양심에 따라 투표하고 자기 이웃도 그렇게 할 수 있도록 존중해 줘야 해."

43
어려울 때 도와주는 친구

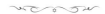

드디어 선거일이 밝았다. 제리와 나는 일이 끊이지 않았다. 처음에는 땅딸막하고 투실투실한 신사가 여행용 가방을 들고 탔다. 신사는 비숍게이트 역으로 가 달라고 했다. 그러고는 리젠트 공원에 가려는 사람들을 태웠다. 다음에는 소심하고 걱정이 많은 할머니가 우리를 골목길까지 불러서는 은행에 데려다 달라고 했다. 잠시 뒤에 할머니를 다시 집까지 태워다 주었다. 할머니를 막 내려 주고 있는데 얼굴이 벌겋게 달아오른 신사가 한 묶음의 서류를 쥐고는 숨이 턱에 차도록 달려왔다. 그리고 제리가 내리기도 전에 신사는 마차 문을 벌컥 열고 뛰어들며 소리쳤다.

"바우 거리 경찰서요, 어서!"

신사를 목적지까지 데려다주고 한두 번 손님을 더 태운 뒤에 대기소로 돌아왔더니 승객용 마차가 한 대도 안 보였다. 제리는 여물 자루를 꺼내며 말했다.

"이런 날에는 부지런히 먹어 둬야 해. 잭, 실컷 먹어. 지금이 기회란다, 얘야."

나는 밀기울에 으깬 귀리가 섞여 있는 먹이를 맘껏 먹었다. 평소에도 먹는 것이었지만 그날은 특히 맛있었다. 제리는 무척 사려가 깊고 친절했다. 어떤 말이라도 그런 주인을 위해서라면 최선을 다할 수밖에 없었다. 제리는 폴리가 만든 고기 파이를 하나 꺼내 내 곁에 서서 한입 베어 먹었다. 거리는 꽉 막혀 있었으며 후보자의 색깔로 꾸민 마차들이 누가 죽든 뼈가 부러지든 상관없다는 듯 군중 사이를 뚫고 지나갔다. 그날 두 사람이 마차에 치이는 것을 보았는데 그중 한 명은 여자였다. 그 사고로 말들은 된통 고생하고 있었다. 가여워라! 그렇지만 마차 안에 타고 있는 투표자들은 그런 것쯤은 아랑곳하지 않았다. 절반은 술에 취해 해롱거리다가 같은 색깔의 마차가 지나가면 마차 창문 밖으로 고개를 내밀고 만세를 불렀다. 나는 선거를 처음 겪었는데 지금은 훨씬 나아졌다고 해도 두 번 다시 보고 싶지 않다.

제리가 음식을 몇 입 먹기도 전에 젊은 여자가 가엾게도 아이를 겨우 안은 채 길을 따라 걸어오고 있었다. 여자는 이리저리 두리번거리며 당황스러운 모습이었다. 그러다가 제리에게 곧장 다가와서 세인트 토머스 병원까지 어느 길로 얼마나 가야 하는지 물었다. 여자는 오늘 아침에 시골에서 짐마차를 타고 왔으며 런던이 처음인 데다 선거가 있는 줄도 몰랐다고 했다. 그리고 아이를 세인트 토머스 병원에 데려가 보라는 의사의 권유를 받았다고 덧붙였다. 아이는 구슬픈 목소리로 힘없이 울고 있었다.

"불쌍한 것! 무척 아프답니다. 네 살인데 아기 때보다 더 못 걷고 있어요. 의사가 아이를 세인트 토머스 병원에 데려가면 나을 수도 있다지 뭐예요. 제발 알려 주세요, 선생님. 여기서 얼마나 먼가요? 어디로 가면 되나요?"

제리가 말했다.

"저런, 부인. 이렇게 붐비는데 어떻게 거기까지 걸어갈 수 있겠어요? 병원은 5킬로미터쯤 떨어진 곳에 있는데 아이를 안고 가기엔 무리예요."

"네, 그렇지요. 다행히 저는 튼튼하답니다. 길만 알면 어떻게든 갈 수 있어요. 제발, 길 좀 가르쳐 주세요."

"안 됩니다. 가다가 넘어지면 아이가 마차 바퀴에 깔릴 수도 있어요. 그냥 이 마차를 타세요. 제가 병원까지 안전하게 모셔다 드릴게요."

"아닙니다, 선생님, 아니에요. 감사하지만 그럴 수 없어요. 저에게는 돌아갈 차비밖에 없답니다. 그냥 길을 알려 주세요."

"잠깐만요, 부인. 저도 집에 아내와 사랑하는 아이들이 있습니다. 자식 키우는 심정이 어떤지 잘 압니다. 마차는 무료로 태워 드리겠습니다. 엄마와 아픈 아이를 저렇게 위험한 길로 보내는 것은 부끄러운 짓이니까요."

"하늘의 축복이 있을 거예요."

여자는 그 말과 함께 눈물을 터뜨렸다.

"저런, 저런. 기운 내십시오. 금방 데려다드릴게요. 이리 오세요. 타시는 것을 도와드리지요."

제리가 문을 열러 가는데 모자와 단추 구멍까지 색깔을 맞춘 남자 두 명이 허겁지겁 달려오며 외쳤다.

"마차!"

제리가 소리쳤다.

"여기 먼저 오셨습니다."

남자 한 명이 여자를 밀치고 마차에 후다닥 올라타자 다른 남자도 그대로 따라 탔다. 제리의 표정이 경찰처럼 근엄해졌다.

"이 마차에 먼저 오신 분이 있습니다. 저 마님이십니다."

그러자 한 남자가 말했다.

"마님이라고? 아, 기다리라고 해. 우리가 아주 중요한 일이 있거든. 그리고 먼저 탄 사람이 우선이니 내릴 수 없소."

제리는 씨익 웃더니 마차 문을 닫으며 말했다.

"그러시죠, 손님. 얼마든지 오래 쉬셔도 됩니다. 두 분이 푹 쉴 때까지 기다리지요."

제리는 돌아서서 내 곁에 있던 여자에게 다가왔다.

"저 사람들은 금방 떠날 겁니다. 그러니 걱정 마세요."

남자들은 제리의 속셈을 알아차리고는 바로 마차에서 내린 뒤 온갖 욕을 퍼부었다. 심지어 마차의 번호를 들먹이며 고발하겠다고 으름장을 놓고는 자리를 떴다. 이 일로 잠시 늦어졌지만 우리는 가급적 빨리 가기 위해 뒷길로 달렸고 이내 세인트 토머스 병원에 도착했다. 제리가 병원 초인종을 울린 뒤 여자가 내리는 것을 도와주었다.

여자가 말했다.

"이루 말할 수 없이 감사드립니다. 혼자서 여기까지 어떻게

올 수 있겠어요."

"아닙니다. 아이가 어서 좋아지기를 바랍니다."

제리는 여자가 병원으로 들어가는 것을 보며 가만히 성경 구절을 읊조렸다.

"지극히 작은 자 하나에게 한 것이 곧 내게 한 것이니라."

그러고는 내 목을 토닥였다. 뭔가 기쁜 일이 생기면 제리가 습관처럼 하는 행동이었다.

빗줄기가 굵어지기 시작했다. 우리가 병원을 나서려는데 병원 문이 열리며 짐꾼이 소리쳤다.

"마차!"

우리가 멈추자 어떤 부인이 계단을 내려왔다. 제리는 부인을 바로 알아봤고 부인 역시 베일을 들어 올리며 소리쳤다.

"바커! 제러마이어 바커! 맞구먼. 자네를 여기서 보다니 정말 기쁘네. 나에게 딱 필요한 사람일세. 오늘은 런던에서 마차를 잡기가 만만치가 않더군."

"저야말로 마님을 모시게 되어 영광입니다. 제가 마침 여기에 있어서 참으로 다행입니다. 어디로 모실까요, 마님?"

"패딩턴 역으로 가 주게. 그리고 시간이 된다면 메리와 아이들이 어떻게 지내는지 이야기해 주게."

우리는 여유 있게 역에 도착했다. 부인은 비를 피하느라 지붕 아래에 서서 제리와 상당히 오랫동안 이야기를 나누었다. 알고 보니 부인은 폴리가 예전에 마님으로 모시던 분이었다. 이것저 것 이야기하고 나서 부인이 물었다.

"겨울에 승객들 태우고 다니기는 힘들지 않나? 작년에 메리가 자네 염려를 많이 했어."

"예, 마님. 폴리가 걱정이 컸죠. 제가 독감에 걸렸는데 날이 따뜻해질 때까지 고생했습니다. 오랫동안 낫지 않아서 폴리의 걱정이 이만저만이 아니었습니다. 아시다시피 시간이나 날씨를 가리지 않고 하는 일이다 보니 몸이 배겨 내지 못한답니다. 그래 도 이제 많이 좋아졌습니다. 말들이라도 없었다면 버티기 어려 웠을 겁니다. 저는 다른 일은 제대로 해낼 자신이 없습니다."

"저런, 바커. 이 일 때문에 건강까지 해치다니 자네뿐만 아니 라 메리와 아이들을 봐서라도 참 딱한 일일세. 좋은 마부나 좋은 사육사를 필요로 하는 곳은 널려 있네. 승객용 마차를 모는 일을 그만두면 나한테 꼭 연락하게나."

부인은 메리에게 다정한 안부를 남긴 뒤 제리의 손에 뭔가를 쥐여 주었다.

"두 아이에게 5실링씩 주게. 메리가 어떻게 써야 할지 잘 알 거야."

제리는 감사의 말을 전하며 무척 기뻐했다. 우리는 역을 빠져 나와 마침내 집에 도착했다. 나는 그야말로 녹초가 되었다.

44
늙은 캡틴과 그 자리에 들어온 말

캡틴과 나는 아주 좋은 친구가 되었다. 캡틴은 고상했으며 같이 일하기에 더할 나위 없이 좋았다. 나는 캡틴이 그렇게 나쁜 일을 겪고서 집을 떠나게 될 줄은 상상도 못 했다. 그렇지만 그런 날이 캡틴에게 다가왔으니 바로 어떤 사건 때문이었다. 나는 그 자리에 없어서 모두 전해 들었다.

캡틴과 제리는 런던 다리 너머의 커다란 기차역에 다녀오는 길이었다. 다리와 기념탑 사이에서 두 마리 힘센 말이 맥주 양조장의 텅 빈 짐마차를 끌며 다가왔다. 마부는 말들을 채찍으로 사정없이 내리치고 있었다. 마차가 가벼워서 말들은 무서울 정도로 빠르게 내달렸다. 마부는 속도를 줄이지 못했으며 길은 꽉 막힌 상태였다. 마차는 여자아이를 쳐서 쓰러뜨린 뒤에 제리 마차

로 달려들었다. 양쪽 모두 바퀴가 떨어져 나가면서 제리의 마차
는 뒤집혔다. 캡틴은 질질 끌려갔고 버팀대가 부러지며 캡틴의
옆구리를 찔렀다. 제리도 바닥으로 튕겨 나갔지만 다행히 타박
상만 입었다. 제리가 어떻게 무사할 수 있었는지 제대로 아는 사
람이 없었다. 제리는 기적이었다는 말만 되풀이했다. 가여운 캡
틴은 일어나기는 했으나 여기저기 부딪치고 심하게 찔린 상태였
다. 제리는 캡틴을 조심조심 집으로 데려왔다. 피가 캡틴의 하얀
색 털을 흠뻑 적시고는 옆구리와 어깨를 따라 뚝뚝 떨어져서 보
는 순간 가슴이 미어졌다. 양조장 마부는 코가 비뚤어질 정도로
술에 취한 상태였으므로 벌금을 물어야 했다. 그리고 양조장 주
인은 우리 주인에게 손해를 보상하기로 했으나 불쌍한 캡틴이
입은 손해는 아무도 보상해 주지 않았다.

　수의사와 제리가 캡틴의 고통을 덜어 주고 편안하게 해 주려
고 온갖 노력을 기울였다. 마차를 고쳐야 해서 나는 며칠 동안
일을 나가지 않고 제리는 한 푼도 벌지 못했다. 사고가 난 뒤
처음으로 대기소에 갔을 때 대장이 와서 캡틴에 대해 물었다.

　제리가 말했다.

　"캡틴이 회복하기는 글렀어요. 오늘 아침에 수의사가 캡틴이
이 일을 더는 못 한다고 그러네요. 기껏 짐마차나 끌어야 한대
요. 그 소리를 듣는 순간 화가 치솟더군요. 짐마차라니! 런던에
서 어떤 말들이 그런 일을 하는지 숱하게 보았거든요. 나 같은

사람들에게 다시는 피해를 주지 않도록 술주정뱅이를 몽땅 정신 병원에 처넣어야 돼요. 그자들이 자기 뼈를 부러뜨리거나 자기 마차를 박살 내거나 자기 말을 절름발이로 만들었다면 그들 문제니 상관하지 않겠어요. 그렇지만 정작 고통받는 것은 나처럼 죄 없는 사람들이에요. 그러고는 보상을 한다는군요! 누구도 보상해 줄 수 없습니다. 복잡한 일이 너무 많은 데다 마음이 괴롭고 시간까지 빼앗기거든요. 무엇보다 오랜 친구인 훌륭한 말까지 잃게 되었는데 보상이라는 헛소리를 지껄이다니! 술 마시는 악마들은 끝이 보이지 않는 지옥 구덩이에 쓸어 넣어야 해요."

대장이 대꾸했다.

"자네 이야기를 들으니 양심이 찔리는군. 자네처럼 올바르지 못해서 부끄러울 뿐이야. 나도 반듯하게 살고 싶거든."

제리가 따져 물었다.

"왜 술을 못 끊습니까, 대장? 대장처럼 좋은 분이 술의 노예가 되어서는 안 됩니다."

"제리, 나는 너무 어리석다네. 이틀 동안 끊었다가 죽을 것 같아서 그만두었지. 자네는 어떻게 해냈나?"

"저도 몇 주 동안 무척 괴로운 시간을 보냈지요. 아시다시피 저는 술고래는 아니에요. 그런데도 내가 자신의 주인이 아니라 술 마실 기회가 있을 때 '안 돼'라고 말하지 못한다는 것을 깨달았어요. 내 안에는 술 마시는 악마와 제리 바커가 있었는데 둘

중 하나는 쓰러져야 했어요. 하느님의 도움으로 제리 바커가 쓰러져서는 안 된다는 결론을 내렸지요. 워낙 힘든 일이었기에 여기저기 도움을 청했어요. 습관에서 벗어나려고 애를 쓸수록 습관이 더 끈질기게 달라붙더군요. 폴리가 좋은 음식을 해 주느라 수고를 많이 했어요. 아울러 술의 유혹이 생길 때마다 커피를 마시거나 껌을 씹거나 책 속의 좋은 글귀를 읽었더니 도움이 꽤 되더군요. 내 자신에게 이런 질문도 거듭했어요. '술을 끊을 건가, 영혼을 잃어버릴 건가? 술을 포기할 건가, 폴리의 마음을 아프게 할 건가?' 다행히도 하느님과 사랑하는 아내 덕분에 나를 옭아매던 사슬이 끊어졌고 그 뒤로는 10년 동안 술 한 방울도 입에 대지 않았어요. 물론 마시고 싶은 마음도 사라졌고요."

"나도 마음을 다잡아 보겠네. 자기 자신의 주인이 되지 못하면 얼마나 비참하겠는가."

"그러세요, 그랜트, 꼭 그렇게 하세요. 절대 후회하지 않을 겁니다. 대장이 술 없이 사는 것을 보면 대기소의 불쌍한 마부들도 용기가 생길 거예요. 술을 멀리하려는 마부가 두세 명 있거든요."

캡틴은 처음에 바로 좋아지는 듯했으나 나이가 워낙 많아서 쉽게 회복되지 않았다. 사실 캡틴이 오랫동안 승객용 마차를 끌 수 있었던 것은 체력이 좋은 데다 제리가 잘 돌봐 주었기 때문이다. 그러나 이제는 몹시 쇠약해지고 말았다. 수의사는 캡틴이 어느 정도 회복되면 몇 푼 받고 팔아넘기라고 권했다. 제리는 착하고 나이 든 하인을 돈 몇 푼에 힘든 곳에 팔아넘긴다면 천벌을 받는다며 딱 잘라 거절했다. 제리 생각으로는 훌륭하고 늙은 친구에게 베푸는 최고의 친절은 더는 고통받지 않도록 심장에 총알을 쏘아 주는 것이었다. 캡틴의 남은 날을 돌봐 줄 만큼 착한 주인을 찾아 주기 어려웠기 때문이다.

그렇게 결정을 내린 다음 날, 해리가 나를 대장간으로 데려가서 편자를 갈아 주었다. 집으로 돌아와 보니 캡틴은 사라지고 없었다. 나와 제리 가족 모두 마음이 무척 아팠다.

제리는 다른 말을 찾고 있다가 어떤 귀족의 마구간에서 일하는 남자에게 이야기를 들었다. 혈통이 좋은 말인데 제멋대로 달리다가 다른 마차와 부딪치며 주인을 땅바닥에 내팽개쳤다는 것이다. 뿐만 아니라 여기저기 긁히고 흉터가 생겨서 더는 신사의 마구간에 둘 수가 없게 되었다. 마부는 귀족의 지시를 받고 말을 팔기 위해 주변에 수소문하고 있었다.

제리가 말했다.

"성격이 고약하거나 입이 딱딱하지 않다면 혈기 왕성한 말이라도 잘 다룰 수 있소."

"고약한 구석은 전혀 없어요. 입도 아주 부드러운 편입니다. 제 생각에는 말에게 사고가 일어날 만한 이유가 있었답니다. 날씨가 좋지 않아서 녀석이 한동안 운동을 못 하고 갇혀 있었거든요. 그러다가 밖에 나가니 풍선처럼 방방 뛰게 된 거죠. 게다가 그 전에 우리 마부가 기둥에 말의 고삐를 묶은 뒤에 가슴걸이며 멈춤 고삐며 날카로운 재갈까지 단단히 채워 놓았거든요. 입도 부드럽고 혈기도 왕성한 말을 그렇게 해 놓았으니 말이 화가 나서 날뛰었을 겁니다."

"그런 것 같소. 가서 한번 봐야겠군요."

이튿날 핫스퍼라는 말이 우리 집에 왔다. 흰털은 한 올도 없는 근사한 갈색 말이었다. 캡틴처럼 컸으며 아주 잘생긴 다섯 살짜리 말이었다. 나는 좋은 친구가 되자며 반갑게 인사만 했을 뿐 이것저것 묻지 않았다. 첫날 밤에 핫스퍼는 안절부절못했다. 가만히 엎드려 있지 않고 고리에 매단 고삐 줄을 덜컥덜컥 잡아당기거나 구유를 쿵쿵 차서 나는 도저히 잠을 이룰 수 없었다. 그러나 다음 날 대여섯 시간 동안 마차를 끌고 와서는 아주 조용하고 차분해졌다. 제리는 핫스퍼를 토닥이며 계속 상냥하게 말을 걸었다. 둘은 금세 서로를 이해하게 되었다. 제리는 핫스퍼가 재갈이 편해지고 일을 많이 하면 양처럼 순해질 거라고 말했다. 아울러 우는 사람이 있으면 웃는 사람도 생기는 법이라면서 귀족이 100기니의 가치를 지닌 말을 헐값에 넘긴 반면 승객용 마차의 마부는 힘차게 일하는 좋은 말을 얻었다는 말도 덧붙였다.

핫스퍼는 승객용 마차를 끌게 되자 신분이 추락했다고 생각하며 대기소에 서 있는 것을 끔찍해했다. 그러나 주말이 되니 나에게 입이 편안하고 머리가 자유로워 좋으며 무엇보다 머리와 꼬리를 안장의 끈으로 바짝 당겨 놓은 것보다는 낫다고 털어놓았다. 핫스퍼가 일을 잘 해냈으므로 제리는 핫스퍼를 무척 아꼈다.

45
제리의 새해

크리스마스와 새해가 되면 사람들은 무척 신나기 마련이다. 그렇지만 승객용 마차의 마부나 말은 돈을 벌어야 하기 때문에 명절을 즐기지 못한다. 파티며 무도회며 공연이 셀 수 없이 열리기 때문에 일은 고되고 시간도 늦어졌다. 사람들이 안에서 음악에 맞춰 즐겁게 춤을 추는 동안 마부와 말은 비나 진눈깨비를 맞으며 몇 시간을 덜덜 떨면서 기다려야 했다. 마부들은 녹초가 된 채 마부석에 앉아서 하염없이 기다렸고 말들은 추위에 떨며 꼼짝 않고 서 있느라 다리가 점점 뻣뻣해졌다. 과연 아름다운 부인들이 마부나 말에 대해 한 번이라도 생각해 봤을까?

저녁 일은 거의 다 내 차지가 되었다. 나는 기다리는 것이 익숙한 데다 핫스퍼는 감기에 걸릴지도 모른다고 제리가 걱정했기 때문이다. 크리스마스 기간 동안 상당히 늦게까지 일하다 보니 제리의 기침이 그칠 줄 몰랐다. 우리의 귀가가 아무리 늦어져도 폴리는 그때까지 잠을 안 자고 기다리다 안타깝고 걱정스러운 표정으로 등불을 들고 마중 나왔다.

새해 전날 밤에는 신사 두 명을 웨스트엔드 광장에 있는 집에 데려다주었다. 신사들은 9시에 내리면서 11시까지 와 달라고 말했다.

한 신사가 말했다.

"카드놀이를 하는 자리라서 자네가 몇 분 기다려야 할지도 모르겠군. 그렇더라도 늦지 말게."

약속 시간에 늦는 법이 없는 제리는 시계가 11시를 칠 때 현관에서 기다리고 있었다. 15분마다 시계가 종을 쳤다. 한 번, 두 번, 세 번…… 그러고는 12시를 알렸지만 문은 열리지 않았다.

낮에는 비와 함께 거센 바람이 몰아치더니 밤이 되자 갑자기 차가운 진눈깨비가 사방팔방에서 사정없이 몰아쳤다. 추워서 견디기 힘들었지만 들어가 있을 만한 곳이 없었다. 제리는 마부석에서 내려와 내 등에 덮어 놓은 담요를 목까지 당겨 주었다. 그러고는 발을 동동 구르다가 길을 두어 번 왕복해서 걸었다. 제리는 팔을 두드리다 말고 콜록콜록 심하게 기침을 하자 마차 문을 열고 두 발은 보도에 둔 채 마차 바닥에 걸터앉았다. 조금이나마 추위가 덜한 곳이었다. 15분이 되자 시계가 다시 울렸으나 아무

도 나오지 않았다. 12시 반에 제리는 초인종을 눌러서 하인에게 계속 기다려야 하느냐고 물었다.

하인이 대답했다.

"아, 그럼요. 거기에 꼭 있어야 돼요. 가지 말고 기다려요. 곧 끝납니다."

제리는 자리에 다시 앉았다. 제리의 목은 꽉 잠겨서 목소리가 거의 들리지 않았다.

1시 15분이 되자 문이 열리고 신사 두 명이 나왔다. 신사들은 한마디도 없이 마차를 탄 뒤에 갈 곳만 간단히 말했다. 3킬로미터쯤 되는 거리였다. 나는 추위로 다리가 꽁꽁 얼어붙어서 금세 고꾸라질 것 같았다. 두 사람은 마차에서 내릴 때 오래 기다리게 해서 미안하다는 말은커녕 오히려 요금 때문에 화를 냈다. 제리는 정해진 금액보다 많거나 적게 받는 사람이 아니었다. 신사들은 두 시간 15분을 기다리게 했으니 거기에 대한 요금을 당연히 내야만 했다. 그 돈은 제리가 힘겹게 수고한 대가였다.

마침내 우리는 집에 도착했다. 제리는 목소리가 거의 나오지 않았고 기침이 쉴 새 없이 터져 나왔다. 폴리는 아무 말 없이 문을 연 뒤 등불을 들어서 비춰 주었다.

폴리가 물었다.

"내가 도울 일 없나요?"

"잭에게 따뜻한 것 좀 먹이시오. 나는 죽 좀 끓여 주면 좋겠소."

제리에게서 잔뜩 쉰 목소리가 나왔다. 제리는 숨도 쉬기 힘들면서도 평소대로 나를 잘 닦아 주었고 심지어 건초다락에서 짚단을 넉넉히 가져와 내 자리에 깔아 주었다. 폴리가 나에게 따뜻한 죽을 가져다준 뒤에 두 사람은 마구간 문을 잠갔다.

이튿날 아침에 아무도 오지 않더니 늦게야 해리가 나타났다. 해리는 우리를 닦아 주고 먹이를 주고 마구간을 청소했다. 그러고는 일요일이라도 되는 듯 짚단을 깔았다. 해리는 아주 조용했으며 휘파람이나 노래를 부르지 않았다. 낮에 해리가 다시 와서 먹이와 물을 주었다. 이번에는 돌리가 따라왔는데 훌쩍거리고 있었다. 둘의 대화를 통해 제리가 위독한 것을 알았다. 의사 말로는 제리의 상태가 심각하다는 것이었다. 그리고 이틀이 지났지만 집안 분위기는 여전히 무거웠다. 해리가 주로 우리를 돌보았고 가끔 돌리가 심심해하며 따라 나왔다. 폴리가 늘 제리 곁을 지키는 데다 제리 근처에서는 떠들 수 없었기 때문이다.

셋째 날에 해리가 마구간에서 일을 하는데 문을 두드리는 소리가 나더니 그랜트 대장이 들어와서 제리의 안부를 물었다.

"애야, 집에는 들어가지 않으련다. 아버지는 어떠니?"

해리가 대답했다.

"굉장히 안 좋아요. 아주 많이 아프세요. 기관지염이래요. 의사 선생님은 오늘 밤이나 내일 밤이 고비라고 하셨어요."

그랜트가 고개를 저으며 말했다.

"딱하기도 해라. 지난주에 두 명이나 죽었다는구나. 갑자기 세상을 떠났단다. 그래도 아직 희망이 있으니 마음을 굳게 먹어라."

해리가 얼른 말했다.

"네. 의사 선생님이 말씀하셨는데 아버지가 술을 안 마셔서 그나마 다행이래요. 어제 열이 펄펄 끓었는데 아버지가 평소에 술을 마셨다면 종잇장처럼 탔을지도 모른대요. 제 생각에 아버지는 병이 꼭 나을 것 같아요. 아저씨도 그렇게 생각하시죠?"

대장은 당황스러운 표정을 감추지 못했다.

"착한 사람은 어려움을 이겨 낸다는 법칙이 있다면 네 아버지가 그렇게 될 거다. 얘야, 네 아버지처럼 훌륭한 사람을 본 적이 없단다. 내일 아침에 일찍 들러 보마."

이튿날 아침에 그랜트가 다시 왔다.

"좀 괜찮으시냐?"

"좋아지셨어요. 어머니는 아버지가 건강해지실 거래요."

"하느님, 감사합니다! 아버지를 늘 따듯하게 해 드려라. 마음도 편하게 해 드리고. 말들이 잘 있나 보자꾸나. 잭은 따듯한 마구간에서 한두 주 쉬는 편이 나을 거다. 다리를 쭉 펼 수 있도록 길에서 천천히 왔다 갔다 하면 돼. 그런데 저 어린 녀석은 일을 하지 않으면 금세 제멋대로 굴지도 몰라. 그러면 네가 다루기에 벅찰 거야. 자칫 데리고 나갔다가는 사고가 날 수도 있거든."

해리가 말했다.

"지금도 약간 그런 것 같아요. 곡식을 일부러 조금씩 주고 있어요. 그렇지만 워낙 기운이 넘치는 말이라서 어떻게 해야 할지 모르겠어요."

"그럼 이렇게 하자꾸나. 상황이 나아질 때까지 내가 이 녀석을 매일 데리고 다니며 일을 시켜도 되는지 어머니에게 여쭤보렴. 대신 말이 버는 돈의 절반은 어머니에게 갖다드리마. 말 사료를 사는 데도 도움이 되겠지. 네 아버지가 가입한 조합이 좋은 곳이기는 하다만 사료까지 보내 주지는 않거든. 자칫 이 말들이 돈도 못 벌면서 사료만 축내는 꼴이 될 수도 있단다. 정오에 와서 어머니의 말씀을 들어 봐야겠다."

대장은 해리에게 고맙다는 인사를 듣기도 전에 자리를 떴다. 정오에 대장이 와서 폴리를 만난 모양이었다. 대장과 해리가 함께 마구간으로 와서 핫스퍼에게 마구를 채우고는 데리고 나갔다.

일주일 남짓 대장은 핫스퍼를 꼬박꼬박 데리러 왔다. 해리가 감사하다고 말하자 대장은 껄껄 웃으며 자신의 말들에게 휴식이 필요하던 참에 오히려 잘된 일이라고 대답했다.

제리는 조금씩 건강을 회복했지만 의사는 오래 살고 싶으면 승객용 마차를 몰아서는 안 된다고 충고했다. 해리와 돌리는 아버지와 어머니가 무슨 일을 해야 하고, 자신들이 어떻게 돈을 벌 수 있는지 의논했다.

어느 날 오후에 핫스퍼가 지저분한 꼴로 젖어서 들어왔다.

대장이 말했다.

"길이 엉망진창이야. 핫스퍼를 깨끗이 닦고 말리려면 힘 좀 들겠다, 애야."

해리가 말했다.

"문제없어요, 대장. 시키신 일을 확실히 해 놓을게요. 제가 아버지한테 일을 제대로 배웠거든요."

"사내아이들이 다들 너처럼 일을 배우면 좋겠구나."

해리가 핫스퍼의 몸통과 다리에서 진흙을 스펀지로 닦아 내고 있는데 돌리가 뭔가 궁금해서 못 견디겠다는 표정으로 들어왔다.

"오빠, 페어스토우에 누가 살아? 엄마가 페어스토우에서 편지를 받고는 무척 기뻐하며 아빠에게 보여 주려고 2층으로 올라갔어."

"몰랐어? 어머니의 옛 주인인 파울러 부인이 사시는 곳이잖아. 여름에 아버지와 만나서 너랑 나에게 5실링씩 주셨잖아."

"아, 파울러 부인. 나도 알아. 우리 엄마에게 뭐라고 쓰셨지?"

해리가 말했다.

"어머니가 지난주에 부인에게 편지를 쓰셨어. 부인이 아버지에게 승객용 마차 일을 그만두게 되면 알려 달라고 말씀하셨거든. 뭐라고 답장을 해 주셨을지 궁금하다. 가서 알아봐, 돌리!"

해리는 여관의 늙은 마부처럼 쉭쉭 소리를 내며 핫스퍼를 닦았다.

몇 분 뒤에 돌리가 춤을 추며 마구간으로 들어왔다.

"우아! 오빠, 정말 끝내주는 소식이야. 파울러 부인이 우리 가족에게 곁에 와서 지내라고 하셨어. 우리 식구가 살기 좋은 오두막이 마침 비어 있고 텃밭이랑 닭장이랑 사과나무까지 있대. 봄에 그 댁의 마부가 멀리 떠난다면서 아빠에게 그 일을 맡아 주면 좋겠다고 하셨어. 근처에는 착한 사람들이 많아서 오빠는 정원이나 마구간에서 일하거나 급사로 들어갈 수 있대. 그리고 내가 다닐 학교도 좋다고 하셨어. 엄마는 계속 웃다가 울다가 하시고 아빠는 무척 행복해하셔!"

해리가 말했다.

"너무 좋아서 믿어지지가 않아. 우리에게 딱 맞는 일이야. 아버지와 어머니에게도 정말 다행이야. 그런데 딱 달라붙는 옷에 단추가 줄줄이 달린 급사는 싫어. 사육사나 정원사가 될래."

제리가 웬만큼 몸을 추스르자 일이 빨리빨리 진행되었다. 이사를 가는 곳이 시골이므로 마차와 말은 서둘러 팔기로 했다.

나에게는 우울한 소식이었다. 나는 젊은 편이 아니라서 상황이 나아질 것 같지 않았다. 버트윅을 떠난 뒤로 제리를 주인으로 두던 때가 가장 행복했다. 그렇더라도 3년 동안 승객용 마차를 끌다 보니 힘이 빠질 수밖에 없었다. 나는 예전과 달랐다.

그랜트가 핫스퍼를 데려가겠다면서 대기소 마부들 중에 나를 살 사람이 있을 거라고 말했다. 그러나 제리는 승객용 마차를 끄는 일을 나에게 더는 시키고 싶지 않다고 대답했다. 대장은 내가 편안하게 지낼 만한 곳을 찾아 주겠다고 약속했다.

이별의 날이 찾아왔다. 제리는 밖에 나올 만한 상태가 아니어서 새해 전날 밤 이후로는 볼 수가 없었다. 폴리와 아이들이 다가와서 작별인사를 건넸다.

"가여운 잭! 사랑하는 잭! 너를 데려가고 싶었는데."

폴리는 내 갈기에 손을 얹고 내 목 가까이 얼굴을 대더니 입맞춤을 했다. 돌리는 눈물을 흘리며 나에게 입맞춤을 했다. 해리는 나를 계속 쓰다듬기만 할 뿐 아무 말 없이 그저 슬픈 표정만 지었다. 나는 새로운 곳으로 떠나가게 되었다.

제4부

46
제이크스와 친절한 부인

나는 곡물 상인이자 제빵업자에게 팔려 갔다. 제리도 잘 아는 사람이었다. 제리는 내가 좋은 먹이를 먹으며 적당하게 일할 거라고 생각했다. 처음에는 제리의 뜻대로 되었다. 그리고 새로운 주인이 일터에 있었다면 내가 그렇게 많은 짐을 나르는 일은 없었을 것이다. 그러나 무조건 몰아붙이고 재촉하는 감독관이 일터에 있었다. 내 짐이 산더미처럼 높이 쌓였는데도 더 얹으라는 지시를 내릴 정도였다. 짐마차 마부인 제이크스가 짐이 많아서 말이 버티기 힘들 것 같다고 걱정해도 감독관은 제이크스의 말을 무시했다.

"한 번이면 될 일을 두 번으로 나눠서 할 필요는 없지. 저런 말은 이 정도는 끄떡없다고."

제이크스는 다른 마부처럼 늘 멈춤 고삐를 바짝 조여서 나로서는 짐을 끌고 가기가 버거웠다. 그렇게 서너 달을 지내자 힘에 부치기 시작했다.

어느 날 내 짐이 평소보다 많았다. 길을 가다 보니 가파른 언덕이 나왔다. 나는 죽을힘을 다했는데도 끝까지 오르지 못하고 자꾸만 멈춰 섰다.

화가 치민 마부는 사정없이 채찍을 내리치며 말했다.

"어서 가, 게으른 놈아. 이딴 식으로 하면 가만 안 돼."

나는 무거운 짐을 끌고 버둥거리며 고작 몇 미터를 움직였다. 그러자 다시 채찍이 날아와서 억지로 걸음을 옮겼다. 커다란 채찍이 파고들자 옆구리뿐만 아니라 마음까지 찢어지게 아팠다. 최선을 다하는데도 욕을 먹고 학대를 당하자 힘이 빠지고 속이 상했다. 세 번째 채찍이 날아오는 순간 어떤 부인이 부리나케 다가와서 상냥한 목소리로 간곡하게 부탁했다.

"세상에! 이렇게 좋은 말에 왜 채찍을 휘두르시나요? 이 말은 애를 쓰고 있지만 길이 가파르다 보니 어쩔 수 없어요. 말은 최선을 다하고 있어요."

"최선을 다해도 짐을 못 나르면 최선보다 센 것이 필요한 법입니다. 저는 그렇게 알고 있는데요, 부인."

"그렇지만 짐이 너무 무거운 거 아닌가요?"

제이크스가 대답했다.

"네, 맞습니다. 아주 무겁죠. 제 잘못은 아닙니다. 우리가 막 떠나려는데 감독관이 오더니 자기 편하자고 무려 140킬로그램 가량을 더 얹게 했죠. 그러니 저로서는 시키는 대로 짐을 나르는 수밖에 없습니다."

제이크스가 채찍을 다시 치켜들자 부인이 소리쳤다.

"제발 그만두세요. 괜찮으시다면 제가 도와드릴 수 있어요."

제이크스는 웃음을 터뜨렸다. 부인은 다시 애원했다.

"제 이야기를 한번 믿어 보세요. 지금은 멈춤 고삐 때문에 머리를 뒤로 젖히다 보니 힘을 제대로 쓸 수 없거든요. 멈춤 고삐만 벗겨 내도 훨씬 잘 해낼 거예요. 그렇게만 해 주신다면 제 마

음이 정말 기쁘겠네요."

제이크스가 들릴락 말락 웃음소리를 냈다.

"그럼요, 당연히 부인을 기쁘게 해 드려야죠. 고개를 얼마나 낮추면 될까요, 부인?"

"조금만 낮춰 주셔도 돼요."

멈춤 고삐가 풀리자, 나는 고개를 무릎까지 숙여 보았다. 얼마나 후련하던지! 고개를 몇 번 끄덕이며 뻣뻣해진 목을 풀었다.

부인이 부드러운 손길로 나를 쓰다듬으며 말했다.

"가여운 것, 이러고 싶었구나. 자, 상냥하게 이야기를 건네며 몰아 보세요. 틀림없이 잘 올라갈 거예요."

제이크스가 고삐를 잡았다.

"가자, 까망아."

나는 고개를 숙이고 목에 멘 줄을 힘껏 당겼다. 힘을 많이 들일 필요가 없었다. 나는 언덕 꼭대기까지 짐마차를 끌고 올라간 다음에 잠시 멈춰서 숨을 골랐다. 부인은 보도를 따라 올라오다가 길을 가로질러 우리에게 왔다. 그리고 내 목을 토닥이고 쓰다듬었다. 한동안 까맣게 잊고 있었던 손길이었다.

"보시다시피 믿고 맡기니까 혼자서 잘 해내잖아요. 이 말은 분명히 성격도 좋을 거예요. 그리고 좋은 시절도 있었겠지요. 앞으로는 멈춤 고삐를 안 채우실 거죠, 네?"

마부가 오랜 습관에 따라 멈춤 고삐를 다시 채우려 하자 부인이 다급하게 물었다.

제이크스가 말했다.

"아, 부인. 머리를 그대로 놓아두면 언덕을 오를 때 도움이 되는 것은 알겠습니다. 다음에도 꼭 기억하겠습니다. 그러나 말에 멈춤 고삐를 채우지 않으면 다른 마부들에게 손가락질을 받습니다. 아시다시피 유행이니까요."

부인이 말했다.

"나쁜 유행보다는 좋은 유행을 따라야죠. 요즘에는 멈춤 고삐를 쓰지 않는 신사들도 부쩍 늘어났답니다. 우리 집에서 마차를 끄는 말도 15년 동안 멈춤 고삐를 채우지 않았고요. 그랬더니 일을 하고 나도 멈춤 고삐를 쓰는 말보다 덜 피곤해하더군요."

부인이 진지한 눈빛으로 덧붙였다.

"하느님이 만드신 것을 아무 이유 없이 괴롭힐 권리가 우리에게는 없어요. 말이 멍청하다고 이야기하는 사람들도 있지만 말은 자신의 느낌을 표현하지 못하는 것뿐이에요. 그렇다고 말이 고통을 덜 느끼는 것은 아니랍니다. 자, 더는 귀찮게 해 드리면 안 되겠지요. 제 뜻에 따라 주셔서 감사합니다. 이 훌륭한 말에게 꼭 해 보고 싶었거든요. 그렇게 하는 편이 채찍질보다 훨씬 낫기 때문이죠. 좋은 하루 보내세요."

부인은 내 목을 다시 한번 부드럽게 어루만지고는 걸음을 옮겼다. 나는 그 부인을 다시는 만나지 못했다.

제이크스가 중얼거렸다.

"참으로 품위 있는 분이야. 나도 저런 마음으로 살아야지. 마치 내가 신사라도 되는 것처럼 정중하게 말씀하셨어. 나도 모르게 부인의 뜻에 따라 언덕을 오르고 말았어."

과연 제이크스는 내 고삐의 구멍을 여러 개 늘려 주었고 언덕을 오를 때면 머리를 자유롭게 움직이도록 했다. 그렇지만 짐은 줄어들지 않아서 여전히 무거웠다. 말은 고된 일을 하더라도 잘 먹고 잘 쉬면 힘이 다시 솟지만 무거운 짐을 계속 지고 다니면 끝까지 버틸 수 없다. 결국 나는 힘이 다 빠져서 내 자리에 어린 말이 들어왔다. 그때 나는 또 다른 문제로 고통받고 있었다. 전에 다른 말들이 나누는 이야기를 듣기는 했지만 내가 그런 심각한 일을 겪을 줄은 몰랐다. 내가 머문 곳은 햇빛이 거의 들지 않는 마구간이었다. 마구간 끝에 자그마한 창문만 하나 달려 있어서 어딜 가나 어두컴컴했다.

그러다 보니 우울해졌을 뿐만 아니라 시력까지 무척 약해져서 어둠 속에 있다가 갑자기 환한 곳에 나오면 눈이 욱신거렸다. 문턱을 넘다가 셀 수 없이 발을 헛디뎠으며 어디로 가는지도 보이지 않았다.

내가 거기에 더 오래 머물렀다면 눈이 반쯤 멀어서 엄청나게 불행해졌을 것이다. 듣자니 완전히 눈이 먼 말이 흐릿하게 보이는 말보다 오히려 위험하지 않다고 한다. 주변이 흐릿하게 보이는 말

은 겁이 많아지기 때문이다. 천만다행히도 나는 그곳에서 눈이 더
나빠지기 전에 마차를 아주 많이 가진 사람에게 팔려 갔다.

47
불행한 시절

나는 새로운 주인을 결코 잊지 못한다. 눈이 검고 매부리코였으며 입을 열면 불도그 이빨 같은 것이 잔뜩 보였다. 목소리는 바퀴가 자갈돌을 굴러가듯 거칠어 귀에 거슬렸다. 이름은 니컬러스 스키너로 불쌍한 쌩쌩이 샘이 말을 빌렸던 사람이다.

백번 듣는 것보다 한 번 보는 것이 낫다는 이야기를 들은 적이 있다. 그렇지만 나는 보는 것보다 경험하는 것이 낫다는 생각이 든다. 승객용 마차를 모는 말들을 여럿 보면서도 비참하게 사는 줄은 전혀 모르다가 여기 와서야 확실히 알게 되었다.

스키너의 마차들은 싸구려였고 마부들은 형편없었다. 스키너는 마부를 함부로 대했고 마부는 말을 난폭하게 대했다. 여기에서는 일요일에 쉬지 않았다. 푹푹 찌는 여름에도 일을 했다.

일요일 아침이면 건달들이 하루 종일 승객용 마차를 빌릴 때가 많았다. 그러면 네 명이 안에 타고 한 명이 마부 곁에 앉은 마차를 끌고 15킬로미터나 25킬로미터 정도 떨어진 시골로 달려갔다가 돌아와야 했다. 가끔 마부가 가파른 언덕이나 뙤약볕 때문에 말이 가기 어렵다고 걱정을 해도 어느 누구 하나 내려서 걷지 않았다. 그러다 보니 열이 펄펄 나고 기진맥진해서 먹이를 입에 대기 싫을 때도 있었다. 더운 토요일 밤이면 제리는 우리를 시원하고 편안하게 해 주려고 밀기울 죽에 질산칼륨*을 섞어 주곤 했건만! 그러고는 토요일 밤부터 일요일 밤까지 꼬박 쉬고 나면 월요일 아침에는 어린 말처럼 생기가 넘쳤다.

그러나 여기서는 쉴 틈이 없었으며 나를 모는 마부들은 주인인 스키너처럼 포악했다. 끝이 날카로운 채찍으로 잔인하게 내리쳐서 걸핏하면 피가 흘러내렸고 심지어 배 아래쪽과 머리에도 채찍을 사정없이 휘둘렀다. 그렇게 수치스러운 짓을 당하고 나면 마음이 찢어질 것 같았다. 그래도 나는 최선을 다했고 결코 꾀를 부리지 않았다. 그러나 불쌍한 진저가 이야기했듯이 아무 소용없었다. 사람들은 누구보다 강했다.

하루하루가 완전히 비참해지자 나는 진저처럼 일하다 쓰러져 죽어서 불행이 끝나기를 간절히 바랐다. 그러던 어느 날 내 소원

* 짠맛과 시원함이 느껴지며 냄새가 없는 물질로 식품에 많이 첨가한다-옮긴이.

이 이뤄지는 줄 알았다.

아침 8시에 대기소로 가서 내 몫의 일을 충실히 해낸 뒤 손님을 태우고 기차역으로 갔다. 기다란 기차가 곧 도착할 예정이라 마부는 돌아갈 때 손님을 태워 가려고 승객용 마차가 서 있는 줄 끝으로 갔다. 기차를 타고 온 승객들이 워낙 많아서 금세 우리 차례가 돌아왔다. 손님은 모두 네 명으로 시끄럽게 떠드는 신사와 부인과 남자아이와 어린 아가씨였으며 거기에 산더미만 한 짐도 쌓여 있었다. 부인과 남자아이는 마차에 타고 있었고 신사는 짐 싣는 것을 지켜보았다. 그때 어린 아가씨가 다가와 나를 살펴보았다.

"아버지, 이 불쌍한 말 좀 보세요. 우리 짐까지 싣고 나면 멀리 못 갈 것 같아요. 너무 힘이 없고 지쳐 있어요."

나를 모는 마부가 펄쩍 뛰었다.

"네? 이 말은 끄떡없답니다, 아가씨. 얼마나 튼튼한데요."

그때 무거운 상자들을 끌고 온 짐꾼이 짐이 상당히 많다며 마차를 하나 더 불러야 하지 않느냐고 신사에게 물었다.

신사가 호통치듯 마부에게 물었다.

"당신 말이 할 수 있소, 없소?"

"아! 얼마든지 할 수 있습니다, 나리. 짐꾼, 상자들을 올리게. 이 녀석에게 그 정도는 아무것도 아니네."

마부가 짐꾼을 도와 상자 하나를 들어 올리는 순간 어찌나 무거운지 마차가 출렁 내려앉는 것이 느껴졌다.

어린 아가씨가 애원했다.

"아버지, 아버지. 제발 마차를 하나 더 불러요. 이러면 안 돼요. 너무 잔인해요."

"쓸데없는 소리, 그레이스. 소란 피우지 말고 들어가. 도대체 어느 누가 말을 빌리면서 일일이 신경을 쓴다던? 나는 그런 시시한 짓은 안 해. 당장 입 다물고 들어가."

상냥한 나의 친구는 아버지의 말을 고분고분 따라야 했다. 상자는 하나씩 지붕으로 끌어 올린 뒤 차곡차곡 쌓였으며 그러고도 남은 상자들은 마부석 옆자리에 실었다. 마침내 모든 준비가 끝나자 마부는 평소대로 고삐를 잡아당기고 채찍을 휘두르며 기차역을 벗어났다.

짐이 굉장히 무거운 데다 아침부터 제대로 먹지도 못하고 쉬지도 못한 상태였다. 가혹하고 부당한 대우를 받으면서도 나는 언제나처럼 최선을 다했다.

러드게이트 언덕에 이르기까지는 꽤 잘 달려갔다. 그렇지만 피로한 상태로 무거운 짐을 끄는 것은 그야말로 최악이었다. 게다가 죽을힘을 다해 억지로 나아가고 있는데도 마부는 쉴 새 없이 고삐를 잡아당기고 채찍을 휘둘렀다. 순간 갑자기 발이 미끄러지면서 쿵 소리를 내고 옆으로 완전히 넘어졌다. 몸에서 숨이 빠져나가는 것 같았다. 나는 꼼짝 않고 누워 있었다. 움직일 힘

이 하나도 남아 있지 않아서 이제 죽는구나 싶었다. 버럭버럭 화
내는 소리에다 짐이 굴러 떨어지는 소리까지 더해져서 주변은
난리법석이 났지만 나는 꿈을 꾸는 기분이었다. 어디선가 다정
하고 애틋한 목소리가 들리는 것 같았다.

"아! 정말 불쌍한 말이구나. 다 우리 잘못이야."

누군가 다가와 내 목에서 굴레 끈을 느슨하게 해 주고 가슴걸이를 꽉 조이는 줄도 풀어 주었다.

어떤 사람이 가만히 말했다.

"죽었어. 다시는 못 일어날 거야."

곧이어 경찰이 정리하며 지시하는 소리가 들렸지만 나는 눈을 뜨지도 못했다. 그저 숨만 헐떡거릴 뿐이었다. 차가운 물이 머리에 쏟아지고 마실 것이 입으로 흘러들어 오더니 뭔가 내 몸을 덮었다. 얼마나 오래 누워 있었을까? 정신을 차리고 보니 어떤 남자가 나를 토닥이며 친절한 목소리로 일어나라고 격려해 주었다. 마실 것을 몇 모금 입에 넣고 한두 번 움직인 끝에 나는 비틀비틀 일어섰다. 그리고 누군가 가까운 마구간으로 데려갔는데 짚단이 두껍게 깔려 있었다. 잠시 뒤 따뜻한 죽을 가져다주어서 감사하게 먹었다.

저녁에 어느 정도 기운을 차리고 스키너의 마구간으로 돌아갔다. 사람들은 나를 정성껏 보살펴 주었다. 아침이 되자 스키너가 말 수의사를 데리고 나를 보러 왔다.

말 수의사는 나를 꼼꼼히 살피고는 이렇게 말했다.

"병이 아니라 과로로 쓰러졌군요. 여섯 달 정도 목초지에서 쉬고 나면 다시 일할 수 있을 겁니다. 그런데 지금은 기운이 하나도 없군요."

스키너가 말했다.

"그러면 개들 먹이로나 써야겠군. 나는 목초지가 없으니 말이 건강해지든 말든 모르겠소. 그딴 일은 나와 상관없소. 난 그저 오래 부려 먹을 말이 필요할 뿐이오. 그러다가 도살장 같은 곳에 넘기면 그만이오."

말 수의사가 말렸다.

"천식이 있다면 죽이는 편이 낫지만 이 말은 멀쩡합니다. 열흘 정도 뒤에 말 시장이 열립니다. 저 말을 쉬게 하고 잘 먹여서 몸이 좋아지면 말가죽 값보다는 더 많이 받을 겁니다."

스키너는 영 내키지 않았지만 수의사의 충고에 따라 나를 잘 먹이고 돌보라고 지시했다. 다행히도 마구간 일꾼은 주인이 시킨 것보다 훨씬 잘 보살펴 주었다. 열흘 동안 푹 쉰 데다 귀리와 건초는 물론이고 삶은 아마씨를 넣은 밀기울 죽까지 먹었더니 몸이 더할 나위 없이 좋아졌다. 특히 아마씨를 넣은 밀기울 죽은 맛있었다. 나는 개들의 먹이가 되는 것보다는 살아 있는 것이 낫다는 생각이 들었다. 사고가 일어나고 12일째 되던 날에 나는 런던에서 몇 킬로미터 떨어진 말 시장으로 보내졌다. 어쩐지 지금보다는 뭔가 나아질 것 같은 기분이 들어서 희망을 품고 고개를 치켜들었다.

48
농부 서러굿과 손자 윌리

말 시장에서는 당연히 늙고 병든 말들 사이에 서 있었다. 다리를 절거나 천식에 걸리거나 나이 든 말들이었고 차라리 총으로 쏘아 죽이는 것이 자비로 느껴지는 말들도 있었다.

자신들이 사거나 팔려는 불쌍한 말보다 별로 나아 보이지 않는 사람들도 수두룩했다. 불쏘시개나 석탄 마차를 끌 만한 말이나 조랑말을 돈 몇 푼에 사려는 불쌍한 노인들이 있는가 하면, 기운 빠진 말들을 죽이느라 고생하느니 2, 3파운드라도 받고 팔아넘기려는 가난한 사람들도 있었다. 가난과 고생으로 가득한 시간 덕분에 강하고 단단해진 사람들이 있는가 하면, 나의 남은 힘 한 방울까지 기꺼이 바치고 싶은 사람들도 있었다. 가난하고 남루하지만 친절하고 인간적이며 믿음이 가는 목소리를 가진 사람들이었다. 어느 기운 없는 노인이 나에게 무척 관심을 보이기에 기대를 했으나 노인은 좀 더 힘센 말을 찾고 있었다. 그때는 정말 애가 탔었다! 시장에는 썩 괜찮은 말들만 파는 곳이 있었는데 농장주로 보이는 남자가 꼬마를 데리고 거기에서 나오고 있었다. 남자는 등판이 넓고 어깨가 둥그런 편이며 불그레한 얼굴에 챙이 넓은 모자를 썼는데 무척 선량해 보였다. 남자가 우리 쪽으로 다가와 가만히 서서 동정 어린 시선으로 둘러보다가 눈길이 나에게 잠깐 머물렀다. 나는 아직 갈기나 꼬리가 멀쩡해서 외모는 그럭저럭 봐줄 만한 상태였다. 그래서 귀를 쫑긋 세우고 남자를 바라보았다.

"월리, 예전에 잘나가던 말이 여기 있구나."

남자아이가 말했다.

"안됐네요, 할아버지. 저 말은 대형마차를 끌고 다녔을까요?"

농장주 노인은 가까이 다가와서 말했다.

"그렇지, 애야. 이 녀석은 젊었을 때 대단했을 것 같다. 콧구멍이랑 눈이랑 목과 어깨의 모양을 보렴. 대단한 혈통을 지닌 말이구나."

노인은 손을 내밀어 내 목을 가만히 토닥여 주었다. 나는 친절에 대한 보답으로 코를 내밀었다. 그러자 아이가 내 얼굴을 쓰다듬었다.

"가여워라. 할아버지, 보세요. 우리가 친절하게 대해 주는 것을 알고 있어요. 이 말을 사서 다시 젊게 만들 수 없나요? 레이디버드에게 해 준 것처럼요."

"얘야, 할아비는 늙은 말을 젊게 만들지는 못해. 레이디버드는 나이가 많다기보다는 그저 혹사당하고 학대받았을 뿐이야."

"할아버지, 이 말도 갈기나 꼬리를 보면 늙지 않은 것 같아요. 할아버지가 입속을 한번 들여다보면 아시잖아요. 비쩍 마르기는 했지만 늙은 말처럼 눈이 퀭하지도 않다니까요."

노인이 껄껄 웃음을 터뜨렸다.

"세상에, 말을 좋아하는 것은 이 할아비를 빼닮았구먼."

"할아버지, 입 좀 보시라니까요. 그리고 얼마인지 물어보세요. 우리 목초지에 가면 틀림없이 젊어질 거예요."

나를 데리고 있는 남자가 말문을 열었다.

"어린 신사분이 뭘 좀 아시네요. 나리, 사실 이 말은 승객용 마차를 끌면서 혹사를 당한 겁니다. 늙은 말이 아니랍니다. 얼마 전에 수의사 선생님은 여섯 달만 쉬면 건강해진다고 하셨어요. 폐가 망가진 말이 아니니까요. 지난 열흘 동안 이 말을 돌보았는데 이렇게 착하고 성격 좋은 말은 처음입니다. 딱 5파운드만 내십시오. 그 돈이 아깝지 않을 겁니다. 이 말을 사 가시면 내년 봄에는 20파운드짜리가 될 거라고 장담합니다."

노인은 소리 내어 웃었고 아이는 간절한 눈빛으로 올려다보았다.

"할아버지, 아까 망아지를 생각보다 5파운드 더 받고 팔았다고 말씀하셨잖아요. 이 말을 산다고 해도 할아버지는 손해가 아니에요."

노인은 많이 붓고 뻣뻣해진 내 다리를 가만히 어루만졌다. 그러고는 입도 살펴보았다.

"열세 살이나 열네 살쯤 된 것 같군. 이 말이 달리는 것을 볼수 있소?"

나는 가느다란 목을 구부리고 꼬리를 살짝 들어 올린 뒤 뻣뻣한 다리를 힘차게 뻗었다.

내가 돌아오자 노인이 물었다.

"얼마까지 깎아 줄 수 있소?"

"5파운드입니다, 나리. 제 주인이 그 아래로는 깎아 줄 수 없다고 말했어요."

노인은 머리를 흔들며 천천히 지갑을 꺼냈다.

"정말 이 정도 가치가 있을까? 정말로? 더 할 말 있소?"

노인이 손에 쥔 1파운드짜리 금화를 세며 묻자 남자가 얼른대답했다.

"아닙니다. 지금 머물고 계신 곳에 말을 데려다 놓을까요?"

"그러시오. 나도 지금 가겠소."

그들은 앞서갔고 나는 그 뒤를 따랐다. 아이는 기쁨을 감추지 못했으며 노인도 즐거워 보였다. 나는 여관에서 잘 먹었다. 새주인의 하인은 나를 올라탄 뒤 천천히 집으로 가서 한쪽 구석에

헛간이 딸린 넓은 목초지에 나를 데려다 놓았다.

은인이나 다름없는 서러굿 씨는 나에게 아침저녁으로 건초와 귀리를 주고 낮에는 목초지를 뛰어다니게 하라고 지시를 내렸다. 그리고 이렇게 덧붙였다.

"윌리, 네가 저 말을 지켜봐야 해. 이제부터 네 책임이니까."

아이는 나를 책임진 것을 뿌듯해하며 맡은 일에 진심을 다했다. 하루도 빼놓지 않고 찾아왔으며 그때마다 다른 말은 제쳐 두

고 나에게만 당근이나 맛있는 것을 주었다. 때로는 내가 귀리를 먹는 동안 곁에 서 있기도 했다. 늘 친절하게 이야기를 건네며 어루만져 주어서 나 역시 아이를 무척 좋아하게 되었다. 나는 아이가 들판에 오면 뒤를 졸졸 따라다녔으므로 아이는 나를 '짝꿍'이라고 불렀다. 때때로 아이와 함께 온 할아버지는 내 다리를 꼼꼼히 살펴보며 이렇게 말했다.

"여기가 중요한 곳이야, 윌리. 다행히 점점 나아지고 있으니 봄에는 분명히 달라지겠구나."

충분히 쉬고 좋은 것을 먹으며 부드러운 풀밭에서 적당히 운동을 하자 몸도 마음도 건강해졌다. 나는 타고난 체질이 튼튼한 데다 어려서 혹사당한 적이 없으니 다 자라기 전에 죽어라 일만 했던 말들보다 회복될 가능성이 컸다.

겨울 동안 다리가 꾸준히 좋아져서 나는 다시 젊은 시절로 돌아간 것 같았다. 봄이 찾아온 3월의 어느 날 서러굿 씨는 내가 과연 사륜마차를 끌 수 있는지 확인해 보기로 했다. 서러굿 씨와 윌리는 나를 몰고 몇 킬로미터를 달렸다. 나는 다리가 조금도 뻣뻣해지지 않아서 그 일을 수월하게 해냈다.

"말이 젊어졌구나, 윌리. 힘들지 않은 일을 조금씩 시키다 보면 한여름에는 레이디버드처럼 근사해지겠어. 입 모양이 예쁘고 걸음걸이도 뛰어나거든. 그야말로 훌륭하구나."

"맞아요. 할아버지가 이 말을 사셔서 정말 다행이에요!"

"나도 그렇게 생각한단다, 얘야. 그래도 이 말은 나보다 너에게 더 고마워해야겠지. 이제는 조용하고 편안한 집을 찾아봐야겠다. 무엇보다 이 말을 소중하게 여길 만한 곳이어야겠지."

49
마지막 집

어느 여름날에 사육사가 나를 깨끗이 씻기고 정성을 다해 단장하기에 뭔가 새로운 변화가 다가오는 것 같았다. 사육사는 발굽 윗부분과 다리를 손질하고 발굽을 솔로 닦았으며 심지어 앞갈기를 단정하게 빗어 주었다. 보아하니 마구도 반짝반짝 윤이 났다. 윌리는 걱정과 흥분이 뒤섞인 표정으로 할아버지와 함께 마차에 올라탔다.

서러굿 씨가 입을 열었다.

"아가씨들이 이 말을 고르면 아가씨들에게도 안성맞춤이고 이 녀석에게도 더할 나위 없이 좋을 텐데. 일단 한번 가 보자."

마을에서 2, 3킬로미터쯤 가자 예쁘장하고 아담한 집이 나왔다. 앞마당에 잔디와 관목 덤불이 있었고 기다란 길이 현관으로 이어졌다. 윌리가 초인종을 누르고 블룸필드 양이나 엘런 양이 있는지 물었다. 마침 둘 다 집에 있어서 윌리는 나와 함께 기다렸고 서러굿 씨가 안으로 들어갔다. 10분 뒤에 서러굿 씨가 나오자 아가씨 세 명이 뒤를 따랐다. 키 크고 창백한 아가씨는 하얀 숄을 두르고서 검은 눈동자에 밝은 표정을 짓고 있는 어린 아가씨에게 기대고 있었다. 또한 아주 위엄 있어 보이는 아가씨는 바로 블룸필드 양이었다. 어린 아가씨인 엘런 양은 가까이 와서 내가 잘생겼다며 무척 마음에 든다고 했다. 키 크고 창백한 아가씨는 타고 가던 말이 고꾸라진 적이 있어서 또다시 그런 일이 생긴다면 두려움에서 영영 벗어나지 못할 거라고 말했다.

서러굿 씨가 입을 열었다.

"아가씨. 자신의 실수가 아니라 마부의 잘못으로 무릎을 다치는 최상급 말들이 수두룩하답니다. 제가 그동안 지켜보니 이 말이 바로 그런 일을 겪었더군요. 저는 억지로 권하지는 않겠습니다. 마음에 드시면 한 번 타 보시지요. 댁의 마부는 이 말이 어떤지 금방 알아차릴 겁니다."

위엄 있는 아가씨가 말했다.

"그동안 우리 말들에 대해 늘 좋은 조언을 해 주셨는데 이렇게 추천까지 해 주시니 감사해요. 동생 라비니아가 반대하지 않으면 말씀하신 대로 시험 삼아 한 번 타 보겠어요."

대화가 오간 끝에 이튿날 나를 아가씨들에게 다시 보내기로 했다.

아침에 말쑥한 차림의 젊은이가 보러 왔다. 처음에는 흐뭇한 기색이 역력했다. 그러나 내 무릎을 보자마자 실망을 감추지 못했다.

"우리 아가씨들에게 어찌 저렇게 흉터 있는 말을 권할 수 있습니까?"

"생김새는 하나도 중요하지 않다네. 한 번만 타 보면 생각이 달라질 걸세. 그동안 몰았던 말에 비해 안전하지 않다고 여겨지면 그냥 돌려보내게."

잠시 뒤 나를 아가씨들의 집으로 데려갔으며 나는 안락한 마구간으로 들어가서 먹이를 먹은 뒤 혼자 있었다.

이튿날 사육사가 내 얼굴을 닦아 주며 말했다.

"이건 블랙 뷰티에게 있던 별 모양과 똑같네. 크기도 비슷하고. 블랙 뷰티는 지금 어디쯤 있을까?"

곧이어 사육사는 내 목을 닦다가 예전에 피를 뽑으며 생긴 자그마한 흉터를 발견했다. 그 순간 흠칫 놀라더니 나를 찬찬히 살펴보며 중얼거렸다.

"이마에 하얀 별이 있어. 오른발도 하얗고. 목에는 자그마한 흉터도 보이고."

사육사는 갑자기 내 등의 한가운데를 들여다보았다.

"존 아저씨가 '뷰티의 3페니 동전'이라고 부르던 하얀 털도 있

구나. 틀림없이 블랙 뷰티야! 그래, 뷰티! 뷰티! 날 알아보겠니? 널 죽일 뻔했던 조 그린이야."

사육사는 기뻐서 어쩔 줄 몰라 하며 나를 토닥이고 또 토닥였다.

조 그린은 검은 구레나룻에 굵직한 목소리의 멋진 젊은이가 되어 있었다. 그러니 어떻게 알아보겠는가? 그러나 나에 대해 아는 걸 보니 틀림없는 조 그린이어서 나 역시 무척 기뻤다. 나는 조에게 코를 갖다 대며 우리가 친구라는 것을 보여 주려고 했다. 그러자 조의 얼굴이 기쁨으로 빛났다.

"너한테 달릴 기회를 주라고 하셨거든! 분명히 잘될 거야! 우리 뷰티, 도대체 어떤 못된 놈이 네 무릎을 망가뜨렸니? 어디선가 무척 몹쓸 대우를 받았나 보다. 그래, 그래. 이제는 나도 실수하지 않으니 너도 고생하지 않을 거야. 존 맨리 아저씨가 너를 보러 오시면 좋겠다."

오후에 나는 지붕이 없는 야트막한 마차를 끌고 문간으로 갔다. 엘런 양이 나를 몰고 조가 따라가기로 했다. 엘런 양은 말을 모는 솜씨가 제법이었고 내 걸음걸이를 맘에 들어 했다. 조 그린이 내 이야기를 꺼내며 고든 대지주가 기르던 블랙 뷰티가 틀림없다고 말했다.

우리가 돌아오자 자매들이 나에 대해 어땠는지 들으러 나왔다. 엘런 양은 자신이 들은 이야기를 전하고는 한마디 덧붙였다.

"고든 부인께 편지를 써서 가장 아끼시던 말이 우리 집에 왔다고 알려 드릴래. 얼마나 기뻐하실까?"

나는 일주일 내내 날마다 누군가를 태우고 다녔다. 내가 아주 안전해 보이자 라비니아 양이 용기를 내서 지붕이 달린 조그마한 마차에 올라탔다. 그런 뒤 나를 아가씨들 집에 데리고 있기로 결정하고 옛 이름인 블랙 뷰티로 부르기로 했다.

이 행복한 집에서 지낸 지 어느덧 1년이 되었다. 조는 가장 훌륭하고 친절한 사육사이다. 내가 하는 일은 쉽고도 즐거운 편이라서 힘도 기운도 예전으로 돌아왔다.

요전 날 서러굿 씨가 조에게 말했다.

"자네가 있으니 저 말은 스무 살 넘도록 거뜬히 살 걸세."

윌리는 틈틈이 들러 나에게 말을 걸어 주며 특별한 친구처럼 대해 줬다. 아가씨들은 무슨 일이 있어도 나를 팔지 않겠다고 약속해서 나는 두려움이 사라졌다. 내 이야기는 여기에서 끝난다. 고통은 지나갔고 나는 집에 편안히 있다. 잠에서 아직 깨어나지 못한 몽롱한 순간에는 여전히 버트윅 과수원에서 옛 친구들과 사과나무 아래에 서 있다는 착각에 빠지기도 한다.

옮긴이의 말

《블랙 뷰티》작품에 대해

모든 생명체는 행복할 권리가 있다

어느 주택가에 말 한 마리가 쓰러져 있었어요. 말의 발을 보니 마차를 끌 때 필요한 도구들이 달려 있었어요. 꽃마차를 끌던 말이었거든요. 때마침 말이 버려진 장면을 본 사람이 나타났어요. 말이 갑자기 쓰러지자 더 이상 쓸모가 없다고 생각했는지 마차에 타고 있던 주인은 말을 그대로 둔 채 자리를 떠났다는군요.

말은 어떻게든 일어나려고 안간힘을 썼지만 다리에 힘이 없어서 그대로 주저앉았대요. 그러고는 주인이 떠나는 모습만 바라보다가 눈을 감고 말았답니다. 꽃마차를 끌다가 죽은 말은 동네 사람의 신고로 출동한 동물학대방지협회에서 옮겨 갔어요.

주인에게 말은 그저 돈을 벌어 주는 수단이었나 봐요. 쓸모가 없어지자 고물 가전제품처럼 버리고 떠났으니까요. 이 사건은 고작 몇 년 전에 영국에서 일어났어요. 그렇다면 150년 전인 1870년대에 영국에서 말은 어떤 취급을 받았을까요?

당시 영국에서 말은 훌륭한 교통수단이었어요. 말은 사람을 직접 태우고 다니거나 마차를 끌었지요. 따라서 곳곳에서 자주 마주칠 수 있었어요. 그러다 보니 말을 함부로 대하는 경우가 점차 늘어났어요. 채찍을 마구 휘두르는 것은 물론이고 지저분한 곳에 가둔 채 굶길 때도 많았어요. 거추장스럽다고 말의 꼬리를 자르거나 고개를 꼿꼿이 들도록 멈춤 고삐를 씌우기도 했지요.

이 책에서 블랙 뷰티가 예전의 친구를 만나는 장면이 나옵니다. 아름답고 건강했던 친구는 고된 일에 시달려 추레하고 허약해진 모습으로 이렇게 말하지요.

"사람들은 최고로 강하거든. 그런 사람들이 아무 감정도 없이 잔혹해지면 우리는 할 수 있는 것이 없어. 참고 또 참으며 끝까지 버텨야 해. 제발 끝이 나면 좋겠어. 그냥 죽으면 좋겠어. 죽은 말들을 본 적이 있는데 그들은 분명히 아무런 고통이 없을 거야. 내 소원은 일하다 쓰러져 죽는 거야. 그러면 도살장으로 안 끌려가도 되잖아."

1870년대 영국에서 말은 쓰고 버리는 물건이나 마찬가지였어요. 말의 감정이나 고통 따위에 관심을 두는 사람은 별로 없었어요. 그렇다면 《블랙 뷰티》의 작가인 애나 슈얼은 어떻게 말에 대해 애정 어린 글을 쓰게 되었을까요?

영국에서 태어난 애나 슈얼은 열네 살에 발목을 다쳤는데 제대로 치료받지 못해서 다리를 절게 되었어요. 장애를 안게 된 애나 슈얼은 이동 수단으로 말을 자주 사용하게 되었지요. 그러다 보니 말을 사랑하게 되었고 자신의 말뿐만 아니라 주변의 말에게까지 관심을 갖게 되었답니다. 애나 슈얼은 자신의 몸이 불편했기 때문에 말의 고통과 슬픔을 더욱 잘 이해할 수 있었어요. 그런데 앞으로 얼마 못 산다는 선고를 받게 되자 말을 위한 책을 써야겠다고 결심합니다. 건강이 악화된 애나 슈얼은 침대에 누운 채 하루에 몇 줄씩 간신히 원고를 쓰거나 어머니에게 말로 전했어요. 그 결과 《블랙 뷰티》는 세상에 나올 수 있었으며 애나 슈얼은 책을 출간하고 5개월 뒤에 세상을 떠났습니다.

애나 슈얼이 남긴 《블랙 뷰티》는 어린이와 청소년들이 읽어야 할 고전으로 자리매김했어요. 뿐만 아니라 어른들에게도 깊은 감동과 함께 많은 생각거리를 던져 주었지요. 사람들은 동물 학대와 권리에 대해 생각하게 되었고 동물 보호에 대해서도 관심을 갖게 되었답니다.

"고통은 지나갔고 나는 집에 편안히 있다. 잠에서 아직 깨어나지 못한 몽롱한 순간에는 여전히 버트윅 과수원에서 옛 친구들과 사과나무 아래에 서 있다는 착각에 빠지기도 한다."

책 속에서 블랙 뷰티는 행복한 결말을 맞이합니다. 지구상의 모든 생명체는 행복할 권리가 있다는 것을 블랙 뷰티를 통해 깨닫는 사람들이 많아지면 좋겠습니다.

위문숙

도토리숲 나와 모두의 클래식 01

블랙 뷰티

초판 1쇄 펴낸 날 2021년 10월 25일

글쓴이 애나 슈얼
옮긴이 위문숙

펴낸이 권인수
펴낸 곳 도토리숲
출판등록 2012년 1월 25일(제313-2012-151호)

주소 (우)03940 서울시 마포구 월드컵북로 207, 302호(성산동 157-3)
전화 070-8879-5026 | **팩스** 02-337-5026 | **이메일** dotoribook@naver.com
블로그 http://blog.naver.com/dotoribook
인스타그램 https//www.instagram.com/acorn_forest_book

기획편집 권병재 | **디자인** 새와나무

ⓒ 2021. 도토리숲, Printed in Seoul, Korea.

ISBN 979-11-85934-74-7 03840

KC마크는 이 제품이 공통안전기준에 적합하였음을 의미합니다.
제조국: 대한민국 | 사용연령: 8세 이상
취급상 주의사항 | 책장에 손이 베이지 않게, 모서리에 다치지 않게 주의하세요.

작가소개

지은이 애나 슈얼(Anna Sewell, 1820년 3월 30일~1878년 4월 25일)

1820년 영국 노포크의 독실한 기독교 집안에서 태어났습니다. 어머니 메리 라이트 슈얼은 시인이자 작가였습니다. 애나 슈얼은 어린 시절 학교가 끝나고 집으로 돌아오는 길에 다리를 심하게 다쳤는데, 치료를 잘못하여 평생 불편한 채로 살아야 했습니다. 다리를 다친 뒤로 말을 타고 다니면서 말에게 깊은 관심과 사랑을 가지게 되었습니다. 1871년, 앞으로 얼마 못 산다는 선고를 받고는 죽기 전에 말을 위한 책을 써야겠다고 결심합니다. 애나 슈얼은 책을 쓰는 동안 건강이 무척 나빠졌지만, 침대에 누운 채로 내용을 말하거나 간신히 몇 줄을 쓰면 어머니가 옮기는 작업을 하여 6년 만에 책을 낼 수 있었습니다. 애나 슈얼은 《블랙 뷰티》 책이 나온 뒤 5개월 뒤에 세상을 떠났습니다.

옮긴이 위문숙

대학교에서 사학을 공부하고, 대학원에서 서양사를 공부했습니다. 지구촌의 좋은 책들을 즐겁게 우리말로 옮기고 있습니다. 아울러 우리 어린이와 청소년들이 살아가는 세상에 대해 이런저런 글을 쓰고 있습니다. 그동안 옮긴 책으로 《끊어진 줄》, 《루머의 루머의 루머》, 《망고 한 조각》, 《걸어다니는 초콜릿》, 《꼬마 책 굿》, 《모든 것은 상대적이야》, 《지구》, 《고대 이집트》, 《내 옆의 아빠》 들이 있습니다. 지은 책으로 《오로라 탐험대, 펭귄을 구해 줘!》, 《세상이 너를 원하고 있어!》, 《한눈에 쏙 세계사 3》, 《윤리적 소비와 합리적 소비, 우리의 선택은?》, 《4차 산업혁명, 어떻게 변화되어야 할까?》, 《아프리카 원조, 어떻게 해야 지속가능해질까?》 들이 있습니다.